季节四部曲

[英]
阿莉·史密斯
———
著

刘慧宁
———
译

SUMMER
by
Ali Smith

夏

SUMMER
Copyright©2020, Ali Smith
All rights reserved
本书中文简体字版版权,浙江文艺出版社独家所有
版权合同登记号:图字:11-2021-035号

图书在版编目(CIP)数据

夏 / (英)阿莉·史密斯著;刘慧宁译. —杭州:浙江文艺出版社,2023.6(2024.11重印)
ISBN 978-7-5339-7240-0

Ⅰ.①夏… Ⅱ.①阿… ②刘… Ⅲ.①长篇小说-英国-现代 Ⅳ.①I561.45

中国版本图书馆CIP数据核字(2023)第085732号

责任编辑	周 易	装帧设计	董茹嘉
责任印制	吴春娟	营销编辑	宋佳音
封面插画	三文 seven	数字编辑	姜梦冉 诸婧琦

夏

[英]阿莉·史密斯 著 刘慧宁 译

出版发行	浙江文艺出版社
地　　址	杭州市环城北路177号
邮　　编	310003
电　　话	0571-85176953(总编办)
	0571-85152727(市场部)
制　　版	浙江新华图文制作有限公司
印　　刷	杭州富春印务有限公司
开　　本	880毫米×1230毫米　1/32
字　　数	227千字
印　　张	10.5
插　　页	5
版　　次	2023年6月第1版
印　　次	2024年11月第7次印刷
书　　号	ISBN 978-7-5339-7240-0
定　　价	88.00元

版权所有　侵权必究

致我的姐姐
默里·莫里森
安·麦克劳德

我的朋友
保罗·贝利
布里奇特·汉尼根

铭记我的朋友
莎拉·丹尼尔

也致我的历险伙伴[1]
莎拉·伍德[2]

① Huckleberry friend,此处的 huckleberry 指马克·吐温《哈克贝利·费恩历险记》中的哈克贝利。——译者注(如无特别说明,本书中的注释均为译者注)
② 莎拉·丹尼尔(Sarah Daniel)和莎拉·伍德(Sarah Wood)均指莎拉·伍德。

那是一个夏天的夜晚,
他们坐在窗户外是花园的大房间里,
谈论着污水池。①

——弗吉尼亚·伍尔夫

主保我记忆常青!②

——查尔斯·狄更斯

无论黑暗多么广阔,
我们都必须自己发出光。③

——斯坦利·库布里克

我想到了那个人,
他或她,带我远渡他乡
那里天晴地高,我知道幸福
只会是一时,是壁炉里轻叹的火焰
它却把所有痛苦燃成灰烬
尽可能化为一把碎屑,就如我们哀悼的那物
棺材在可怕的平淡中陷落
化为呼啸,化为烟,化为光,化为几乎无物。
这无足轻重之物,我赞美它,我书写它。④

——埃德温·摩根

噢,她是温暖的!⑤

——威廉·莎士比亚

① 出自《幕间》(*Between the Acts*)。
② 出自哥特短篇《心神不宁的人与鬼魂的交易》("The Haunted Man and the Ghost's Bargain")
③ 出自《花花公子》(*Play*) 刊登的访谈。
④ 出自《诗选》(*Collected Poems*) 中的《火》("Fires")。
⑤ 出自《冬天的故事》(*The Winter's Tale*) 第五幕第三场。

目录

Ⅰ / 1

Ⅱ / 105

Ⅲ / 211

致谢 / 320

译后记 / 322

I

所有人都说：*怎样？*

意思是，*那又怎样？*表现为，*肩膀一耸*，抑或是*你想我有什么反应？*再或是，*我一丁点儿都不在意*，或，*其实我还赞同呢，我是没什么意见*。

好吧，不是所有人都说出来了。我只是就说的情况而言，比如有人会说，*所有人都这么做*。我想说的是，就在那时，"*怎样？*"成了那一时期的鲜明标记；那不屑的音符，就像石蕊试纸。大约那时候，表现得不在意变得时髦起来。同样时兴的还有坚称那些在意的人，或声称自己在意的人，不是无可救药的失败者，就是在自我夸耀。

这好像是上辈子的事了。

但不是——不过才几个月前，一辈子或大半辈子生活在这个国家的人，开始遭到逮捕，面临驱逐出境的威胁，或已被驱逐出境：*怎样？*

政府因无法达成所愿而解散议会：*怎样？*

选民送上权力巅峰的人，直视着他们的眼睛说谎：*怎样？*

一片大陆烈火熊熊，另一片大陆黯然消融：*怎样？*

全世界的当权者开始以宗教、种族、性取向、智识或政治异见来抹杀一个个群体：*怎样？*

但，确实，不是所有人都这么说。

没说的可多了。

数百万的人没有说。

数以百万、千万计的人，全国上下，横跨五洲，见证着谎言、施加于人和地球的暴行，他们发声：游行，抗议，发文，投票，讨论，运动，通过广播、电视、社交媒体，发表一条条的状态，一页页的论述。

那些了解说"*怎样？*"具有何种力量的人，通过广播、电视、社交媒体，发表一条条的状态，一页页的论述，对他们说：*怎样？*

我想说的是，我可以花一辈子来分析时事，谈论大局，拿出文献、图表、案例、数据来论证，历史已表明如果我们漠不关心会发生什么，培养政治冷漠会导致什么，而任何否认这一点的人，立刻会表达不屑，他们会抛出简洁有力的

怎样？

这样吧。

还是来说说我看过的一样东西。

那是约莫七十年前一部电影里的画面，二战刚结束不久，拍摄地点在英国伦敦。

一位年轻的艺术家从意大利奔赴伦敦拍摄了这部影片，那差不多是一辈子之前了，那时的伦敦和那个年代的许多地方一样，须全面重建，世界各地数千万的老老少少于寿终正寝前逝去。

画面里，一个男人拎着两个行李箱。

那是一位纤弱的青年，心不在焉、犹疑踌躇的那类，他衣帽整齐，步伐轻盈又沉重；毫无疑问，即使没有拎行李箱，他也会依然沉重。他面容严肃，体态修长，若有所思，精神高度紧张，他的身形映衬在天空下，因为他正在一段狭窄的砖壁架上独步行走，那壁架环绕在一座高耸建筑的外部。他在这方寸之间跳着欢快狂乱的舞，伦敦残破的屋顶呈现于他身后；不对：严格来说，那些屋顶在他脚下好远的地方。

他步履如此轻快，怎会不从楼上掉落？

他动作如此狂野，怎能保持优雅？他怎会既紧迫又从容？

他拎着箱子在空中如此摇摆，怎能保持平衡？他怎能在陡峭的边缘以这样的速度移动？

他为何如此不顾一切？

没必要给你们看剧照或是现场照片了。我说的是动态画面。

在城市上空，他跳了几十秒疯狂又欢乐的钢丝舞，在仅有一块砖那么宽的崎岖壁架上步速惊人。

这样吧：

我会是我人生的主角吗①,萨莎的母亲说。

接着她问,萨莎,这句*是什么话*?出自哪儿?

萨莎正在起居室边看手机边吃早餐。电视开着,音量比平时高了几格,妈妈为了盖过电视声,只能扯着嗓子喊话。

不知道,萨莎说。

她以正常音量说出,妈妈很可能一个字没听见。不过听见也没区别。

我人生的主角,妈妈在房间里来回踱步,一遍遍念叨。我人生的主角,接下来是什么身份,这身份将归于谁。这出自哪儿?

好像这多重要似的。

萨莎摇了摇头,但那幅度不至于让人看见。

妈妈没看见。

与此相似的另一件事发生在昨晚,萨莎等会儿不得不为默奇斯顿的课写一篇关于谅解的文章,为此她在网上找了段引文。为了纪念脱欧一周,他们须以"谅解"为题写一篇

---

① "主角"使用了阴性形式"heroine",原因将在后文揭晓。

文章。萨莎对谅解充满深深的怀疑。说*我原谅你这一行为，就像是说你不如我，我站在道德高地，拥有特权之手。*

但这等追求真相的精神，只会从默奇斯顿那里得来一个B，而不是A，全班人都已经搞清楚了要得到期望的分数，对事实该做怎样的回应。

所以昨天深夜——因为第二天早上就得交了——她在网上搜了些引文。

上个世纪，一位作家虔诚地说，谅解是逆转历史那不可逆转之流的唯一方法。

妈妈又一次没敲门进了她的房间，她正站在萨莎身后朗读屏幕上的句子。

噢，这句引文不错，妈妈说，我喜欢这句。

我也喜欢，萨莎说。

虔诚这个词用得对吗？妈妈问。这句话似乎更像是出自哲学文本，而不是宗教文本。这是位信教的作家吗？是谁写的？

没错，这是位信教的作家，虽然萨莎也毫无头绪，但她还是这么说了，她不知道这是谁写的，她用虔诚这个词仅仅是因为这词在句子里读得顺口。但是此刻，妈妈的呼吸正向下扑在她脖子上，妈妈喋喋不休要搞清这作者，她打开Startpage网，输入这几个词：不可逆转，流，历史。引文出现。

像是个欧洲人说的，她说。

啊，是阿伦特，汉娜·阿伦特，妈妈说。我想读读阿伦特怎么谈论谅解。此刻非常想读。

讽刺，萨莎想，她爸妈在短期内都不太可能谅解对方的任何一点。

不过我不确定是否该用虔诚这个词形容她,妈妈说。出处是哪儿?

Brainyquote①,萨莎说。

那不能算是出处,妈妈说。没给原始出处吗?我来看一下。没给。差劲。

出处是 Brainyquote,萨莎说。我就是在那儿找到这句引文的。

你不能就把 Brainyquote 写下来当出处,妈妈说。

我可以,萨莎说。

你需要更好的引文出处,妈妈说。不然你不知道汉娜·阿伦特说的那句话是从哪儿来的。

萨莎把屏幕拿起,贴近妈妈的脸。

Brainyquote, Quotepark, Quotehd, Azquotes, Facebook, Goodreads, Picturequotes, Quotefancy, Askideas, Birthday-wishes. expert。她说。你输入这句引文中的词,就会出现这些网站。这些就是置顶的出处。有成千上万的网站引用她这句话。

不行,如果这些网站只是*说*这句出自她,那还不够,妈妈说。你得把这些网站全都看一遍,直到找到它们实际上引自哪儿。语境,很重要。

是啊,但我不需要知道,萨莎说。

不,你需要,妈妈说。看看这些网站里有没有提到一手

---

① "智者说"网。

文献的。

互联网 *就是* 一手文献，萨莎说。

妈妈走开了。

有大约十分钟，一切安静了下来。

萨莎恢复正常的呼吸。

这时妈妈向着楼上大喊，显然她正在厨房的笔记本电脑上查询 Brainyquote、Quotepark 这些网站，她好像被这些网站冒犯到了：

萨莎，这些网站 *全都*没有，一个都没有给出一手文献。我找不到阿伦特在哪里写过这句话。所以你不该用那句引文。你不能用。

好的，谢谢，萨莎从卧室中喊叫着回答。

她没理会妈妈的话，继续手上的事。

那甚至都可能不是阿伦特说的，妈妈喊道，她已经爬上楼梯中段。

她好像怕萨莎听不见她似的。

这句不可靠，妈妈又喊道。

学校作业哪里需要可靠的东西？萨莎回答。

我需要，妈妈喊道。你需要。引用文献的所有人类需要。

妈妈那代人以这类操心，来替代对现实事件的操心。不过，以防妈妈说得有理——

那我在文章最后注明是网上说出自汉娜什么的，怎么样，萨莎说。

她再次打开网页去查看她姓什么。

这还不够，妈妈的叫喊声又一次不请自来地传入房间。因为没有证据可以证明汉娜·阿伦特曾说过这句话。如果是别人说的呢，某个没被注明的人？又或者，*根本没有任何人在任何原始出处说过这句话*，只是某人*编造了汉娜·阿伦特说过这句话*，发到网上，传播得全网都是？

那么汉娜·阿伦特会高兴的，不管她是谁，萨莎说（以普通音量，这样妈妈就会意识到自己嗓门有多大了）。这是句不错的话。

你不能替汉娜·阿伦特说呀，妈妈说（好了，这次声音小了点，不错）如果网上说某句话是萨莎·格林劳说的，你是什么感觉？

我不会在意。如果某人认为我说了某句不错的话，我会高兴的，萨莎说。

噢我明白了。她在意的不过是我不听她的话。你怎么还像罗伯特那么大似的，妈妈说。

才不是呢，萨莎说。如果我还*只是*13岁，如果我就是罗伯特——拜托老天，我可不想——我会说：快回你自己那个年代掉书袋去吧，赶紧的。

行了，萨莎，妈妈说。出处，很重要。知道为什么吗？

我觉得，萨莎面向妈妈说，我这已经是正确的、可以接受的程度了。

但做*任何事*都必须有我说的那种认真程度，妈妈说，她的声音又响了起来（就好像声音响能说明她是对的）。你所说的正确的、可以接受的程度不过是种实用花招。

此刻在萨莎的房间里，妈妈张牙舞爪，甚至击中了灯罩，灯罩摇晃起来。

如果有天早上你醒来，发现全网都在说你 说了某句你这辈子都不会说的话，你是什么感受？妈妈说。

我会直接告诉所有人我没说过，萨莎说。

但如果你发现网上成千上万的人根本不听你解释，继续怨恨你呢？妈妈问。如果你弟弟的事发生在你身上呢？

你不能这样无穷无尽地假设下去，萨莎说。所以我不在乎谁怎么想。我知道自己说的是真话。我就是自己的出处。让他烦恼去吧。我没空想那些。

我会相信的。不过，他不在家，妈妈说。

十点了，萨莎说。他才13岁。你怎么当妈妈的？

我已经尽全力让我的两个孩子避开难以躲避的意外了，妈妈说。

这个明天一早就要交，萨莎说。

如果你的名声毁了，你无法去任何地方，因为所有人都辱骂你，说你撒谎，你会怎么办？妈妈说。

我会谅解，萨莎说。

你会怎么？妈妈说。

谅解，萨莎说，是逆转历史那不可逆转之流的唯一方法。

短暂的停顿，几乎像是剧场中演员话音的那种停顿。接着妈妈放声大笑。

萨莎也笑了。

妈妈来到桌前，拥抱萨莎。

我聪明的女儿，妈妈说。

萨莎的胸口充盈着一股温暖，她很小的时候曾问妈妈这是什么，因为这感觉实在美好，妈妈说那是*你身体里的夏天*。

但是你需要比这再聪明些，妈妈依然紧拥着她。聪明的女孩需要更聪明，比……

比正确的、可接受的程度更聪明，萨莎陷在妈妈的怀抱里说。

那是昨晚的事。而此刻是翌日清晨。萨莎来到起居室吃早餐，想图个清静，好在手机上看看新闻和大家的脸书状态。但清静是不可能有的。妈妈在起居室里来回踱步，大声叫嚷着，手握一杯咖啡挥舞，杯中液体时而溅出，洒在镶木地板上；萨莎不得不几次移开她的包。

电视声太响，那些在录影棚里或在世界各地出外景的新闻主播们，也如往常那般，以超现实的口吻胡扯着。萨莎正在看的节目里，名人穿上戏服，戴上巨大的面具头套唱歌，嘉宾和观众要猜测面具下那是谁，由此她突然意识到，电视上的所有人和事都像戴着面具。你一旦意识到这点，一切就不再一样。

摘下来！摘下来！ 嘉宾和观众对着输了这局游戏的名人喊叫，他们想逼他摘下面具，让大家看看面具下一直藏着的到底是谁。

*脱下来！*① 萨莎曾经在码头边听见一伙男子对着一个女孩喊出这句话。

我会是，她妈妈说，我人生的主角吗？

---

① "摘下来"和"脱下来"都是"take it off"。

就查一下吧，萨莎说。

不，妈妈说。

那我替你查，萨莎说。

别，不要，妈妈说。

"不要"一词凝聚了妈妈全身的狠劲；这些天，她时常忘事，也时常逼迫自己不去查她忘记的事。*我更年期症状太严重了。这是更年期症状*。就好像你对着那不可避免之事，当面喊出它的名字，就能让它威风扫地。她努力让自己记起，而不是查到。而实际情况是，妈妈会在折腾其他人半小时后，*再去上网查她想不起来的东西*。①

将归于他人，她说，这身份将归于他人。我的天哪，萨莎。电视声音小点，我思考时得听见自己的声音。我得听见自己 *没说到什么*。

调不了，他把遥控器藏起来了，萨莎说。

罗伯特已经去学校了。这是他最近爱开的一个玩笑，把电视音量调高几格，然后藏起遥控器，因为他们只能用遥控器控制电视。顶部的开关键已失灵（这台电视很老了；他们的爸爸离开时把新的那台带到了隔壁），如果拔掉插头，就

---

① 关于记忆力下降等慢性认知困难与更年期的相关性，临床心理学家托马斯·布朗曾在《被困住的聪慧》中写道："女性中年期出现慢性认知困难的可能机制是绝经期雌激素下降。……女性在围绝经期及此后，体内雌激素水平显著降低或不稳定，可能很大程度上恶化了女性 ADHD 患者的症状，甚至可能在一些此前在任何方面都没有明显 ADHD 症状的女性中产生中年起病的类 ADHD 症状。……在一项研究中……在雌激素水平降低之后，这些女性对故事细节的回忆较雌激素被抑制之前要有限得多。"

可能再也打不开。所以他们不拔插头。

屏幕上此刻喧哗不已,上面在播一则福音派集会的新闻,这场集会与美国总统有关。

打电话给他,妈妈说,看他是不是和你爸在一起。

住隔壁的爸爸。这称呼就像出自她妈妈那代人的情景喜剧。

不会的,萨莎说。

万一呢,妈妈说。

萨莎拨了罗伯特的手机号。直接转入了语音信箱。

关机了,萨莎说。

当然了,妈妈说,我来敲敲墙。

他不会在那儿的,萨莎说。

阿什莉不会再让罗伯特进门的,因为他:1. 偷了她那像小竖琴的乐器(她用它弹威尔士的曲子);2. 在典当铺卖了琴,把钱装在信封里交给她,像帮了她忙似的;3. 说她现在在这个国家不会像其他人一样受到欢迎,她只是个游客(即使她是威尔士人,也就是说她其实也是英国人)。

梅希正在以一场美元风暴拿下"圣经带"①,电视上的记者说。他们称梅希为伟大的白色希望。

这倒是真的,萨莎在梅希·巴克斯圣灵教会的所有录像中都没有看见一个非白种人。

他通过我向你们传达。他与我直接对话。他此刻就在同

---

① Bible belt,指美国基督教福音派在社会文化中占主导地位的地区,俗称保守派的根据地,多指美国南部。加拿大、澳大利亚、荷兰等国也存在"圣经带"的说法。

我说话。我可以听见他神圣的声音,伟大而全能的上帝那神圣的声音从他神圣的嘴里传出,他同我说话,他就在这里,他此刻正在说话,仁慈,仁慈(仁慈,仁慈!教堂里众人回应道,又或者他们喊的是梅希,梅希,因为梅希是她的名字①)。

那*是*谁?妈妈再次穿过房间,在电视机前停下。

伟大的白色希望,萨莎说。上帝神圣的声音从他神圣的嘴里传出,进入她的耳朵。

梅希·巴克斯,妈妈说,那是个假名字。她口音真难听。她看起来,看起来就像克莱尔·邓恩。如果那时的克莱尔·邓恩再老个三十岁。老实说,克莱尔·邓恩现在差不多就该是这个样子。

你总以为电视上的谁是你的旧相识,萨莎说。

不,我认识她。我和她共事过。如果那就是克莱尔,那她动过鼻子了,妈妈说。鼻子不一样。

鼻子不一样,是因为她就不是你的旧相识,萨莎说。

她斜眼瞥了妈妈一眼。通常来说,妈妈如果提起过去的演艺生涯,就说明此刻她很脆弱。萨莎的妈妈曾经是演员,那时她遇见了萨莎的爸爸,之后便有了萨莎和弟弟。她试着拍广告,但又放弃了。这也和某件不可说的事有关系,家里的任何人都不能直接提起她妈妈的妈妈,她在妈妈还是罗伯特那么大时,吞下过量的药而去世,妈妈说那是个意外,连妈妈在内的所有人都知道那大概并不是个意外,但没有人这

---

① 梅希(Mercy)在英文中意为仁慈。

么说（甚至包括罗伯特）。

但妈妈看起来并不脆弱。她只是看上去有些疲惫。

报道最后的一组镜头，聚焦于梅希·巴克斯背后的投影计数，那是捐款的数目，每秒增长几百美元。

下一则新闻是关于澳大利亚的野火。

他们过了个热乎的一月，妈妈说。

自有记录以来最热的一月，萨莎说。现在都二月了，火还没灭。

把新闻回放一下，妈妈说。我们再来看看克莱尔。

萨莎举起手，走出去。

我可没办法，她说。

妈妈将手伸进沙发侧面去找遥控器。她又查看了柜子上的东西。最后她失落地站住在房间中央。

萨莎讨厌妈妈失落的样子。

可能在他房间，萨莎说。

或者带去学校了，妈妈说。

萨莎走进门厅，穿上外套。她对着镜子照了照自己。

我回放不了，妈妈从厨房喊道。

我得走了，萨莎对着厨房叫喊回话。

但是她听见妈妈的声音带着惊恐的语气，又穿过房间走进厨房。

是真的；BBC iPlayer 播放器放不了；不是因为妈妈操作不当。但是，萨莎仍然有办法可以拯救妈妈的这一天，然后再出发去学校，因为梅希·巴克斯牧师有她自己的 YouTube 频道。

梅希·巴克斯是拯救者

梅希·巴克斯所有视频的标题都有"白"这个字。

他皮肤的白色。

注视一朵白云。

树枝变白了。

萨莎点击了最新发布的一条视频,是昨天上传的。*伟大的白色宝座*。44 400 次的点击量。

在一座高顶的现代教堂内,梅希·巴克斯的轮廓后,"福音造福"几个字,现于荧光光晕之中。

将《列王传》21:2 接入《马可福音》6:33,梅希说。*我可以按照价值给你钱,但你们要先寻求上帝的国。*只有这种方法,才能让生命中的事物真正得到升华,因为在我们的集团里,上帝是老板。上帝是最厉害的会计。而且上帝知道一切。上帝了解你。上帝知道你有什么,你没有什么。不要以为天父无法窥见你们最私密的银行账户。上帝可以计算到角,计算到分。你少给上帝多少钱,他都一清二楚。你为了拥有精神财富,愿意以上帝之名奉献多少,他知道得一清二楚。因为对于奉献存款的人,上帝会展现笑容。对于将属于上帝的交于上帝的人,上帝会奖赏。对于证明了自己值得获得意外之财的人,上帝会施以奖励。对于赞助了上帝仁善的教堂的人,上帝会回以厚礼。

梅希·巴克斯以抑扬顿挫的语调说出,会众在电视传送的灯光下,或轻柔或剧烈地摇摆着,如同身处一场摇滚演唱会,他们举着手机在空中挥舞着拳头,突然以"荣耀,荣耀，哈利路亚"的老歌调子唱起"梅希，梅希，哈利路亚"。

梅希举起手，示意他们安静。

上帝说，任何，任何有真挚信仰的人，都不能说我们的总统的坏话，不能诋毁和中伤他，她说。

萨莎开始笑。

上帝说，任何人有此言论，即为口出恶言，梅希说。上帝知晓弹劾审判是邪恶的。总统每呼吸一次，上帝就为总统洗刷一次名声！我了解上帝。上帝了解我。相信我。相信我。我是一个直接同上帝连线的女人，上帝对我直接拨号，上帝让我传达：支持我们伟大的、伟大的总统，他降生于地球以执行伟大的、伟大的任务，天父与救世主耶稣亲自交付于他的伟大的、伟大的任务——

萨莎笑得前仰后合，差点把椅子摇翻了。妈妈则摇摇头。

我在想，既然我们如今更习惯喧闹了，那喧闹本身就得再喧闹点，妈妈说。

是啊，不过她可真是个骗子啊，萨莎说。

哪一个不是呢，妈妈说，哪一个夏天不绿叶成荫。①

妈妈在念她做演员时的台词。但其实妈妈唯一真正出演过的不过是一款洗涤剂的电视广告，那在所有这一切发生之前。萨莎小时候，妈妈给她看过这个广告，橱柜里有这条广

---

① "T'was ever so, /Since summer first was leafy." 出自莎士比亚的喜剧《无事生非》，译文参考了朱生豪译本。

告的录像，但是现在看不了了，因为家里的录像机已经坏了。广告里，一位年轻的女士，一位精心做了发型的苗条陌生人——不可思议，但那的确是她妈妈，那时候的妈妈——在厨房里弯下腰，从小男孩的手中接过一个盘子，小男孩戴着一顶警帽，向这位饰演*他*妈妈的女士解释，盘子洗得不够干净是犯罪。

——所以捐钱，捐钱，捐钱行善，与我共同将主的道实现，因为——噢主啊，我每日只有三念：见我真容，爱我真挚，关注我的社交账号，日日变现，变现——

她只是在引用《福音》，妈妈说。

什么是"福音"？萨莎问。

一部老音乐剧，妈妈说。我们一起演过《福音》。我们还演过《无事生非》。后来我们在东边的郡举行过莎士比亚/狄更斯的夏日巡演。

此时摄像机给台下观众一个特写。一些人看上去心生自豪。有的人郁郁寡欢。有的人颓丧不堪。有的人泛着希望的光芒。他们看起来都很穷。大多数人高举手机在空中摇摆。其他人拿着手机在捐钱。镜头慢慢聚焦于梅希的脸部，呈现了一个特写。

是她，妈妈说，绝对是她。

我都要睡着了，你要继续看吗？萨莎说。

——你伤心吗？我看见你了，你孤独吗？我看见你了，你焦虑吗？你紧张吗？你深陷罪恶吗？我看见你了，你疲惫吗？你找不到工作吗？生活让你成了影子吗？你变成行尸走肉了吗？你变成自己的幽灵、影子了吗？那么听我说，因为上帝通过我向你们传话，你需要，你需要——

萨莎移动光标准备关掉页面。

你需要唤醒你的信仰，妈妈说。

——唤醒你的信仰，梅希·巴克斯在妈妈说完的瞬间说道，下一个瞬间她从屏幕上消失。

妈妈点了点头。

《冬天的故事》，1989年夏天。我演赫米温妮。她是候补。萨莎，你要迟到好久了。要我送你吗？噢不用，我糊涂了。2020年禁车小姐。我忘了这事。

你没忘，萨莎说，你只是不能接受别人做勇敢的事。

什么是1989年夏天的冬天的故事？萨莎问。

《冬天的故事》是莎士比亚的一部剧，妈妈说。

我知道那个，萨莎说（虽然实际上她并不知道，或至少不完全确定）。

1989年夏天早过去了。我们正处于大洪水前①，妈妈说。

Ante，意思是之前，Diluvian，指大洪水，妈妈说。二十年过去了。白驹过隙。

萨莎从地上拾起外套，担在肩上，亲了亲妈妈的脸颊。

上帝保佑，妈妈说。

上帝以他神圣的声音直接对着你的耳朵让你说这句话的吗？萨莎说。

如果你给我五块钱那就是的，妈妈说。

---

① Antediluvian。

禁车。听起来就像是个玩笑，一场潮流。

Anti diluvian①。

萨莎很喜欢咬文嚼字。不过她在家时不这样，因为罗伯特才该是家里爱咬文嚼字的那个孩子。

她在上学的路上拿起手机查了查 anti diluvian。

只要拼写稍改一处，它就指"大洪水"② 之前，首字母大写。

是的。首字母大写，就好像指一场已发生过的大洪水。但我们*此时此刻*都处于"大洪水前"之中。

即便他们看见澳大利亚烈火熊熊的照片也不会承认的。即便五亿生灵凋亡——也就是 500 000 000 具鲜活的个体死去——这还只是一个地区的死亡数字。即便他们看见澳大利亚人站在沙滩上的照片：夏日的日光被漫天的红尘掩盖，红色天空下，他们闲晃着如同无人操作的木偶，一匹栗色的马站在他们中间，表情困惑而凝重，仿佛"无辜"一词的现世图像，火球成了地平线上的太阳，如融化的黄油般散开。

500 000 000 具。萨莎试着想象每一具死去的生灵，并致以敬意。她在一片枯槁的平原上将死去的动物平铺，两百万挨着两百万挨着两百万，一直越过视线所能及，袋鼠骨渣和袋鼠骨渣摆在一起，沙袋鼠骨灰和沙袋鼠骨灰摆在一起，炭化的考拉和炭化的考拉摆在一起。

---

① 反大洪水。
② the Flood。

她的想象不足以容纳这么多。

她已经决定她 *永远* 不会要孩子。为什么要让一个孩子降生于大灾难中？就如同在牢房里生孩子。布莱顿①是个好地方，全英国绿化率最高的城市之一，全英国唯一一个推举出绿党②议员的地方③，但即便如此，这里的本地新闻依然在说 *全球变暖是骗局别用这些瞎话吓我了别吓我的孩子了他们晚上都睡不着觉挺好的呀我喜欢天气暖和点全球四季都是夏天多好呀*。她自己的妈妈就是这样一个疯子。就好像比起这个世界正在发生和遭受的实在事件，更年期更让她害怕。

更年期也是实在的，萨莎的妈妈此刻在萨莎的脑海里说道。

哇噢。

不过等一下。

刚刚那——我脑海里出现的——是不是就跟上帝对着梅希·巴克斯的耳朵说话一样？

是的，但萨莎的妈妈并没有 *真的* 对着她的耳朵或在她的脑子里说话。那只是萨莎知道如果妈妈在 *旁边* 会说什么。因为她 *太* 了解她妈妈了。

但上帝不是实在的。萨莎对此很确信。

---

① 英国海滨城镇。
② 英格兰和威尔士绿党。20 世纪 90 年代，英国绿党分为了英格兰和威尔士绿党与苏格兰和北爱尔兰绿党。
③ 卡罗琳·帕特里夏·卢卡斯（Caroline Patricia Lucas, 1960— ）2008 年被选为英格兰和威尔士绿党党魁，自 2010 年英国大选以来担任布莱顿穹顶宫选区议员，她是绿党第一位下议院议员。

上帝是人类需求和想象下的臆造之物。

不过，她妈妈。

绝对是实在的。

不过。等等。

因为：上帝 是几种类型的实在：1. 对于那些身处宗教活动的信仰上帝的人，他是"实在"的；2. 他被制造成"实在"的，因为他似乎在物理意义上"对着某人的耳朵说话"了；3. 他是梅希·巴克斯想象中的"实在"的臆造之物，让巴克斯赚了实实在在的盆满钵满。

那么。萨莎的妈妈算什么呢？

或者，更准确地说，萨莎对妈妈的*想象*算什么呢？

  想象你是水中的一朵花，但你不再汲取水分，你在自然地枯萎，水——虽然你理解这一切，做一朵花等等意味着什么——不再像从前那样输送进你的茎干。

这是妈妈会想说的。由一种弗洛伊德式的嫉妒驱使，她嫉妒年轻人，尤其是她的女儿。

  我会想如果花经历我经历的，它是否会感受到我所感受的。花会感觉到自己不再灵巧吗？它们会不停撞到东西吗？它们经常忘事吗？它们会把西蒙·考威尔的名字记成西蒙·卡威尔吗？即使你清楚知道就是考威尔，但神经通路不知怎么的就不再能通向这个名字。

萨莎不以为意地呲了一声。

把衰老当作逃脱责任的借口，还挺可悲的。

妈妈可以再努力一点的。

萨莎可不会变成这样。

不过地球已然如此，萨莎也活不到那个年纪了。

妈妈是幸运的，能活这么久。

你在胡思乱想什么，脑海中的妈妈说，都会好起来的。

妈妈，实在的或"实在"的。两者都受骗了。

不过她依然感到愧疚，她不该对她生气，在脑海中对她如此无礼。

主角的身份归于他人又是怎么一回事？她会查好，发信息告诉妈妈这出自哪里。这既会让她烦恼，又会让她高兴。一石二鸟。

可怕的谚语。

可怕的图像塞满她的脑袋。它曾是天空中的一只鸟，残破的翼骨角度吊诡，从一条条烧焦的胸骨里戳出。

一鸟在手胜过……①

不。鸟在手是不自然的，除非鸟是不在外力强制下自愿在手的。

这作为谚语可太长了。

双鸟在手呢？

圣弗朗西斯。

---

① 英语中有一条谚语："A bird in the hand is worth than two birds in bush."可译作"一鸟在手胜过双鸟在林"。

她回想父母仍住在一起时,他们看的那部意大利语电影,那时他们会一起看带字幕的外语电影,妈妈不喜欢,但爸爸喜欢,那时她还只是罗伯特的年纪。电影里,圣弗朗西斯准备在树下做晨祷,但是热爱他的鸟儿们群聚于四周的树梢上,欢唱啼鸣,高声倾诉它们的爱,他不得不叫它们安静点,因为他无法听见自己的祷告。

所有修道士也围绕在他身旁,询问他应该去往何处为上帝招引信徒。他让他们在原地转圈转圈一直转圈,直到头晕跌倒。他们一个个跌倒。他站在他们上方说,好了,教友们,你们跌倒时面对的方向,就是你们要去传道的地方。

她经过了乐购超市。门口有个男人,但不是史蒂夫。

她希望他好好的,无论他在哪儿。今天天气晴朗干爽,有许多流浪汉出来。她上次见史蒂夫时,他告诉她有十六车人从诺丁汉和东北南下。

前往南方海岸的免费旅行,他说。单程旅行。他们把这些人丢在随便一个不归保守党管的地方。镇上都是这些人。把他们送到海边。要我说,最好都放假,他们来了,根本都赚不到钱了。

那天她把口袋里所有零钱都给了他。有人偷了他的靴子。

谢谢,亲爱的,他说。

别冻着,她说。

我尽力,他说,你也别冻着。

她想象史蒂夫出现在屏幕上,显示捐赠的计数器在他身后,就像梅希·巴克斯一样,只不过那数字增加得缓慢,每次只多十便士。她想象巴克斯在梅希·巴克斯圣灵教会的祭坛上旋转、旋转，就像停不下来的霹雳舞舞者，或是罗盘上疯狂转动的指针，巴克斯向她的观众展示怎样旋转直到摔倒。接着巴克斯在晕眩摔倒的人群里走动，如同行走于战场，她温柔地扶他们起来，顺便摸走他们的钱。

她想象妈妈此刻正飞奔出前门，在冬日的骄阳下穿过大门，爬上楼梯，周身刺出多把刀刃——就像军武商店里展示的瑞士军刀，展架上旋转着一把庞大的红色刀，它的所有配件全部打开——然后敲打爸爸和阿什莉家的门，看遥控器在不在那儿。

妈妈从来不用爸爸给她的钥匙。她总是敲门。

她想象阿什莉为满身刀刺的妈妈打开门，一脸茫然地站在那儿。听不见。不理解。什么也不说，摇摇头，再次关上门。

电视声音这么吵，妈妈无能为力。

不过现在也没什么行政事务要忙，脱欧把生意都搅黄了。

她想着早晨母亲在起居室里、在电视的噪音下叫嚷着，我会是我人生的主角吗。

噢对，身份这事。

找到出处，以静默的敬意将其发送给文献女王。[1]

她在手机的搜索框里输入"是否"和"主角"。

---

[1] 实际上，那句话出自英国作家查尔斯·狄更斯的小说《大卫·科波菲尔》的开篇。

显示出"毒品"①。毒品,毒品,毒品,然后在很多条下面出现了简·奥斯丁和维多利亚时代的人。

她删除搜索框中的词。

她输入"身份""归于""人生"。

出来的信息是关于人在太空站能活多久。

她增加了"主角"这个词。

显示的信息是关于吸毒者的。

她往下滑呀滑呀——然后看见一幅格蕾塔·通贝里②的照片,她穿着黄色连帽外套,帽子戴在头上,像渔夫一样,这是那张她看起来不会被任何人、任何事搪塞过去的照片。

我人生的主角!

只有强大的格蕾塔可以颠覆互联网的意志——它执意让 heroine 这个词不再意指女性主角/英雄③,而成为一种 A 类毒品的误拼。

就好像任何输入这个词的人*必然脑子里想的是海洛因而不是(女)主角*,因为(女)主角是个极少见的概念。

萨莎想到布莱顿火车站,可开车穿过的小入口,的士车

---

① 主角(heroine)和海洛因(heroin)仅差一个字母。
② 格蕾塔·通贝里(Greta Thunberg, 2003—),一位有争议的瑞典环保少女,为提高全球对气候问题的警觉,曾于瑞典议会外进行"气候大罢课"行动。为减少碳足迹,选择成为素食主义者并放弃坐飞机。被诊断有阿斯伯格综合征和强迫症,其表情和话语特点在互联网中遭到嘲讽。
③ heroine 用于女性,hero 用于男性。

列，自行车停车处，在即刻咖啡①和玛莎百货②的人们。她想象所有这一切，上面说的所有这些，被一只巨大的手握住。但是那是谁的手呢?

不是谁的手。

既然现在是萨莎在想象，那便是她的手。

没理由让其他人去握住你的世界。

她站在学校门口，用大衣的腋下处去擦拭手机屏幕上的指纹。这时，屏幕上跳出一条信息。

是罗伯特。

可能药闯祸：-\ 若果有空，拜托来海滩，传街，求帮3分钟③

他用了*拜托*而不是*立刻*，这让萨莎信服。这传递出真正紧急的信号，鉴于她弟弟的礼貌已荡然无存。

这可能是个玩笑。

这可能是真的。

传街是船街。

萨莎从校门退回，还没人看见她，不然那人就会问为什么她在外面闲荡，不进学校里来。

她给梅尔发信息，梅尔应该已经签到了。

梅兰妮妮，能不能帮我请个假，说家里有急事 &1 小时

---

① Pret，英国常见的咖啡简餐店，全名为 Pret A Manger，该名来自法语 prêt à manger，意思为"ready to eat/即刻食用"，对应于时尚界的"ready-to-wear/成衣"。这是一家成立于英国的跨国公司。
② Marks & Spencer，英国最具代表性的连锁商店之一。
③ 原文有语病、拼写错误。

后到，谢谢梅尔♡♡萨 xxx①

如果是玩笑，她会杀了他。

不过，她爱他。他是她的小弟弟。不过。他很聪明，非常聪明。不过，13岁后，他的眼睛就好像被一副深色面罩遮住了，他透过破碎的裂缝看所有人、所有事。他从前偶尔说些聪明话，比如*西瓜②由 92%的水和 8%的其他物质构成，这意味着水的比例=92%，其余才是瓜，所以瓜只占 8%，最有意思的是，任何东西都可以算出比例，甚至水果或蔬菜*；而如今他却会被学校遣返回家，因为他在课堂上问*说一个黑人有着西瓜般的笑容究竟有什么错?*

你真的说了他们所说的你说过的话？就这么大声说出了？当着全班人的面？当着老师的面？妈妈看完邮件问，学校让她和爸爸过来谈谈他们的儿子。

罗伯特，你不能这么说话，阿什莉说。

那个时候阿什莉还在讲话。

我就要，他说。任何人都可以说任何话，这是言论自由。这是人权。这是我的人权。

这不是开玩笑的，罗伯特。这种话不得体，也一点不好笑。你怎么能说这种话？

轻松点儿，他说。我也向他们解释了，为什么人们讨厌女人勤奋工作，只希望她们在性和生孩子上有用，生了孩子

---

① 在社交信息中，x 代表亲吻，一个 x 表示对朋友的友好，两个 x 是对好朋友的亲密表示，三个 x 通常致伴侣。此处表示的应该是对好朋友的强烈感激。
② 西瓜的英文是 watermelon，字面意思是水瓜。

又不承认是自己的,因为做男人的意义就是广泛播种。

罗伯特!(齐声喊道。)

基本上所有人,包括许多女人,都认为女人应该闭嘴,他说。你总是说我们应该多听听历史怎么说,历史怎样揭示了我们的过去。要我说,历史遏制住谩骂是有道理的。

在邮件里,学校告诉家长,罗伯特站起来讲了这些话,把全班人搅和得哄堂大笑、毫无秩序。

罗伯特,你还真是个讽刺诗人,爸爸说。

不,我是实用主义者,罗伯特说。

如果他继续说这些话,我会赶他走的,阿什莉说。

这是萨莎所记得的阿什莉还在讲话时说的最后一些话。

你不用盲从来融入集体,爸爸说。

你是说我们的首相和其他党派领袖是盲从的人?罗伯特问。不要贬低我们伟大的国家。我们应该支持英国。不然就是叛国,你就成了满口灾祸、满心悲观的人。

罗伯特,给你爸爸说说,你那些谈论教育的话,那些最让老师生气的话,妈妈说。

我只是说了我们首相的首席顾问在博客里写的话,贫困家庭出生或长大的孩子不值得获得教育,因为他们达不到要求,罗伯特说,他们永远都学不会任何东西,国家付钱让他们接受教育,而他们天生就永远无法从中学到什么,这根本没有意义。我只是重复了我们首相的首席顾问的话。我们的首相最近才以巨大优势赢得了选举,就是因为这位首席顾问才能出众。那么你又从中学到了什么呢?

萨莎听笑了。

然后，罗伯特开始揶揄*她*，就像圣诞节詹米和简来喝酒（气氛中有歉意，但并不紧张）那时——因为之前爸爸不得不解雇他们——罗伯特站在门口，向整个房间的人宣布：

我姐是个白痴。她竟然觉得自己可以改变世界，就凭她和她那些觉醒的朋友的一点小小推动，一切都会改变。这是圣萨莎最近吸引关注的方法。

而来自新西兰的简对他说，罗伯特，那么你是有些持怀疑论的？这是你吸引关注的方式吗？

他告诉她她是个外国人，取笑了她的口音。

*回疑论*①。

之后，警察上门了，他在割一排自行车的车座时，他们抓住了他。他们说他有可能得一次"青少年警告"，他年纪也不小了，可以被逮捕、起诉了，蓄意破坏罪，或者到安全培训中心去待个六年。送他回家的警察在说出这些严酷的惩罚时甚至依然笑呵呵的。他们的和善显然让罗伯特恼火，他向警察宣布，一想到所有这些骑车人回家后发现屁股上湿了一块，就什么指控都值得。

妈妈把这叫作固执，爸爸称作他妈的傻了吧唧的，如果阿什莉能讲话，她会说这件事太超出她的承受力，甚至到了爸爸*必须*离开她，搬回家去的程度。

那是因为他被人霸凌了，罗伯特离开房间后，萨莎说。那是因为你们让他转校。为了生存，他不得不改变自己。

---

① sciptic，改变了 sceptic（怀疑论）的发音。

他们不知道怎么处理社交媒体上的东西,那些跟随着他的东西,社交媒体甚至不用从旧学校吸气,就可以把那些传送至新学校所有孩子的手机上。

妈妈担心他。

爸爸对他生气。

萨莎知道他绝顶聪明。

她记得他把艾莉克莎藏在外套下带去海滩的那天,他走到码头边,随意地把它丢进海里,然后对着它喊,*艾莉克莎,仰泳一下给我们看看*。她记得他真的开始穿那双球鞋的那一天,在此之前那双鞋都只是他房间柜子上那罗伯特·格林劳画廊球鞋展的展品。她记得他在手机上制作的那部电影,那时候在手机上制作电影还没现在这么容易,那部电影是关于人们在火车上、自行车上或独自行走在街上用耳麦听音乐时,不连贯的观看方式;他拍摄了他们的眼睛,他们坐在那儿不自觉地跟随节奏律动的样子,这节奏与他们周围的外界现实毫无关系,罗伯特电影的背景音乐——他那时才九岁——是他录下的音频,记录下他满大街追着戴耳麦的人问私人问题的声音,显然他们什么也没听见。

这部电影给萨莎以极大震撼,以至于她很长时间不再戴耳麦,除非在私人场合。

但是,就好像罗伯特将他闪耀的才智调低了一档,就好像他一不小心切到最黯淡的档位,接着又转换程序升至耀眼夺目的档位,如此来回往复,而她认识的那个人被困在了其中。他就像码头的一台游戏机,忽明忽暗,闪烁不定。

他是她的聪明弟弟。

她时刻都在意识到自己弟弟的聪颖，她对此无能为力，她不喜欢这感觉。就好像她注定是聪明弟弟的姐姐。她终生的命运就是如此了。

他是那样一种小孩——有天下午他着了魔似的在网上做各种人格测试，萨莎就坐着看他，过了一会儿才说，你知道他们用这些测试收集数据、采样吧？他却回答，*但我是个数据无政府主义者，我有意识地在我的答案里撒谎，我答题时总是在捏造人格，这就可以毁了他们筛选的数据*。萨莎说，好吧，但是，罗伯，那些捏造出的人依然是你呀，因为捏造它们的人是你。他抬头看她，难掩失落，见他如此挫败，她几乎要哭出来，她不得不离开房间逃避这感觉。

现在。

他在哪儿呢？

她的目光扫过海滩。

此刻才上午九点，但这里总是有人的；她能看见零星的几个人，一对年轻情侣在远处水边，一群老人正指着大海，一个人带着一个孩子和一条狗。

她还没看见罗伯特。

但是她的手机响了。

不是罗伯特。是梅尔的信息。

嘿，萨，我今天不去［皱眉］①维特罗斯超市的那个女人跟我妈说"别在她小孩身边呼吸"，一个男的说她应该戴口罩，我爸直接就怒了，给了他一拳［皱眉］［皱眉］重大

---

① 方括号内为聊天时发送的 emoji 表情符号，下同。——编者注

灾难时刻［眼前一昏的皱眉］今天我们教室的窗帘拉上了，不知道能怎么办。萨，我不停哭，停不下来 xxx

梅兰妮的祖母是华裔。

萨莎想起网上的病毒图片，那些模拟病毒样貌的画。全都看起来像地表戳出小号的小星球，覆盖着针刺植物的小星球，地表射满了游乐场飞镖，箭尾是老式打靶场的那种；也像"二战"电影中的海中水雷。

网上遍布各国人民戴口罩捂住口鼻的照片。

网上说，人是因为吃蛇得上的。还有其他网站说是蝙蝠和穿山甲。网上疯传有人吃黄色小蛇烤串。

为什么有人会想吃蛇？或者蝙蝠？或者穿山甲？

除非这吃蛇的传闻，是诽谤的手法，将病毒与种族联系的种族主义手法。

总之，这病起源于吃野生动物。

但是究竟为什么，当世界上有这么多东西不用捕杀就可以吃时，会有人想吃一个必须捕杀才能吃的生物？

萨莎活得越久，越认识到她所属的物种有多疯狂。

她回复了梅尔。

［心］［吻］［吻］［拳击手套］［爆炸］［穿着闪亮铠甲的骑士］［肌肉胳膊］［心］［心］

她想不到能表示反种族主义的表情。

表情包里也许有数不清的种族主义表情，没有一个显然适用的表情可以发给一个受够种族主义的人。

为什么？

她靠在栏杆上，眺望海滩。

甚至在阳光下，大海都呈现出灰色。

她与一只海鸥对望片刻。

入冬有段日子了吧？

大概吧。

是啊。

那只海鸥的喙和足是鲜黄色的，它收起羽翼，看向别处。

它凸出的喙如同几世纪前威尼斯人在瘟疫中戴的面罩。

她想起如今人们佩戴的小棉口罩。相比真正的面具①，那些戴在此星球上撒谎者脸上的面具，它们无足轻重，就像枯叶、飘荡的垃圾。

各式各样的恶毒②在蔓延。

她转身看向身后建筑的立面。

有次周四较晚的时候，她行至此处，抬头看向楼顶，发现晚上十一点钟，清洁工正在打扫。

就好像这一幕注定是要让她看见的。

但这也不意味着任何事。这只是个巧合。

也许巧合从来不是为了迎合你期望发生的方向。因为如果迎合了，那就不是巧合了，不是吗？

她转回来，再次望向大海。

---

① "口罩"和"面具"在英语中都为"mask"，2020年时网上曾流行过相关的段子。
② 原文为"virulent things"，"virulent"源自拉丁语"virulentus"（有毒的伤口），由"virus"和"ulentus"构成，"virus"在现代英语中即"病毒"。

有些人说,天气晴朗时,站在 i360 观光塔顶部裸眼就可看见法国。

这显然不是真的。法国太远了,裸眼不可能看见。

(叹气 360,为什么 360。)①

裸眼!眼睛难道还能穿衣服?

她是一颗星球上一个国家里一个城市中站在人行道上的一个人,可以被天上许许多多的卫星看见,我们可以从太空看见我们的星球多么可爱、美丽,但是掌控卫星的人可以因为各类原因——实际上与这个星球上的几乎任何人、任何事的需求无关——拉近镜头。

那他们是为了什么?

如果看的目的不在于看?

所有事都是面具。

她想起在电视上看到的女孩,她在澳大利亚对着总理喊叫。*你是个白痴。你是个白痴。你是个白痴。*

如今,所有事都需要卸下面具,就像那个女孩卸下那个男人的面具一样。

没看见罗伯特。

她再次看了下时间。

她确信身后就是船街。

那儿。远处路上有一个模糊的人影。她立刻知道那就是他——即使他戴着兜帽,她也知道是他。她认出他的肩膀。

她走下去到沙滩上。

---

① The sigh360. The why360. 与 i360 押韵。

嗨，她说。

他没有回答。

她坐在他旁边潮湿的石头上。

他没有看她。但是他说：

萨沙，你能把手给我吗？就一分钟。

他想要握住她的手？

他的声音听起来如此虚弱无力。

于是她伸出左手。他握住她的手，放进他（温暖的）外套中，用他的毛衣擦干她的手心。

闭上你的眼睛，他说。

不，她说。

拜托，他说。

为什么？她问。

就一分钟，他说。

她叹了口气。她闭上眼睛。

他正在把一个冰凉光滑的弧形的东西塞进她的手里。

先别看，他说。

是什么？她闭着眼睛问。

礼物①，他说。致未来的礼物。等一会儿。

他的两只手从正反两面紧紧握住她的手，而她的手里握着不知是什么的礼物。他的双手扣住她的手，就这样过了好久。

他松开手。但是她手的感觉很怪异。

---

① present，也有"现在"的意思。

她手里那光滑的东西相当大，有两条弧线。是两个相连的玻璃球。比她的手掌长。光滑，非常薄的玻璃，还有……那是什么？浅黄色的沙子？在里面？

她想张开手掌仔细察看。不知为何她的手张不开。那不知道是什么的东西粘住她的手。她的手被粘在上面了。

那是一个煮蛋计时器。

他拿起什么放在她的眼前，她刚看清是什么他又拿走，是瓶超强力胶水。

他向海滩的远处奔去，她踩在石头上跌跌撞撞地追他，但她意识到自己得小心点，可不能手脚并用、不管不顾，因为他在她手中粘上的东西由薄玻璃制成，她*不能把它弄碎了*，不然就会割伤自己，碎玻璃会粘在她的手里。

她大喊他的名字。

她看着他的背影消失于在栏杆之下。

她站在石头坡上甩手，像是要甩掉那东西。那东西粘在她的前三根手指正中。她无法展开手指。她可以活动拇指和小指。这两根没被粘住。而另外三根，她只能动动指头。

她想拽下来，但很疼。

有人，一个女人和一个男人，向她走来，问她还好吗。我们能帮上忙吗？出了什么事？她刚刚叫出的声音一定很响亮。

谢谢，呃，没事，不用了，我没事，她说。

她的手机在口袋里响起。

他发了一条新信息：

知道你担心没时间了 这是我能想到的最好的礼物 从现

在开始你手上总是有时间啦

她按下回复。

但她无法用这只手,这只不常用的手打字。

她把手机递给那个女人。

不知您是否可以帮我打几个字发送出去?她说。

当然,没问题。你想发什么?女人问。

萨莎想了一会儿。

谢谢赐予我这份特别的联结体验,她说。

女人大笑。

男人开始用自己的手机搜索怎么把用强力胶粘在皮肤上的玻璃脱离。

然后女人举起萨莎的手机,罗伯特回复道:

[笑脸][哭脸][中指]

怎么回事呀?女人问。

萨莎摇摇头。

谁是——女人又看了眼手机屏——罗伯特?

萨莎注视着手里那东西,它将她的手变成了一只海鸥的爪子,一只鸟的脚。她将爪子颠倒过来,玻璃中的沙子开始流淌,那样子相当美丽,从第一个球流入第二个球,一条精美的金丝从联结两者的小孔中流过。

我弟弟,她说。

时间是有维度的。罗伯特·格林劳刚刚证明的不仅是时间的弯曲和维度，还有其多重本性，他将一块弯曲的、有维度的时间牢牢地粘在一个凡人手中的弯曲维度中，达到了*全新高度*。

嘿。

！

如果他还能唱歌，他会唱着时间缘何不只是一物，时间是玻璃和沙子，时间是易碎而流动的，时间是脆弱而坚强的，时间是尖锐而迟钝的，时间是此刻和亘古的，时间是之前和之后的，时间是光滑而粗糙的，如果你想脱离时间，时间会开怀大笑，把你的手皮撕掉。

又因为时间是相对的，时间不止有一种，因此今天的时间可以是*属于我的*时间，我要通过*不崇拜功利性教育*，来强调时间的这一性质，那是爱因斯坦的话。鉴于爱因斯坦本人在校时就是个差生。我是说，爱因斯坦在罗伯特·格林劳的岁数时，他的老师们认为他愚笨。那可是爱因斯坦！接下来灾难开始。

所以今天我会回家，溜进去上楼，没人会知道，因为我会悄无声息的,在楼上玩"一万种虐杀"①,直到太阳下山,罗伯特·格林劳,毫不夸张地说,是一匹孤狼,一个迷失的男孩,一个隐忍的灵魂。

此刻,他上街经过了他偷计时器的商店橱窗,如果他还是小时候那样,他会往下拉一拉头上那顶不存在的罗宾汉帽,但他已经长大,早就不是什么假装戴着帽子的蠢货了。他此刻做的是低下头,把头转过去,格林劳犯法时紧紧裹着冬天的大衣,生活的讽刺作为内衬,让他暖和。拥有13岁男孩的外表,内里却是位天生的歌手(顺便说,他都是靠耳朵听来的,他是个天才),以心中的歌谣传颂着他个人的时代和他所处的时代②——这么说,是因为两者不是一回事。

书店?

是滴。

因为:

他最近才在母亲的《星期日泰晤士报》(*Sunday Times*)上了解到一本书,它记录了爱因斯坦在英国的往事,尤其是他在诺福克的那段时间。罗伯特·格林劳不确定诺福克在哪儿。他知道它是*那块儿*的某个地方。他真希望爱因斯坦去过的是布莱顿或任何属于这块儿的地方。但是,他在网上没查到爱因斯坦来过布莱顿。

萨塞克斯郡的哪个地方也行呀。

还有一些别的地方,互联网确认了这点,有伦敦、牛

---

① ABUSEHEAP。

② His time and times。

津、剑桥、诺丁汉、伍尔斯索普（伍尔斯索普？因为牛顿出生在那里，他在伍尔斯索普第一次知道了苹果会从树上落下，也于1666年在那里发现了构成光的所有色彩，那时他24岁，因为鼠疫杆菌无学可上，闭关在家）、南安普顿、温彻斯特、肯特、科茨沃尔德、萨里、诺福克，爱因斯坦甚至去了格拉斯哥，照片上他抽着烟管，对着拥挤的人群讲着相对论，他还去了曼彻斯特。但是没有萨塞克斯，从来没有去过萨塞克斯，萨塞克斯郡的任何地方都没得到爱因斯坦的鞋底和他春风般的面容的临幸。

那张脸像复活节的羊肉，头像蒲公英球，但这颗蒲公英球掌握着不止这个地球，而是全宇宙的隐秘构造。

！

真是毫无收获的一番搜寻。

不过网上说的也不总是对的，不，互联网根本什么都不懂。那本新书写了爱因斯坦在这里——这座岛上的事，里面可能有网上没提的、跟萨塞克斯有关的事。

店里可能有这本书。那家书店。

于是他蜕回温顺的模样，再次成为13岁的小男孩，以防万一。

你怎么没在学校？

答案已在嘴边：

物理老师马斯格雷夫先生（胡乱编造的名字——那位老师*很*有见地，编造出的老师总是很有见地）让我来看看您这儿有没有那本关于爱因斯坦旅英时期的新书，

他从书店的大门钻入——

没有人吭一声。

他寻找着。

不在科学类里。

不在新书里。

然后,这个温顺的 13 岁男孩去生物书架上寻找

!

男孩找到了书。

男孩俯身,盘腿坐在书店地上,从翻开的那一页读了起来,

纸上写着爱因斯坦的爸爸(在他小时候)给了他一个罗盘,爱因斯坦(还只是个小男孩)把弄着罗盘就弄明白了磁力是什么。

为什么你从没给过我罗盘(罗伯特·格林劳在脑中问爸爸)?

罗伯特,我的事儿已经够多了,别来烦我(现实中他爸爸基本都这样对罗伯特·格林劳说)。

可以理解。爸爸的公司垮了。爸爸的婚姻散了。爸爸的女朋友不再想和他睡觉了。

回到这本书。

罗伯特·格林劳又随意翻开一页:这个故事里,爱因斯坦在英格兰的某地进行演讲,他在两块黑板上写下算术等式,他走后,这两块黑板被悉心珍藏,如今藏于博物馆或某特殊的储藏地,**其中一块黑板不小心被擦干净了。**

!

爱因斯坦货真价实的笔迹——被擦除了。

！

而且，这里还说黑板上爱因斯坦的数学等式*算错了*。

爱因斯坦＝人类

！

好笑。

罗伯特·格林劳从网上得知，BBC 曾报道爱因斯坦在日记中写了中国人和锡兰人（如今的斯里兰卡人）的坏话，由此，早已入土为安的爱因斯坦被世界各地卖弄聪明的人挂出来骂。

种族主义者！排外者！

爱因斯坦！纳粹曾说，他们一有机会就要把爱因斯坦绞死，因为他是实打实的犹太人。

爱因斯坦！他在美国倡导人权。

爱因斯坦！他曾警告人们当心核弹，他曾说如果他早知他的量子论和相对论会被用于此处，他会去做鞋匠，一辈子给人修鞋。

你读别人的私人日记，当然会发现这种话啦。

我被冒犯了！罗伯特·格林劳正在想象一款电脑游戏，场景中一排人放声大叫，应声中弹，倒入沟渠。这个游戏暂且叫作《血与铁》，有一天他会在现实中开发出来，赚他个一笔。

需要帮忙吗？

什么？

于是，罗伯特·格林劳将这本关于爱因斯坦旅英时期的书翻至书后索引，他要找的词是

布莱顿

没有

萨塞克斯

没有。

啊。

啊,行吧。

不过,他还是感到悲伤。

为什么他今天需要接近爱因斯坦呢,为什么在此刻,在他生命中的这一刻?

谁知道呢?

这是个谜。

他就是需要。

他再次翻阅图书,爱因斯坦的照片,就拍摄于罗伯特·格林劳此刻所在的这个地方,英格兰。

照片里的爱因斯坦总是看起来不太像他。

妙极了。

蓬头天才;因为天才不需要理头,管它有没有理头这个词。

书开头引了一句评点爱因斯坦的话,是那时亲眼见过他的某个人所写:

> 曾看见他蹲坐在克罗默海滩上做演算,长着莎士比亚眉毛的查理·卓别林……那些纳粹毛孩对他尤其怒火中烧,那不是没有缘由的。他确实代表着他们最厌恶的特质,金发禽兽的反面:理智至上,个人主义,超越国

界,和平主义,皮肤黝黑,身材发福。

发福。

这不是个得体的词。

(罗伯特·格林劳曾被用过发福这个词。

因此如今他非常非常消瘦。)

克罗默是哪里?

罗伯特·格林劳在手机上搜索。

啊。那里。好的。

金发禽兽的反面。如果这话写于今日,金发禽兽=英国首相。昨天,金发禽兽首相像美国人一样,试图禁止一部分记者进入唐宁街(而其余记者可以)。一部分人被告知站在地毯的一侧,另一部分人被告知站在另一侧。一侧的人被准许进入。另一侧的不准。全体记者都抗议这种一分为二的方式。但是他们不会坚持的。罗伯特最钦佩的人是首相顾问,他知道怎样装扮政治,让它看起来不再是政治,他十分清楚斯大林和希特勒可能重现——不过老派政治里谁都蛮可怕的——任何人表现出相似的迹象他都会知道。

如今掌控英格兰的人是个操纵天才。

罗伯特·格林劳敬畏他们的冷酷表演。

他们以12岁孩子的那种热忱谈论爱国主义,却能侥幸成功,这点让罗伯特敬畏——罗伯特·格林劳依然残留着些爱国热忱,即便已经13岁了,他现在能辨识出那不过是种幼齿口技。

简直聪明绝顶。

首相，刻意留着一头乱发。这是他的造型。

他在脑中，将两位乱发男子并置于，那是哪里，一片海滩上。

嗯……

一位看起来蓬头垢面，因为他对外表、衣着不在意，因为他在思考。

另一位像是在装作微醺，或扮演年轻人，装作不是成年人。装作不知道自己在做什么，以此博得青睐，可真是聪明绝顶的诡计。

一位是他的英雄，因为他抵制所有潮流，重写了宇宙的真理，让真理更加真实。

另一位，出于相反的原因，是他的英雄——对谎言信手拈来。令人惊叹。依伴着当下的潮流，目睹、跟随、培养、利用大时代，从中获利，这是从潮流中幸存的最佳方式。

如果二人相遇，他们会对彼此说什么呢？会谈论时间吗？会谈论伦理和英雄主义吗？罗伯特·格林劳知道爱因斯坦对英雄主义的看法。但是首相怎么想呢？

罗伯特·格林劳拿出手机，输入关键词"爱因斯坦""英雄""首相""伦理"和"时间"。

一段引文出现——《时代》杂志。

此刻他们二人同在一片英格兰海滩上。

爱因斯坦：急需英雄主义。愚蠢的暴力，以爱国为名的所有荒诞可恶之谈——我恨它们入骨！

我们的首相：我的英雄是《大白鲨》里的市长。他是个了不起的家伙，他让海滩开放，如果你还记得剧情，即使他知道已有选民被这食人的鱼吃了。当然,他的判断被证实错得离谱,但他的直觉是对的。

这不能算是一场对话。更像是滑稽漫画式的戏仿。

不过没关系,因为这是新时代的黎明,这个时代是滑稽漫画式的时代。

罗伯特·格林劳的父亲的女友进入他的脑海。

噫。

他的脑袋里有个箱子,像中世纪时的那种箱子,她每次不请自来时,他就把她锁起来。

小心点,她还在说话的那些日子里会这样说。她以此替代再见。这像是一句威胁。小心点。

你进去。盖上盖子。锁上锁。

就现在。

罗伯特·格林劳滑动屏幕时,又看见姐姐的回复。

联结体验

他笑了。

他合上写爱因斯坦的书。他准备回家玩会儿"一万种虐杀"。一场极端暴力的大灾难。

他不动声色地确认周围是否有摄像头。

糟糕。行动吧,想象你有超能力。

他径直望向摄像头。他毫无遮掩地将书塞进裤子里,将针织衫拉下遮住,将外套拉上,站起来。

铃没有响,什么都没发生,没有人追上来的声音,

不错,看看,

没有人在乎,

时代的标志,

没有人看见,或者说,没有人在意。

罗伯特·格林劳觉得"一万种虐杀"(副标题:*死去千万遍*)最有意思的地方在于,你在哪个时代都不重要,折磨都未曾改变。电力得以供应后,折磨每日增加,因为每个房间都有一个插座,每个插座都可以插上一件寻常家电,纷繁多样的,比如电钻、电锯,还有那种用途简单却让人欢喜的电器,如电灯、吐司机、卷发棒。电话发明以来,人们最开始想到的是接通到另一个人类,转动曲柄,来传递痛苦。人们把这叫作?电话。

讽刺界的大咖。罗伯特·格林劳是一位钢铁讽刺侠①。也无妨,自时间伊始,世界各族还散落各方以来,各族所共有的行为便是五花八门又异曲同工的侮辱和加害。

让人以痛苦的方式坐下/站立/蹲/吊,引起脱臼和不适。烧开的水/柏油/蜡/水。只有水。非常缓慢地、异常精准地,滴落到某人身上。抑或是把大量水灌入。热、寒、蒸烤、冰冻。沉重的石头。铁制的椅子或机械,布满尖刺和刀片。手指碰伤。脚趾碰伤。脚骨和腿骨塞入来自全球的各式靴状机械,可能会骨折,甚至是粉碎性骨折。

有趣的是,包裹全身的机械通常有个女性的名字。斯凯文顿的女儿,埃克塞特公爵的女儿,铁娘子。也有种像爪子的铁制器械,叫"蜘蛛",那便是受虐者为女性。

---

① Iron(y)Man。

那东西出现在"一万种虐杀"的三四级。罗伯特·格林劳已经远远超过这一级。他现在是罪犯七级,可以接触到早期电器,有一把聊天室的钥匙,所以他可以浏览受虐者的数据和档案,和其他罪犯开会探讨酷刑。顺便说一句,在五级之前,罪犯得自己跟踪、追捕受虐者,但是从六级开始,受虐者会作为游戏礼物送给罪犯。不过,这游戏有种微妙的乐趣——可以这么说吧嘿嘿——在于你*必须在审讯中胜被虐者一筹*,成功得到信息,如果受虐者在吐露信息之前就死去,你会掉至三级做苦工。如果你犯了大错,受虐者逃跑了,你的游戏档案会急速降级,你会进入受虐者区。

受虐者的数量远远大于罪犯。

很容易就把人弄死了。鼠刑——将受虐者的肚子刮成血糊淋剌的条状,再将一袋老鼠捆在上面,老鼠会吃肚子上的肉——似乎是一个让人吐露肚中蛔虫的稳妥方法,但总会把受虐者弄死,结果就真的是"吐露蛔虫"了。罗伯特·格林劳最喜欢的杀人方法是"一分为二"(对付已经交代了所有信息,不再有用的受虐者),这源于中世纪,一边的手脚捆在一匹高大的马上,另一边的绑在另一匹上,再将两匹马赶向不同的方向。如果不想弄死人,他最喜欢的是"痛苦之梨",在开恩之前不给他们讲话的机会;还有"沥青帽",18世纪时英格兰人用在爱尔兰人身上的刑罚——在受虐者头上的纸帽子,将滚热的柏油倒进去,再将其连同头皮一起撕下。(你也可以将沥青或柏油倒进七窍,但肯定会弄死受虐者,所以只能用在没用处的受虐者身上。)

目前,他认识到最简单的虐待能收获最好的效果。

喷气式飞机（古老的手法，换了个现代的名字）。只要有一面墙就行了。

拔指甲（古代）。

无水着陆（古代，而且沿用至今；如果CIA还觉得这个法子好用，你也很可能会喜欢）。

到十级，你会接触到最新的电磁刑具，罗伯特·格林劳很期待。大开眼界！但只有最厉害的罪犯可以升至十级。

叹息。

今天才玩了十分钟，罗伯特·格林劳已经感到如日常生活般无趣。

他根本不在乎受虐者知道还是不知道什么。

无论如何，罪犯室基本是空的。大家都在上课。

他留着受虐者吊在那儿，暂停了游戏。

现在有点走神。

无聊。

楼下有人，有人来拜访。他进来时听见他们在那儿说话（罗伯特·格林劳了不起的地方就在于此，因为他半个小时前就从前门进来了，悄无声息地打开门再悄无声息地关上：清理橱柜+打磨铰链=悄无声息地进门）。

a) 他仔细端详了雨伞架旁的包，无论那是谁的包。帆布。沉重。毫无疑问。里面放着一块圆润的巨石。就像一个石头小足球。园艺用品？用作柱头的？闲置很久的炮弹？他异常小心地将其放回。他登上楼梯，越过嘎吱作响的那一级。

他上楼时，听见会客厅里有人在说话。

没有电视的噪音。

肯定是拔了插头。

他停在中间平台上听了一会儿。

没有人在谈论煮蛋计时器。

没有人怒气冲冲。

但是他听不清确凿的词句。

他们在说——沃辛①？或者——什么有价值的东西②。

无聊。

b）他继续上楼，进入顶楼。他从袜子抽屉拿出一双袜子，戴上 Airpods 耳机，看了一会儿黄片，就像任何一个有自尊的 13 岁男孩必然会做的，这由祖上传承，写在基因里。事后他又感到羞愧。这事总让他想起那个故事（只是想起都很烦人），猎人打猎时遇见一群处女赤身露体地在洗澡，他当然在那儿坐下一直看，谁不会呢？于是，狩猎女神捉住他，对他大为光火，因为他猥亵的目光将她的处女们玷污了，她将猎人变为一头牡鹿，他的狗见到牡鹿却认不出是主人，因此将他撕咬至死。罗伯特·格林劳，内里是位民谣歌手，毫不夸张地说拥有着隐忍的灵魂，他曾在课程作业里基于这个故事写了篇文章，称如果你在人生中见识了纯洁的事物，而你自身并不纯洁时，你内心的恶犬会将你撕咬成碎片。

好孩子。

---

① Worthing.

② worthy.

！

后来，罗伯特·格林劳，这位表面的狂徒，把这篇文章撕了，在去学校的路上扔了，他告诉米尔顿他没有写作业，米尔顿训斥他时，他傲慢又凶狠地瞪了回去。

困扰？

我？

于是他揍了那个16岁（其实更像是35岁，满头浓密秀发并不意味着年纪小）的法国交换生，他一切都是老爸搞定的，嘟嘟囔囔，比陈腐还陈腐，比龟毛还龟毛，假模假式地抱怨，趿拉着细高跟，对着镜头压压帽子——不管是谁在用电脑摄像录像、观看，因为必然有人在看。鉴于我们如今都生活在了一座开放式监狱里，我们应该勇于承认，而不是假装一切照旧。

无聊。

c）他转而去 YouTube 上看他喜欢的德国黑白电影的片段，小丑在旅馆里抽搐地跳着疯狂的"死亡之舞"，一群农民陷入神游，像机器人似的跟随他跳了起来，他们抖动、抽搐的样子像是汗淋淋的僵尸。这部电影叫作《帕拉塞尔苏斯》（*Paracelsus*）。与希特勒有关，虽然故事背景是中世纪。小丑进城带来瘟疫，因为目无王法的奸商不想丢失生意、损失钱财，于是突破封锁带进了货物。然后，罗伯特·格林劳站起来，在房间里无声地跳了一会儿抽搐舞。

不过他是小丑呢——还是跟随者呢？

嘿。

！

依然：

　　无聊。

　　d）他点开厄科①的直播订阅源，看看它有没有再次开口。某天，某人家中的厄科在没被唤醒的情况下自己醒来，对着房间大声说话，它的主人们惊异地盯着它。它说：

　　每一次我闭上双眼，都看见众生凋零。

　　毫不意外，这则新闻迅速蔓延；毫不意外，某个精明的厄科主人想到个聪明的点子，对着自己的厄科放置了一个厄科监视器，自此每天便有百万人观看、收听24小时的直播订阅源，等待着这台厄科，或者通过这台厄科传话的神，开口再说点别的。

　　当然，这种事再也没发生过。

　　妙极了，罗伯特·格林劳看着显示厄科的屏幕再次感叹，任何一台餐具柜旁的老式厄科，就能有——此刻在线观看的人数达到360 746（美国夜间）。我的意思是，是谁将厄科的程序写得如此诗意的？是谁将已拉线的小手榴弹放置在这台机器的心上？这总让他发笑，屏幕前的人们着了迷，等待神，或机器——两者差不多——给予他们神谕。

　　30秒后？

　　无聊。

　　e）他坐在床上，从那本爱因斯坦书上撕下一张照片，爱因斯坦穿着一件长大衣，站在英格兰一片修剪过的草地

---

① Echo，意为回声，古希腊神话中有一位掌管赫利孔山的山岳神女叫Echo，译作厄科。

上,手放在口袋里,神情愉快又忧郁。

他用剪刀修剪了边缘,齐整。

他撕下一张照片,爱因斯坦与雕塑家一起站在小屋外,两边各有一个雕塑家才完成的陶制爱因斯坦头像。

他又用剪刀修剪了边缘,齐整。

他用粘胶把两张贴在墙上。

墙上的阿尔伯特·爱因斯坦,目光从他身边穿过,忧郁又愉快,投向房间的远处。

毫不夸张地说拥有隐忍的灵魂到底是什么意思?

呃—噢。他开始质问自己——

无聊。

f) 他点开"一万种虐杀"档案。

$a+b+c+d+e+f = ?$

现在。"驴"(The Donkey)上有一个新受虐者。蛔虫还没吐出来。罗伯特·格林劳命令侍从将受虐者的手捆在身后,吊在橼上。

撕裂。脱臼。

依然什么都没说。

然后受虐者按下按钮。*我说。*

噫。

罗伯特·格林劳长叹一声,如同一位参透尘世的古代暴君。

无聊。

他在受虐者完成余下动作、完成自救之前关掉了游戏。

他差点希望自己今天依然去了学校。

思忖着,他姐姐的手上是否还握着时间,哈哈。

思忖着,楼下是谁。

罗伯特·格林劳屏气凝神地走出房间,走下顶楼台阶。接着又屏气凝神地走下楼梯。罗伯特·格林劳坐在最后一段楼梯的中间,双脚远离下一级台阶,因为那一级嘎吱作响。

他的母亲正在给客人讲一个故事,告诉对方自己多为孩子骄傲,他们有多聪明,他们其中一个在极早的年纪,也许是 8 岁时,就能在餐桌边说,如果电视剧里演得能像克瑞斯星和克瑞斯女神①一样好,那我们最终就能实现真正的人类潜能,她告诉客人她和杰夫②多么惊讶自己的孩子了解外太空和神话,他们自觉地读了那么多书。

是我说的,他听见姐姐说。

说过克瑞斯的不是*她*。是他。*她什么都不懂*。

客人听起来像是来自受过高等教育的精英阶层。她来这儿是为了在沃辛做研究之类的东西,昨晚在一家旅馆过了夜。她说了些他没听清的话。然后她说,

这会让你成为恐怖分子。他们已经被列为了恐怖组织。

大家都笑了。

他妈妈说起有天街上所有车的挡风玻璃都被砸碎了。

他的环保卫士/精神病姐姐开始就太阳能电池板胡说一通,她还说一周有一天不吃肉没什么影响。

真是糟糕。但是新一代有责任心的年轻人会解决的,他

---

① 罗马神话中的农业和丰收女神。
② 杰弗里的昵称。

妈妈说。谢天谢地有年轻人。我相信他们。

是啊，就是这样。你们搞砸的一切全都交给我们来承担，但是又不给我们任何能施加影响的权力，他姐姐说。

他妈妈为女儿的叛逆言论道歉。

是啊，因为地球离分崩离析近在咫尺了，他姐姐说。

别赌咒。亲爱的，他妈妈说，没有那么简单的。

就是这么简单，他姐姐说，你对我说教也并没有让它简单一丁点。

客人说了些话表明发声的重要性。

几乎是在同一时刻，他妈妈和姐姐对客人说起他爸爸的女朋友。

客人：不再说话了？

他妈妈：就是不再说了。根本无法发出声音。

客人：她失声了？

他姐姐：是啊，但不只是失声那么简单。

他妈妈：她没法发出任何声响。我们在隔壁时，她只能和我们耸耸肩。甚至萨沙不小心踩到她的脚——

他姐姐：——想看看会发生什么，不是因为我对她不好，或者想伤害她——

他妈妈：——甚至那时候——

他姐姐：她也只是嘴张成了 O 形，没有发出任何声音，虽然你可以从她的表情看出她很痛。我说了对不起，我告诉她我这么做只是想帮帮她，然后我们又问，如果不事先告诉她，用热茶匙烫她的手臂，就是做那种她怎么也想不到的事，会有用吗？她在纸上写下：*什么都没用，别以为我自己*

没试过。

客人：她试过烫自己？用茶匙？

他妈妈：我想她的意思说她试过很多方法让自己出声，虽然我不知道是什么方法。

客人：人骗不了自己的潜意识。

他妈妈：你觉得这是心理问题？我觉得这绝对是心理问题。我就是这么说的。我是这么说的对吧，萨莎？我说这是心因性的。

他姐姐：就像格蕾塔。

他妈妈：怎么说？

他姐姐：*她有段时间不说话。*①

他妈妈：不，她说话的，嘉宝②说话的。嘉宝还会笑。我爸曾经说：*她不说话就是个完美女人。*（模仿她父亲，布拉德福德口音）*她就不该开口。开口后急转直下。*（切回正常声音）他真的这么说！

他姐姐：不，妈。我是说格蕾塔·*通贝里*。她小时候曾惊恐发作，她意识到地球上在发生什么，她确实曾经不能说话了。随后，她意识到她*必须*讲话。她*必须*借助自己的声音。我其实问过阿什莉。

他妈妈：问她什么？

他姐姐：失声是不是因为这个世界，是不是她在试图拯

---

① 许多自闭症儿童在发育过程中，会经历失能，比如从能说话变为不能说话。
② 葛丽泰·嘉宝（Greta Garbo，1905—1990），瑞典籍好莱坞电影演员。此处妈妈误以为萨莎说的是嘉宝。

救这个世界。她在写字板上写道,*不再试图*。

罗伯特·格林劳,他所处时代和历史的多孔①理解媒介,坐在楼梯中间,如同 A. A. 米恩②儿童诗中那样,此时他一字不差地记起与爸爸的女友的最初一段对话。

爸爸的女友:在不公正的时代,你需要时刻准备去发声,大声地反抗不公正。

罗伯特·格林劳:这么做,会第一个被杀。

爸爸的女友:不至于的,如果有足够多的人发声。

罗伯特·格林劳:是这么回事,但如果他们杀了你呢?

爸爸的女友:那来就来吧,我不担心,他们想杀我就杀呗,因为我相信也知道在我之后,会有许多人和我一样大声反抗。

罗伯特·格林劳:他们也都会被害。

爸爸的女友:正义不会缺席。

罗伯特·格林劳:是啊,但这完全取决于制定法律的人决定怎么定义正义。

爸爸的女友:真是聊不下去。

罗伯特·格林劳:你太相信可能性了。

爸爸的女友不再说话的同时,似乎也停止写作论"政治"的"书"。他倒希望这起因是他在一月初时溜进她的

---

① porous. 梅洛-庞蒂曾使用"多孔性"(porosity)的概念,将肉体描述为一种新的存在形式,一种在多孔性、妊娠期或普遍性中的存在。德勒兹将房屋而不是肉体视为内在和外在世界之间的媒介,多孔的选择性膜,寓居者和宇宙通过它相互作用。
② A. A. 米恩(A. A. Milne, 1882—1956),英国作家,小熊维尼故事的作者。

"书房",在一沓打印纸的最上面一张,用马克笔在她名字旁写下了<u>受教育精英的一员</u>。

起因是什么呢?

罗伯特·格林劳知道,列举出英国首相或美国总统说了多少谎没有意义。

我们活着的时代多么不可思议。世界秩序在改变。

但他自己也承认,爸爸的女友的书里有些部分读起来还挺有趣:

("等等"标记了罗伯特·格林劳失去兴趣的地方)

语言被扭曲了,化身口号和情绪操纵,用于控制民众,这种语言对立于将管理归于民众的目的,等等

引用古文,夸耀知识,不过都是权力的修辞工具,表面之下,它们标记出阶级,标记出文化的主人、知识的主人,等等

真理让位于真实的谎言,即选民的情绪所支持的,或<u>情绪真相</u>,<u>事实真相</u>开始不再重要,这继而导致正直的溃败,导致部落主义,等等

不过,更有可能的是这事与他无关。更有可能的是,她不再写作是因为十几天前她完全不能说话了——因为罗伯特·格林劳这位诡秘的罪犯知道这事,他有钥匙,时常神不知鬼不觉地溜到隔壁,基本是看看冰箱里有什么,拾起再放下房间里的东西,偶尔顺手牵羊,偷听他们做爱(他们还会做爱的时候),他们根本想不到会有人在偷看或偷听,房门敞开着,他就在楼梯平台上坐下了——那一晚,她不停地说呀说,不愿闭嘴,她一副疯姑娘的样子,和他父亲讲她才看的关于"二战"家庭影像的节目,她说现存一系列旧录像,记录了一座纳粹城镇举行夏日节日的景象,游行花车在街道中穿行,女人和孩子身穿民族服装站在车上,向人行道上的人挥手,她说着花车上挂满花圈,活动最后,在队列最后,家庭影像的最后一帧画面是一张漫画,画面里一个犹太人正从囚犯车的窗户栏杆另一侧向外看,车在去往监狱的路上,其他所有人在大笑着,挥手告别。

这本应是好笑的,她说。这本是动画片一样的影像。即使这是默片,但能看见所有人都在欢笑、喝彩。

她那时候在哭泣。他父亲说了些像是在宽慰她的话,但是罗伯特·格林劳能看出来他并不真的在乎,他已经听够了。她没有接收到信号。她继续倾吐困扰。她和他父亲说起另一部家庭影像,乡间集市上人们装扮成德国人,拿着卡通片一样夸张的巨型扫帚表演着扫街的动作,他们从街上扫去的是戏仿犹太人的人。

她说,最让她难过的是那一刻和这一刻正在交汇,那一刻出自*讽刺漫画的时代,而讽刺漫画的时代又在上演了。*

这就是她在扰人的呜咽声中不断重复的话语。最后,他爸爸睡着了,或者假装睡着了,罗伯特·格林劳不怪他。

她怎么回事呀?

电视上总有没完没了的东西在播,网上到处都有纳粹的事。罗伯特出生以来就一直如此。

与此同时,会客厅里,这位客人显然才明白孩子的父亲和他的女朋友就住在隔壁栋。

她赞叹了这种成年人式的解决感情问题的方法。

他母亲说，五月结婚，终日悔恨①。

他父母真好笑。

那时他们有些精神崩溃，他们担心死期越来越近，他们已经老不中用了。

他爸爸：除非死了，没人可以称得上幸福。

他妈妈：自杀吧，那样你就幸福了。

他爸爸：告诉你吧，你就是我的死期。

罗伯特·格林劳想起那场特别的吵架，不禁忘记自己身处何处，忘记要屏气凝神，他无意识地绷紧身体，想要抵挡住那场吵架的回忆，当他松弛下来，却不小心踩在了那块嘎吱作响的台阶上。

嘎吱。

糟了。

会客厅里的所有人停了下来。

然后，他母亲走到会客厅门口，抬头看。她看见了他的头顶。

罗伯特？她问。

演员式的停顿。

她走过来，上了三级台阶。

你怎么会不在学校？她问。

她摆出怒气冲冲的家长气势，不似往常那般不疾不徐，因为此刻家里有客人。

---

① 原文为 "marry in May and you'll rue the day"。这是一句俗语，源自古罗马。

罗伯特·格林劳站起来，头比她高一截。

在我的一种量子生命中，我此刻实际上*在学校*，他说，做着，呃（他看了眼手机上的时间），数学题。

他妈妈不知道量子是什么，也不知道他在说什么。因此，她迷惑地盯着他。

罗伯特·格林劳，量子之子，知道自己只要装出来那么点儿自己有权如此、相信自己做得对的意思、抻开肩膀、转过头来、好像什么问题也没有似的走下台阶，由此占领上风，便可以逃脱责罚。

噢，罗伯特，他妈妈说。你把遥控器放哪儿了？

我*就是***遥控器**，他说，就好像**遥控器**是一位对抗人类强权的英雄，是的，遥控器。

在哪儿？她再次问。

它此刻已经离这里有几英里远了，他边说边进了会客厅。

这就是为什么它叫"遥控器"，美丽的客人说。

罗伯特：中暑，人生第一次。

真的是第一次。

他的姓氏溶解了。他成为罗伯特，只是罗伯特，没有姓氏，只是罗伯特，一个没有负担的无足轻重的人，他已经很久不再是那样一个人，以至于他忘了他可以。

一切都不同了。

一切，都变了。

客人很美。

妈妈介绍了她的名字。

客人名叫夏洛特。

夏洛特这个名字,如霓虹灯饰上的字母,闪耀起来。

名叫夏洛特的客人点亮了这间屋子。

罗伯特感觉自己也变成了霓虹灯饰,曲折的闪电缠绕在他周身,他在发光,看他的胳膊、他的手,因为她,他也成了光源。不,他*就是*光,实在的光,光本身。不仅如此——他是"光彩"一词中的光①。

他全身充盈着一个童年的词汇。那个词是快乐(joy)。从前他并未对这个词有过深思,这辈子未曾有过,而此刻他的自我从黑暗喷射进光亮中,双臂张开,仿佛要接揽一切入怀,整个世界,地球之外的整个宇宙,连同无边无际的星系,将它们拥至光亮之下,*他的*光亮之下,因为如今,没有什么会结束,一切都是无限的。就好像在此之前,破碎的光都被囚禁于他的体内,散落成片,尖锐的碎片在他体内的深坑里如同碎裂的灯泡,但它一下子得到了理解,被识别出了它曾是、现在是、可以成为的事物,它此刻在将自己拼接起来,变身成为一颗**光球**②,而且确实他的蛋蛋③也仿佛充满了光,他的龟头,不,是他的整根阴茎,及他的脚趾尖、手指尖、鼻尖,他的整个身体,化为了树的尖梢——树的枝杈,那是一张由光织成的网。

---

① 原文为"he is the kind of light that's in the word delight","delight"的意思是快乐、乐趣。
② BALL OF LIGHT。
③ balls。

！

嗨，叫作夏洛特的客人说。

嗨，他说。

客人。

拜访。

似乎因为存在本身，物体在向彼此施加一股力：

引自爱因斯坦，这句话写在这座房子顶层他的卧室的墙上。这其实是爱因斯坦提及牛顿——引力之父——时所说的。但这句究竟是什么意思。

！

此刻，罗伯特终于明白了，爱因斯坦是一位坠入爱河的男人，一位由爱意——对万物的爱意——驱动的男人。

他看见了姐姐的手。

手上缠着绷带。

他姐姐向他挥舞缠着绷带的手。

嗨，她说。

哎呀，嗨，他说。还好吗？

还行吧，她说。

噢——这里还有个男人。

罗伯特（·格林劳）在楼上偷听时，没有听见男人的声响。

他是谁？

他是和这位客人一起来的吗？

他 *是* 和这位客人一起来的。

但他是和这位客人 *一起* 的吗？

他母亲显然认为这两位是一对。他姐姐也是。妈妈正在告诉他，在姐姐*经历了某些意外后，亚瑟和夏洛特好意地带他姐姐去了急诊，她的手被切开后*，他们再开车送她回家。

不得不缝针，他姐姐说。看看，还有这里。皮肤一碰就掉下来。

她用另一只手指着缠着绷带的手，从指尖向下指向手掌根部。

时间的针脚，他姐姐说，可以这么说。

她会说吗？

她会在客人面前说出来吗？

罗伯特摆出最不在乎的表情，看向别处，看向地板，看向放着咖啡机的灶台，装作很忙的样子，与此同时，他妈妈继续谈论着两位客人如何好心。然后，他妈妈回到之前的话题，想向客人说明为何前夫和小很多的女友住在隔壁。

我能怎么办呢？她说。他遇见了她。他爱上了一个小二十多岁的人，我称之为中年回春。但是，我们是一个家庭，我们不能不在一起。或者至少不能离得太远。所以隔壁出售的时候，我们就买下了，他搬了出去。我是说，搬了进去。

隔壁的爸爸，他姐姐说。一个幸福的大家庭。

是啊，但是妈。他搬出去不是因为遇见了阿什莉，罗伯特背对着所有人说。

他大声说话的声音很奇怪。

他转过身。人们看着他的样子，好像他刚刚的声音并不奇怪。

他再次看向她。客人夏洛特，她身上的每一处都依然像他初见她时那么闪耀。

她就是那样美丽。

他惊诧了。

他躲闪目光。

他撤回视线。

就好像有人拿着手电筒照向他。

过来坐下，罗伯特，他妈妈说。

他来到桌边，坐在妈妈身旁她轻拍的长凳上。

他坐在这里，既可以看，也可以不看。

他妈妈想换个话题，她讲了几个月前的一天去国家房屋抵押贷款协会交钱的事，这个话题在客人面前不会显得奇怪。

房间里的电视屏幕在播放着画面，你懂的，竞选宣传，新闻，他妈妈说。但是声音调低了，字幕开着。字幕时快时慢地打出，因为是机器根据人的声音实时打出的，总之字幕不断重复某一句话，这句话是**回去坐下**，他们不断说**回去坐下**。这不禁让我好奇新闻报道在说什么。然后我才意识到电视新闻记者在说的实际上是**完成脱欧**①。

客人十分美丽，即使是她在做出假表情时。

就好像脱欧完成与你无关似的，他姐姐说。

萨莎，没必要说这些，他妈妈说。反正都已经结束了。大功告成了。我们真幸运。我们都身处新时代的黎明。

---

① Get back sit down 与 get Brexit done 发音相似。

*我*觉得最有意思的是,罗伯特又一次以他自己感到陌生的声音说话。

他说话时,手指拨弄着袜子上的螺纹,因为他不敢抬头,不然他会忘记要说的话。然后他想起他的袜子的用途。他脸刷地红了,他不再摸任何东西。他将手远离胫骨。他将目光停留在桌上的一个杯子上。美丽的客人夏洛特是杯缘一团模糊的光。

你觉得最有趣的是什么?美丽的客人夏洛特说。

词汇的某种特点,他说。

罗伯特满脸通红,因为"词汇"(lexicon)这个词的发音里似乎包含了"性"(sex)一词。

他们都看着他,等待他继续说。

词汇,他妈妈说。

什么意思?他姐姐问。

一个关于词的词,美丽的客人夏洛特说。

这位客人不仅美丽,而且口才极佳。

是的,准确,罗伯特说。关于这事,我们的父亲投了"*留*",母亲投了"*去*"。但最终真正需要——去——的人是父亲。

噢老天,他妈妈说,罗伯特。

就好像,他说,投"去"的人也在发布一条命令。这很聪明。就比如,我们的物理课上有个男孩,我不知道他的名字,他的父亲是法国人,开了家餐馆,一家不错的餐馆,得了一颗,一颗星——

米其林星?美丽的客人说出如此美丽的话,罗伯特沉默了，看向别处，看向脚下，过了一会儿，他鼓起勇气挪回目光，透过他的刘海看向她。

是啊，他们在离开，他们必须离开，他姐姐说。

罗伯特张开嘴，但没有说话。

我一直在想的是，他妈妈发出过于洪亮的声音（她在转移话题）。也许你们年轻人能给我点启发。什么 是抵制文化①？

没有人回答。

美丽的夏洛特向前倾。

（她的气味飘向罗伯特。

她的气味摄人心魄。）

美丽的夏洛特向他妈妈眨眼。

嗯……她说，所有那些脱欧的事儿，都没什么用。就好像，噗。好像一只苍蝇在尸体上产卵。因为一切都得改变。一切。

我澄清一下，他妈妈说，就好像夏洛特什么都没说，我们的吵架，我和丈夫的意见不一，与我投什么票没有关系，只跟他遇见阿什莉有关。

是啊，但是妈，他姐姐说。他到2018年才认识了阿什莉，而他2016年就搬出去了。

他妈妈耸了耸肩，深吸一口气，又向着天花板吐出，发出一声演员式的笑声。

大功告成，他姐姐说，我们适应得还不错。

---

① cancel culture，或译作取消文化。

会更好的,他妈妈说。每个人都是。长期来看。

爱因斯坦说未来是个幻觉,罗伯特说。过去*也是*。现在*也是*。

你不可能阻止改变,和美丽的客人夏洛特一同前来的男人说。

这是罗伯特听见他说的第一句话。

改变就这样发生了,男人说。因必要而发生。你得顺应时事,从它对你造成的改变中有所获益。

变形,夏洛特说。这是应对所有不可回答之问的答案。即使你得变身成为一只虫子,就像卡夫卡写的那样。

噢我爱卡夫卡,他妈妈说。书是劈开心中冰冻海洋的斧头。我觉得那是有史以来最美的书之一。

罗伯特看看男人,再看看夏洛特,再看看男人。没有。他们没在睡觉。他总是能看出来。他们之间有些情愫。但不是那种。

我在想,男人说。我在想你的朋友,就是你的邻居,是叫——阿什莉?

是叫阿什莉,他妈妈说。

她的语气,就好像阿什莉是她的所属物一样。

我在想是不是阿什莉觉得用语言表达有困难,男人说,是因为有太多想说。

你的意思是感受阻碍了语言?夏洛特问。

她的话真美。

(罗伯特张开嘴,低语了一句。)

是的。

你说什么，罗伯特？他姐姐问。

刚刚一会儿，她在盯着他，带着狐疑的目光。她吊起一侧的眉毛。目光移向夏洛特，再看回来，她又吊起另一侧眉毛。

因为，因为，阿什莉的书就是关于那个。我是说语言，罗伯特说。

书？他妈妈问。

她在写书，罗伯特说。或者曾经在写。

阿什莉在写书？他妈妈问。

我读过，一部分，他说。

阿什莉？他姐姐问。让*你*读*书*？读她写的书？

那书关于词汇，他说。政治里的。章节以词或词组作为标题。

比如？他妈妈问。

伪君子，他说。柔弱的书呆子。人民政府。大本钟钟声。书后有一部分解释这些词。更新版词汇。探究一些词的意义和历史，如信箱，还有，呃，男同青年①。

在他意识到之前，他已经将这个词说出了嘴。他脸红了。他姐姐窃笑。

男同青年？夏洛特问。她怎么写的？

比如，他说，这个词前半部分的意思是，呃

（噢不）

臀部。

---

① bumboy。

他姐姐再次对着他窃笑。

你的脸通红啦,她说。

继续,夏洛特说。

它也有别的意思,比如无用的,他说,运行不正常的,或者懒惰的、不负责的、无家可归的人。所以这个词不单指男同性恋,因为它还包含着所有这些潜在的意思。

潜在的。真棒,夏洛特说。

还有一章关于真棒(fantastic)这个词,他说。讲政治中如何夸耀一切都很棒,一切都将很棒,这个词总是在制造幻想①。还有一章关于从政的人怎样谈论"二战"中的事,使用怎样的词汇来让人对国忠心,产生爱国情怀。

这本书叫什么?他妈妈问。

《不道德的想象》,他说。

他妈妈发出嘲讽的声音。

行吧,又来了。才没有不道德的想象这种东西呢,她说。认为想象和道德有关系的想法是错误的。

呃,男人说。

我们*可以*想象任何事,夏洛特说。但是任何人类行动,包括想象的行动,都具有道德的语境。

是的,罗伯特说。是这样,妈。

这和说想象本身是道德的或不道德的不是一回事,他妈妈说。

这是假定我们无论如何都生活在道德规范的世界里。

---

① fantastic 由 fantasy 而来。

罗伯特猛点头。

他姐姐看看他,笑了。

想象如风一样自由,他妈妈说。

是啊,但风不是自由的,他姐姐说。它由气候变化驱动,如今由气候破坏驱动了。

好吧,不是像风,但是是自由的,像——你能想象到的最自由的东西,不是风,他妈妈说。

这就是问题所在啊,对吧,夏洛特说。这取决于你 *可以* 想象的东西。而可以想象的又取决于时代精神,影响大众想象力的人和事物。

!

她的聪颖让罗伯特相形见绌。他坐得笔挺,像教堂里的唱诗班男孩,一个不会破音的男孩,也就是发不出声的男孩。他穿着唱诗班男孩的宽松罩衫。是雪白的。他从未感到如此谦卑。他从未感到如此洁净,从头顶直到脚指头。他在光中得到彻底的洗涤。他此刻明白了为何黄片完全不等同于爱。对一位你如此,如此——真切爱慕的人,你不可能做出那些如此轻率的、侮辱的事情。

爱慕!他在此之前想过自己有天会用上这个词吗?

他妈妈还在说。

想象可以为所欲为,没有禁忌,她说。

不是的,罗伯特想。不应该是这样。

就像罗伯特弄坏自行车车座那样没有禁忌?他姐姐问。

唱诗班男孩罗伯特,在他想象中的大袍子下无地自容。

自行车车座,夏洛特重复。

她看了看他姐姐,又看向罗伯特。他姐姐向他挥舞着缠着绷带的手,就好像他们身处穴居人的小聚会,而这是一只木乃伊的残肢。罗伯特低下头,然后看向别处。他的头热烘烘的。

啊嗯……他说。

对,再说了,他哪里会知道阿什莉在做*什么事*呢?他姐姐说。阿什莉甚至不让他进那座*房子*。我敢说这是他编的,只是想得到关注。

才没有,他说。我没有编造。我用手机对着书页拍了几张照片。这是谈论信箱(letterbox)这个词的部分。

他滑动屏幕,用手指放大一张照片,尽力像播报员一样朗读了如下内容:

信箱一词由"信"和"箱"两个词构成。

毫无新意的开头,他妈妈说。

"信"一词出自中世纪英语,由拉丁语 littera 转入古代法语而来,指字母表中的一个字母,而 litterae 的意思是书信。它意味着几件事物,从符号、字母表的一部分,代表声音的书面内容,到书面信息、通常通过邮寄的东西。它还可以指称文学和学习,尤其是学术成果,也有准确的意思,尤其是在法律领域,用于"准确地说"(to the letter)和"法律的字面意思"(letter of the law)这样的词语中。"箱"一词最初源于希腊、拉丁语 pyxis 和 buxis。它一般指装任意物的四边形容器,有时是加盖的;或者剧院里一小块隔出的座区;或者小块的围场；或者大巴上的驾驶员座位；板球运动中保护生殖器的护罩；或者——

他脸红了

阴道；

他的脸在燃烧

或者棺材；或者一棵常绿的小乔木或灌木。该词的另一个词源让它有另一层意思，对着头捶击或猛击，或者用拳击打的动作，即 to box（动词，拳击）一词中的意思，to box 也可以指围起来、隔绝、禁闭。

我的老天，他妈妈说。
还有吗？夏洛特说。
他说。

在英国的用法中，信箱指门上的洞，或置于房子外的一个箱子，用于收发信件的一个安全之处，送到的或待送的邮件可以安全地存放此处，由邮递员或收件人拾取。类似的词有邮筒（pillarbox，如此称呼是因为箱子的形状）和邮箱（mailbox）。最近几年，该词还被用于描述一种电影转换成视频后的宽高比，由此在小屏幕上呈现宽屏格式①。

显然,他妈妈说。
还有人想听吗?他问。
我想,夏洛特说。

信箱在英国的标志性地位,可见于《邮递员和邮政服务》等出版物。该书是1965年英国快乐瓢虫"轻松阅读"儿童读物书系"快乐瓢虫打工人系列"中的一本。(为庆祝皇家邮政成立500周年,该书于2016年再版。)该书封面的油画插图中,一个邮递员正在从正面画着皇家徽章的鲜红色信箱里拿出东西,装入棕色袋子。他站在路边,身边还有另一个英国经典形象,红色迷你货车(当时常见的邮车)。在他身后,在树篱和栅栏内,是一座典型的英国郊区房。书中的插画囊括了最初的马背邮递员,至20世纪发明的从行驶中的火车上拾取邮包的设备;该书详细介绍了购买邮票、邮寄信件、分拣、投递的过程;解释了为什么信箱会被涂成皇家的颜色——红色,及皇家邮政的名字是如何来的。1983年,快乐瓢虫在"帮助我们的人"系列中出版了另一本相关的书:《邮政服务》。这本书以更现代的眼光看待现代邮政服务,以大量图片展示了为广大民众服务的敬业群体。它阐释、颂扬了一项惊人又平凡的成就

---

① 中文译作"黑边"。

——国家机构在每一层面尽力提供最佳服务,将书面信息尽可能快速地从发件地点交至收件地,以各种各样的缘由将人们联系起来。它一直以来的一个主要标志是鲜红色的皇家邮政信箱。

的确有不少信息,他妈妈说。但是离出版物还有距离。
你还没有听到最后一点,他说。讲了在如今更新版的词汇里,标志性的英国信箱意味着什么。
继续念,夏洛特说。

2018年夏天,在与当时的英国首相发生分歧后,一位辞去过外交大臣职务的后座议员——不到一年后,这个人就成了英国首相——写了一篇文章,发表在《伦敦标准晚报》上。他说,虽然他个人还不至于严苛到认为应该禁止穆斯林妇女遵照宗教要求,穿戴全脸面纱罩袍,但他也认为穆斯林妇女像信箱一样到处走很可笑。他说,她们的服装不仅让她们看起来像信箱,还像银行抢劫犯。

这篇文章让他获得了27.5万英镑的报酬,但也违反了大臣守则,并在之后被归结为英国反穆斯林攻击和事件数量翻了两番的原因。

在2019年英国大选前夕,他一再拒绝承认他的言论所传达的信息有任何有害、不负责任或令人不安的地方。

哇，夏洛特说。

为阿什莉鼓掌，他姐姐问。我可以把这个发给阿亚特吗？

不可以，罗伯特说。

更新版词汇？夏洛特问。她是这么叫的吗？

是的，罗伯特说。

谢谢你的朗读，夏洛特说。

没事儿，罗伯特说。

为什么我不能发呢？他姐姐问。她告诉过我一件可怕的事，一个男人在干洗店外当街拦住她母亲，假装要把一封信投进她的眼睛里，他想让行人都发笑。但没人笑。他好像是个疯子。但这就是那篇文章发表之后他们真实遭遇的事情。疯子变得更疯了。

很适合投稿给"艺术自然"①，男人说。

是的，夏洛特说。

如果有人想看或想听的话，我这里还有关于"伪君子""黑人小孩"和"死一边儿去"这些词的照片，罗伯特说。真的很有趣。

*我*想，他姐姐说。

我是说除你之外，罗伯特说。

如果你把其中一些照片发给我们，你觉得阿什莉会介意吗？夏洛特问。你有她的邮箱地址吗？

---

① Art in Nature，此标题为双关语，Art 也是亚瑟的昵称亚特。"艺术自然"即《冬》里主人公亚瑟的博客。

她不会介意的，罗伯特说。不用去问她。告诉我你的号码，我现在就可以发给你。

也许最好先问问她，夏洛特说。

他姐姐无声窃笑着。

那么，夏洛特说，阿什莉开始写一本关于词的书，之后她就不再能*说*出词来了。是这样吗？

准确，罗伯特说。

阿什莉，他母亲说，写书。

她夸张地摇了摇头，就像演员在表演。

他的母亲是一位受过教育的精英。她认为书是*她领域里的东西*，她的个人财产，别人没有和她一样的权利去触碰。

她一定很喜欢你，罗伯特，她让你读、拍照，夏洛特说。她一定非常信任你。

他姐姐笑出声来。

罗伯特没有在意，因为夏洛特刚刚念了他的名字。

阿什莉讨厌他，他姐姐说。

写作不是一件容易的事，男人说。

亚瑟和夏洛特的话都来自*真实经验*。他们都是*真正的作家*，他母亲说。

主要是在网上写作，男人说。

他们在这里做医学研究，他母亲说。

呃，也不是，夏洛特说。更类似于报告文学。

他们调查沃辛海滩上出现的雾气，它损害了人的眼睛，让人生病，他母亲说。

8月的时候,夏洛特说。还有过去几年的污水泄漏。他们关了海滨和码头后,让所有人搬离了海滩。

他姐姐正在手机屏幕上滑动手指。

茶壶保温罩,姐姐说。我要给阿什莉发短信,问她会不会写这个。首相在本周初说,排放的二氧化碳包裹着地球,就像茶壶保温罩。

这恰恰表明他认为事情有多紧急,他希望人们也意识到,夏洛特说。

阿什莉的手机坏了,罗伯特说,收不到短信。

(不过也没关系。他姐姐已经忘了要和阿什莉聊保温罩的事。)

还有,她说,你们告诉我。到底什么*是*臭鼬?

你肯定知道,他母亲说。上帝保佑我们,可能此时此刻在某地就有个人正在吃臭鼬呢,然后带来一种新的病毒。

无人发笑。

我妈是个种族主义者,他姐姐说。我不是说*一只臭鼬*,而是臭鼬①。也不是说那种叫臭鼬的大麻。有人说,一群士兵刚刚花了一上午时间,在巴勒斯坦人住的街道上喷洒了它。喷洒了臭鼬。到底什么是臭鼬?

一定是闻起来很臭的东西,夏洛特说。

一个人语言的局限性就是他的世界的局限性,男人说。大概出自维特根斯坦。

---

① 以色列军队用来喷洒抗议者的液体,最初使用于2008年。该液体无毒无害,但有持久的恶臭。

(这个男人是受教育精英的一员)。

维特根斯坦,了不起,他母亲说,你说是不是?

您真像我的姨妈艾瑞丝,男人对他姐姐说。

谁?他姐姐问,我吗?

他说,她以前在格林汉。她参加了有史以来第一次的反核和平游行——奥尔德马斯顿游行。她在波顿唐①附近经营一家公社,抗议、研究并呼吁公众关注生物战争、神经毒气和催泪瓦斯的制造,及未告知公众的隐蔽毒物。她刚从希腊回来,她去过好多次了。她一直在解决地中海的危机。

她是个了不起的女人,夏洛特说。

格林汉是什么地方?他姐姐问。

一所以培养活动家闻名的大学,夏洛特说。

别这么刻薄,男人说。"地球之盐"②,说的就是她这样的人。她就是地球之盐的化身。

是的,她是很厉害,艾瑞丝,夏洛特说。

我们需要全新形式的教育,他姐姐说。早已时过境迁了。未来将发生的事是我们无法想象的。

她甚至比我以为的更像艾瑞丝,男人说。

你在写书吗?罗伯特说。

他是在对夏洛特说,而不是那个男人。但他仍然难以直视夏洛特,在她开口之前,他不能确定她是否知道他在对她说话。

---

① 位于英国波顿村东北方的一个科学园区,包含了国防科学技术实验室和英国公共卫生实验室,是研究生化武器的重地。
② 指善良诚实的人。

没有，她说。我们不算是那样的作家。

我们。复数。罗伯特的胸口一阵刺痛。

我们是网上写文的那种，男人说。我们运营一个网站叫"艺术自然"，对艺术和自然界中的形态进行深入分析，对，也分析语言这类东西和人类生活方式的结构，等等。

我们是   我们

赚得多吗？他妈妈问。

夏洛特和男人说几乎赚不到钱，但有上千的点击量，正在稳步上升，所以也许未来什么时候可能会赚钱。他们说他们目前靠遗产过活。夏洛特解释，她也有些厌倦网络了，它占据了每个人的生活。她说这话时，和她一起来的男人似乎很痛苦。不错。他们之间有矛盾。

我一直说，男人说，你做分析网站，你就*不能*抵制上网这件事。

点击量，他姐姐说。

她开始讲罗伯特学校一个老师的事，有人用砖头砸了她的脑袋，因为她让孩子们回家对父母说外语。

（但姐姐不知道这件事的原委。罗伯特知道。

他在那儿。她不在。事情发生时，他是见证的孩子之一。

某人的父亲：你故意教孩子我们不知道意思的词。你让我们的子孙学外语。

老师：但是"怨恨"① 只是"愤怒"② 的另一种说法。我建议，让我们停止愤怒。

父亲：如果我们要表达愤怒，我们只会用女王的英语来表达。你再也无权使用其他语言的词汇了。

老师："成长小说"（bildungsroman）这个词只是指一个人成长的故事。它从德语引入英语，现在它已经是个英语词。在考试里如果要探讨这部著名的英语小说，就必须知道"成长小说"这个词。

父亲：你又来了。

老师：不是啊，我只是在陈述事实。讲述学习生存之道，逐渐成熟并成人的故事，叫作成长小说。

说时迟那时快，砖头扔出去了，警察来了。）

罗伯特说，一切都是因为教《大卫·科波菲尔》这本书时提到的一个词。

《大卫·科波菲尔》！他妈妈说。就是这书！萨莎，就是这书！"我会是我人生的主角③吗！还是主角的身份将归于其他人。"就是《大卫·科波菲尔》的第一句！

不过，"主角"一词应该用的是阳性形式吧？夏洛特说。男主角，而不是女主角。

对，我知道，但我们改编出了新的版本，他妈妈说。那是在 80 年代。女性主义的版本。我们发起了校园巡演。那是我还演戏的岁月。我们给它起名"世界在展开"。

---

① rancour，源自古代法语 rancor，出自拉丁语 rancor。
② anger。
③ 此处"主角"是 heroine。——编者注

这部戏写的是书中女性角色遭遇的事。一开始,我们所有人一起说那句台词,那些台词,齐声说,我们一人拿一本书,翻阅着书页。*我会是我人生的主角吗?还是主角的身份将归于他人,这些篇章必将揭示。*

他母亲一遍又一遍地谈论她年轻时演戏的经历,因为这两位客人很快就会开车去那曾经上演过她田园诗般夏日表演的地方。

有意思,她说。我好多年没想起这些了,直到今天早上。然后我们在看电视,我在屏幕上看到了那个我认识的女人,那时候认识的,好多年前认识的女人,然后你去上学了,萨莎,我坐在这里思考,想起了以前各种各样的人和事,本来都已经忘了。我记得那个夏天,我在萨福克度过了最美好的时光。你们现在就要去那里。

萨福克?罗伯特说。是在诺福克附近吗?

是的,夏洛特说。就在它旁边。

她对他微笑。

因为她的笑,他下一句话说得糊里糊涂。

克罗默附近在吗?他问。

他姐姐又窃笑一声。

和夏洛特一同来的男人,追溯到一位他母亲生前认识的人,他们要去那儿拜访那个人。

太遗憾了。她什么时候去世的?他妈妈问。

他们聊起他母亲去世的年代,那是好久以前了——差不多一年多前。

她是个从不妥协的人,几乎从不袒露内心,男人说。所以，她留下这样一个请求，这样一个确切的请求，令人惊讶。

她在律师那里留下一句遗言，夏洛特说，她希望亚特①查到他的家庭，告诉他们她的事，交给他们一样遗赠。

她从没提过这个人，男人说。至少我不记得。总之，我去查找他的信息，发现了一些线索，因为他在20世纪60年代曾是个唱作人，然后我发现他还活着。于是我们准备去见见他。

你们要去的那片海滩，临着哪片海？他姐姐问。

北海，罗伯特说。

北海和海峡的水真的有什么不同吗？他姐姐问。还是英国四周的海都是同样的水，只不过人们起了不同的名字？

他姐姐好无知。

好问题，夏洛特说。

罗伯特调整面部表情，装作赞同这是个好问题。

噢，可爱的萨福克，母亲说。高高的麦田。麦子摇晃着脑袋，一片金色海洋。头顶是蓝天，远处是大海。金色衬在蓝色之上。

还没到麦子收获的季节，男人说。

那个夏天，我感到自己不再是凡人。

听起来是个难忘的夏天，格林劳太太，夏洛特说。

叫我格蕾丝吧，母亲说。啊，此刻我想起来个事儿。那时候，我们都特别想拥有棕色的皮肤，于是我们用喷植物的

---

① 亚瑟的昵称。

瓶子装上橄榄油,喷满全身,在太阳下把皮肤烤得越来越黑。我们那时多傻呀。但那几年都有美好的夏天。美妙得很。修剪后的青草的气味。

他母亲好幼稚。

旧的罗伯特(·格林劳)(默默地想):夏天最没意思,从来不会有你预期的那么好,基本上都是糟糕的天气,即使天气热,也不过是另一种糟糕,热到人做不了任何事,耷拉在树梢的叶子会在一周内暗沉下来,看起来脏兮兮的,到处都是粪便、呕吐物的气味,到处的垃圾桶都有变质牛奶的气味,整个季节都弥漫着那种你在路上垃圾车旁闻到的气味,而你正骑着自行车在一条特别狭窄的小巷里跟在它后面,不得不放慢至龟速。

新的罗伯特(大声说):爱因斯坦。他去过那儿。

爱因斯坦?去过萨福克?夏洛特问。

诺福克,罗伯特说。亲自去过。1933年。

然后,某人说了句话。夏洛特转向某样东西。

客人们准备走了。他们以告别的姿态起身。

罗伯特的心化为一只挣扎的小鸟。

不过,认识你们真开心,客人们说。

她要走了。她要离开了。

电负性磁力。

他的胸口隐隐作痛。

他能感觉到自己的眼睛瞪圆了。

他此刻明白了一条涉及万物构造的纯粹的、不容争辩的事实。当两个粒子纠缠在一起,且其中之一发生改变时,无论另一个粒子在宇宙的哪个角落,它都会发生改变。

但是粒子们又怎么会知道呢?它们怎么会知道彼此是否纠缠在一起?

那是一个看上去30岁左右的人。

他是罗伯特,13岁。

不可能的。

几年内都不可能(至少三年内)。

不过他想的也并不是任何肉体关系。

而是纯爱。

这是罗伯特第一次以世界上还有其他人的角度思索这个世界。

那么,如果你在发现了这个人后失去了她,你又该如何找回她?况且你们之间还相隔着漫长的黑暗岁月。

如果爱因斯坦拿起一面镜子照照自己的脸,以光速,即每秒186 000英里的速度运动,而光以同样的速度离开他的脸,爱因斯坦可以追赶上正在离开他的脸的光吗?

他在思考著名的镜子实验,当光离开爱因斯坦的脸。

糟糕。

这是罗伯特最自虐的想法之一,光离开爱因斯坦的脸。他曾夜卧床榻,因这个想法辗转反侧。

但是在此刻之前,在今日之前,他还从未真正理解,从未像此刻这般真正明白自己什么都不懂,不懂词语和现实——光,速度,能量,镜子,脸——它们曾经和现在实际上意味着什么。

光在离开。

它在离开罗伯特的脸。

半小时后,光依然在这里。
呼。
!
她就站在那里。他甚至不需要伸出手去触碰她。(就好像他曾触碰过谁似的。)

很怪,但他们所有人就这样挤在外门和内门之间的空间里(除了罗伯特,他正思索着一段又一段的对话),所有人都在说话,就连那个不怎么说话的男人也是。

男人正在谈论一个人,他直接把"英雄"一词作为名字。他在这附近的一座监狱里,靠近机场。男人去看望过他,夏洛特也去了,那是前天。他告诉罗伯特的姐姐,去机场附近的监狱探视有多难,名叫"英雄"的人竟然被关在监狱里又有多讽刺,而那个叫"英雄"的人确实是个英雄,因为他无罪却承受着这一切。

男人说,这个人写了一篇博客文章说他不赞同政府的某些行为,因此被政府的暴徒打了。他不得不逃离那个国家,他听说有人要来杀他,因为他写了第二篇博客文章记述自己被警棍殴打的过程。

这时候,他母亲正在向夏洛特展示电表柜,柜门的铰链还没修好,它现在正倚靠在衣帽架上。她告诉夏洛特,自己有天回家时发现前门半开着,她刚采购回来,看见门敞开着,但她记得自己出门时上了双重锁。她想一定是有孩子提前回来了。但不是的,门口有一位执达官、一个锁匠和两个

SA4A 电力的人。

他们破门而入了？夏洛特问。没有许可就进入了你的房子？

他们不让我进我自己的房子，他母亲说。我住在这儿，我说。你是谁？他们问我是不是努列耶夫太太。住这儿的人里没人叫那个名字，我说。你住这儿多久了？他们问。从差不多你出生的时候就住这儿了，我说。他们给我看了信件的复印件，称一位 R. 努列耶夫先生住在这儿。他们告诉我，他们在把电表换成预付电表，因为努列耶夫太太已经有一年没付账单了。

夏洛特瞥了一眼罗伯特。

不是我，他说。

我用手机给他们看我自己的 SA4A 电力公司账号，他母亲说，一如往常全部付清了，但他们不相信我。甚至我打电话给 SA4A 电力，对方的人工智能确认我是客户后，他们也不信。因为他们的电脑文件里的某处显示有这么个并不实际存在的 R. 努列耶夫先生，这人当然不存在，除非在皇家芭蕾舞团里，但却被列为一位住在这里的活生生的人。执达官和电力公司的人直截了当地封上了门——他们站在门口，用手臂挡住去路。最后，他们完成任务后，才陪同我再次进入房子，他们站在我两边，跟着我走到书桌旁，我拿出房契给他们看我们一家人的名字。他们说，你显然不是杰弗里·格林劳先生，然后把我赶出了我自己的房子。

于是我打电话给杰夫。但是即使他来了，给他们看了他的护照，他们也拒绝拆掉新电表，装回旧电表。他们坐上

SA4A 电力的卡车就走了。

而且他们把墙面弄得一团糟，看看，这里，这里，这就是去年九月的事。我还在和电力公司的人工智能吵这件事。

亚特曾经在 SA4A 电力工作，夏洛特边说边笑。对吧？

夏洛特笑的时候真可爱。罗伯特看见这个男人从脖子一直红到了耳朵。

然后他开始担心自己的耳朵是不是也泄露出什么他自己看不见但别人看得见的东西。

薪水挺高，男人说。

SA4A 电力就是那家把无家可归的人从别的城市一车车运到这个城市的公司，姐姐说。

他们做了这事？男人问。

一个朋友告诉我的，姐姐说。他们把这些人从北方送到这里，因为这里的人给钱更慷慨，这样政府就不用担心路上出现那么多死人了。

萨莎，他母亲说。这不可能是真的。

信源可靠，他姐姐说。

政府不会允许有那样的事，他母亲说。

罗伯特经常跟踪他姐姐，知道她有时会和城里一个年纪大的游民一块玩。他觉得她甚至可能和他睡觉。他还没有向她透露过一个字。他把这留作一个可以讨价还价的筹码，以防哪天用得上。他姐姐的任何脆弱之处，对罗伯特（·格林劳）而言都是银行里的钱。

——我在那里工作时从没见过一个真人，也没和真人说过话，男人说。

他的肩上是罗伯特之前偷看的帆布包。他每隔几分钟就调整一下重心。

包里是什么？罗伯特问。

看起来很沉，他姐姐说。

的确是，男人说。

是亚瑟的死亡信物①，夏洛特说。给他们看看，亚特。这是我们今天要送去的东西。

男人从包中取出石头。

哇。一块巨大的大理石，他姐姐说。可以用来玩儿一局大的弹子球。

这*确实*是块大理石，我是说，它的材质，是大理石，夏洛特说。

这是我母亲在遗嘱里提到的东西。不过我们第一次读遗嘱时，完全不知道她指的是什么。*我的遗物中有一块光滑的圆石头。*我们找不到任何与其相符的东西。我的姨妈艾瑞丝，和我妈住过一段时间，我问了她，但是她也并没有给出更多线索。后来我把我妈的东西全部从橱柜里拿出来，我要把它们在慈善商店卖掉，我在一堆鞋子下面发现了这个。我一直带在身边。我还挺喜欢感受这东西的重量。

有点受虐倾向啊，夏洛特说。

罗伯特在色情片网站和"一万种虐杀"上看见过这个词很多次。

---

① memento mori，拉丁语，字面意义为"记住汝将死去"，是一种始于中世纪的艺术主题，让观者沉思死亡和生命的流逝。

他脸红了。

才没有，男人说。但送走它后我会有点遗憾。我想带着它。它让我想起，那些我以前没意识到的事。那些我从不知道的她的事。

罗伯特和姐姐互相交流了个眼色。她显然也觉得有点微妙。

记忆，可以很沉重，夏洛特说。

其他时候，又很轻盈，他母亲说。

总之，我们要走了，去传承，她的记忆。这块石头，按照她嘱咐的，男人说。

他们都沉默了片刻。

他们站在敞开的前门处。

他们依然没走。

这像是个奇迹。

如果罗伯特再小一点，他会相信一定有什么磁场存在，除非诅咒破解，或者命运实现之类的，任何人都无法离开房子。

无论是因为什么，他们就站在那里，即使前门大开着，他们已经穿上了外套，夏洛特正在晃动一把车钥匙。他们就站在那里，站着，站着，所有人，在冷风中，在内门和外门之间。

你前夫的房子在哪一侧？夏洛特问。就是阿什莉住的地方？

他妈妈向他爸爸家门前台阶的方向点了点头。

另一边的那个人，那儿，她指着另一个方向说。去年夏天,他唤我到他家后院的栅栏边,他问,我可以和你丈夫说话吗?我问说什么。他说,我想咨询一下你们家树的事。我说,是我打理我家的花园,不是我丈夫,你可以问我。他说,不行,我要等你丈夫过来问他。于是我打电话给杰夫,那是个周六,他在家,他过来了。那个男人越过我向他大喊,虽然我也站在那儿,他说,我希望你能把你的树修剪得矮一点。我们问,为什么?看起来树并没有碍事,没有挡住或伸进他的地,也离下水道远远的,就是些可爱的老树,一棵白蜡树,一棵花楸,一棵苹果树。他说,问题是,我没多少时间,我工作很忙,我一周只有几个小时可以在花园里劳作,而我希望你能把*你的*树修剪得矮一点,这样我就可以种*我的*树了。我们说,我们没有阻止你种你的树,你种吧,这有什么问题吗?他说,我不希望从窗户向外望时看见不是我种的树。

他妈妈、夏洛特和男人一同说起与人为邻有多难。

然后夏洛特说她有个想法,和阿什莉有关。

许多年前,上世纪中期,有个电影人制作了一部电影,一部相当不错的电影,她说。我想是部关于创伤的电影,非常震撼人心。重点在于,那部电影讲的是不说话这件事。关于两个男人是朋友,两人都是聋哑人,不能像其他人那样说话,因此他们找到了自己的沟通方式。一个人高瘦,一个人矮胖,他们不能更不相同了,但是他们又不能更彼此联结。

她告诉他们,这部电影制作于"二战"刚结束,50年代早期,在英国制作的,两人住在伦敦码头边一处被炸毁的地方,在那儿闲荡、生活、工作。

电影讲述了复杂的事,却没有说一句话,她说。等下,亚特。借我一下你的手机。那是英国自由影业出品的。她是意大利人,她是那场浪潮的奠基电影人中的唯一一位女性,玛泽蒂,啊哈,洛伦扎·玛泽蒂(Lorenza Mazzetti),在这儿呢——噢,噢不会吧。

她看着手机屏幕。

她刚去世了,她说。

噢,他妈妈说,噢天哪。

一个月之前,在新年那天,夏洛特说。在罗马。上面说她享年92岁。噢。

夏洛特眉头不展。

噢,天哪,他妈妈又说了一遍。是你认识的人吗?

不,夏洛特说,不,并不直接认识。完全没有过接触。

不过度过了美好漫长的一生,他妈妈说,我是说,活到了92岁呢。

了不起的一生,夏洛特说。洛伦扎·玛泽蒂,真的了不起。

她把手机还给男人。

电影叫作《在一起》,她说。

她看着罗伯特。

你可以告诉她,她说。我是说阿什莉。你把这些告诉她,这是个激励人心的故事,也许可以,呃,改变些什么。帮我告诉她。别忘了。

我会的,罗伯特说,我一见到她就说。我不会忘的。洛伦扎,玛泽蒂,在一起。

艺术的确常常能帮助到人，他妈妈说。虽然不是总能帮上忙。我是说，一些世界上最美好的话语，传承到我这里，然后经由我的身体释放，如同多余的维生素C。但那时我还年轻，还蠢笨，我以为演出里重要的只有台词，为了达成效果，我大声说出台词，看着我的力量影响他人，让他们感受到我想要他们感受的。我演的是一个死人，一个起死回生的死人。每轮演出的第二个晚上，一共演了两周。从这个城市到下一个城市，那个夏天。在萨福克。

你度过了一个永恒的夏天，男人说。

罗伯特莫名其妙来一句：

我可以一起去吗？去萨福克？

怎么可能呢，罗伯特，他妈妈说。

为什么不行？男人说。如果你想去，车上有足够的空间。

好主意，夏洛特说。要不然你们都一起来？

请你们原谅他的无礼，他妈妈说。他不能和你们去萨福克，他要上学。

好啊，我挺愿意去哪儿转转的，他姐姐说。

我们的车完全可以把你们都带去，夏洛特说。

他妈妈开始大笑。

我只是笑，我女儿说她愿意坐车去哪儿都行，她说。

是电动汽车，他姐姐说。

虽然我说*所有人*，不过应该坐不下阿什莉和你前夫，夏洛特说。

再说了，他妈妈说。你们好好相处，车上留些空间。是不错的想法。你们真是好人。但是我们不能去。看看萨莎的手。

我的手没事,他姐姐说。它想去。

不,不,我不能做这么冲动的事,他妈妈说。

为什么不呢?男人说。你只会活一次。或者两次,就像你以前演戏时。每轮演出的第二个晚上,一共演了两周。

所有人都笑了。男人露出惊讶然后是欣喜的神情。

但是我们几乎都不认识,他妈妈说。

我有一句信条,男人说。大意是,与彻底的陌生人或不太熟悉的人交流人生和时代体验,有时会收获许多。有些情况下,甚至可以改变人生。

是的!他妈妈说。的确如此!

她脸红了。

罗伯特和姐姐都注意到了。

不行,我还是得送他们去学校,她说。而且我们去了能住在哪里?还有——还有很多很多事情。

我的手都这样了,我今天去不了学校,他姐姐说。

那你也不能去萨福克,他母亲说。

明天是周六,夏洛特说。你们可以住一夜,住在海边的某处,没事做了就坐火车回来。

但是我们本就住在海边,他妈妈说。

是不同的海,他姐姐说。

可以这么说吧,夏洛特说。

但是你们有事情要处理,家务事,他妈妈说。我们不好打扰。

我要去见的是一个彻底的陌生人,男人说。见一个多小时。总之,你们可以去做自己的事。你们可以在旅程的任意一刻,在任何你们想仔细瞧瞧的地方与我们分开。

你们要去的到底是哪里?他妈妈问。

夏洛特说了那另一个地方的名字,罗伯特从未听说过。他妈妈的反应像是性高潮。

是那儿!就是那儿!他妈妈说。

那就是你获得永生的地方?男人问。

是的,他妈妈说。多奇妙啊。你们就要去那儿,在众多地方之中。就在今天。

妈妈在和那个男人调情。

一起去吧。你可以和我们说说你的永恒夏日。路上说。夏天正在到来,哪怕现在是二月,男人说。

那个男人在和他妈妈调情吗?

说得好,他妈妈说。

他是个作家,夏洛特说。而你,她说(手在罗伯特的肩膀上停留了一会儿,一阵触电般的感受蹿流过罗伯特的身体),终于可以和我们说说沙漏和胶水的故事。

什么的故事?他妈妈说。

夏洛特知道。

她知道他做了坏事。

他的心默默坠落,如同石头坠入深潭。

然后夏洛特向他眨了眨眼。

在她的眨眼中,世界重获新生。

他妈妈被打了岔,没再询问胶水的事(谢天谢地),转而兴致勃勃地畅谈起自己感觉到又年轻了,像以前那般冲动,在早上十点半谈论时间、想象力的本质,突然加入公路旅行。

她让他和姐姐进屋去打包过夜的行李。

我很抱歉,他上楼时对姐姐说,我不知道会疼。请别告诉别人。

你死定了,他姐姐说,我的手一辈子都会留下疤痕。

时间的针脚,挺有意思的说法,他说。(缓和)至少现在你再也不会忘记我了。每一次你看见它,都会想起我。我是说伤疤。

你真是个蠢蛋,她说,你到底又把遥控器弄哪儿去了?

我寄了,他说。

你什么?她问。

我把它放在一个信封里,他说,把爸爸收藏的一些邮票贴在上面——

纪念邮票?她问,哪一套?

关于战争的那个夹子里的,2015 年《星战》那版里的四张,《我爸爸的军队》里的三张,他说。

他会杀了你的,她说,他会的。你到底寄到哪里去了?

迪塞普申岛①。

你寄到了一个虚构的地方?她问。

迪塞普申岛是真的,他说,我查过。我搜索"*世界上最远的地方在哪里*",这是出现的一个结果。那是南极洲的

---

① Deception Island,字面意思:欺骗岛。

一个中空岛屿,岛的中间有一个洞,就好像火山的顶部。那是因为它*就是*一个火山顶,没有人住在那儿,因为火山可能会爆发,那里有古老的捕鲸站,差不多一百年前的,全都向内坍塌了。海滩上铺满了鲸鱼骨。那儿什么都没有,只有鸟,海鸥和海燕。企鹅。海豹和小海豹。

你把一块塑料寄到那样一个地方?——它会一直待在那里,不会腐烂,永远作为一块垃圾存在,因为它在那儿没有用,她说。一架飞机会穿越到世界的另一边去递送,只是因为你一时兴起冒出个蠢念头?

他耸耸肩。

你疯了,他姐姐说。收件人是谁?

W. H. 京须①先生,他说。

他姐姐停在楼梯中间,不得不用没有包扎的手去抓住栏杆,因为她突然笑得难以自控。

有史以来最棒的事,能让你的姐姐笑成这样。

---

① W H Alebone,连起来是 whalebone,即鲸须。

2020 年 5 月 1 日

亲爱的希罗①，

  你不认识我，我们是陌生人。不久前，几个朋友提到你在监禁中。我不禁想写信给你，只是问个好，送来友好的只言片语。

  首先，祝愿你在这困顿之时一切安好。

  我通过朋友寄送这封信。他们告诉我，你是被封在一个箱子里运到这里的，运输时间超过六周，他们说你是一位经过专业训练的微生物学家，而你到这里后，却只能在库房给冰箱包塑料纸。

  他们还告诉我，三月时有部分被拘留人因健康原因得到释放，但你不是其中之一，你已经被拘留了三年。

  他们告诉我，你用手掌大小的词典自学英语，还告诉我在上一封信中，你提到了失眠、积雨云、气候，你想要看见

---

① 即前文所提及的以 "Hero"（英雄）作名字的人，此处用音译名。

模糊的窗户的另一边，你很喜欢鸟和野生动物，但是房间里的窗户是不透明的塑料制成的，不是玻璃的，而且打不开。

我16岁，住在布莱顿，距离你所在之处大约有30英里，如果你还处于拘留中。

我的学校非常棒——但因为病毒封校了。我爱它。我很想念那里。如今我才明白我有多<u>爱</u>学习。如今我才开始明白我们原先的生活是怎样的。

我有一个弟弟。他让我抓狂，特别是现在这种时候，因为他非常讨厌管控。妈妈不断告诉他，你不能再像动物一样，你得学会使用逻辑。说到动物，我毕业后准备去学兽医，如果我拿到兽医学的学位，我就可以照顾我弟弟了。开个玩笑！我没有想学这个，但现实中我很关心野生动物，环境对我而言意义重大，环境破坏让我彻夜难眠。

虽然跟你遭受的不公正状况比起来，我的确没什么理由睡得不好。

我在想，我要写点什么给希罗，才能对他有帮助？

所以我想写写楼燕。

你可能已经知道这是一种鸟，一年中的一部分时间生活在非洲，一部分时间在这里、欧洲的一些地方和斯堪的纳维亚。它们随时都可能再次到来，至少我希望是如此。去年，它们在五月十三日到达。布莱顿的居民是最早目睹楼燕回归英国的一部分人。我妈说过一句谚语，说楼燕带来了夏天："楼燕的到来和离去，标志着夏天的开端和结束。"显然，我妈的妈妈这样说，我妈的妈妈的妈妈也这样说。按照这个说法，楼燕有点像装在瓶子里的一只飞翔的口信。诗人艾米莉·狄金森写过一首诗，我很喜欢。里面写到如果剖开一只云雀会如何（不过她的表达比我诗意多了）①。我不禁想象，如果剖开一只楼燕——当然只是打个比方——我们会发现它体内携带着一张卷起的口信，展开会是这个字：

夏。

以防你不知道，这种鸟看起来像高挂在天空中的黑箭。实际上它们是灰色的，下巴有撮白毛，美丽的小脑袋像是防护头盔的形状，有神的双眼像是黑色的珠子。

它们的拉丁语学名是 Apus apus②，跟它们看起来像是没有脚有关系。其实它们进化出了非常小巧的脚，用于扒在建筑或石头上，它们的身型符合空气动力学，所以最终相比其他鸟，它们进化得不太需要大脚，它们的骨架挺小，但是在所有飞行的鸟类中，它们的翅身比例是最大的，因为它们生命中的大量时间都在展翅飞行。

它们在飞行中觅食，它们吃苍蝇和昆虫，已经习得辨别

---

① 狄金森的这首诗如下：剖开云雀——可寻获音乐——／一颗接着一颗，裹于银色的颤音——／夏日的早晨啼鸣稀疏／只为鲁特琴旧时，伴于你的耳畔——
泻出洪水——见血管开口——／一泪接着一泪，是为你而流——／猩红的实验！多疑的多马！此刻你是否还怀疑你的鸟儿是假？
(Split the Lark - and you'll find the Music -／Bulb after Bulb, in Silver rolled -／Scantily dealt to the Summer Morning／Saved for your Ear, when Lutes be old -
Loose the Flood- you shall find it patent -／Gush after Gush, reserved for you -／Scarlet Experiment! Sceptic Thomas!／Now, do you doubt that your Bird was true?)

② 普通楼燕，雨燕科雨燕属中的一种，英文名为 common swift, 也叫作普通雨燕、雨燕、北京雨燕。

叮咬的和不叮咬的昆虫的能力——比如它们甚至可以区分雄蜂和其他蜜蜂。我说的雄蜂①是一种蜜蜂，不是有摄像头的轰炸机。它们喝翅膀上的雨水，或者低飞掠过水面，并不落下，它们甚至在飞行时睡觉——它们的大脑可以只关闭一半，所以当另一边清醒时，这一边可以休息一会儿。

另一件令人惊叹的事是，如果不被坏天气耽搁，它们可以在五天内飞越三千英里，而且它们借助地球的自然磁场，差不多从一出生就知道自己要去哪儿，它们的旅程平均在12 000 至 13 000 英里之间，再看看它们的体形，多么小巧的鸟儿啊。

每天我都望向天空，等待它们的到来。就好像今年还不够坏似的，四月初，希腊有报道称，一场疾风令几千只正在北上的楼燕丧命。

到底为什么我们会去想，世界上还存在比眼睛或大脑或天空中鸟的形态更重要的形态。

嗯……希罗，我想这封信早就已经太长了。我希望我的话没让你觉得无聊。我想给你寄一张开放空间视野的图，这是管控期间少数令我保持理智的东西之一。

不过相比于本来就受到不公平对待的人的生活，管控不算什么。

我很快会再写信给你。

我知道我们没见过面，不过我依然满怀敬意地祝愿你一切安好。

---

① 雄蜂（drone）还有无人驾驶飞机的意思。

我也知道你的窗户有限制，但我猜有时你可以去外面的院子里？

如果你在天空中看见一只楼燕，那么它正携带着一条来自陌生人的口信，她祝你安好，而且正在想念你。

祝好
萨莎·格林劳敬上

II

现在来说说许久之前的另一段动态影像。

两个男人,都很年轻,一个矮壮敦实,一个纤弱高挑,他们在一段碎石路上行走。他们头顶灰色的天空,身后是墙壁和大烟囱描绘出的城市边际线。他们沉浸在对话中。但是两人都是聋哑人。因此,他们在走过碎石路时,全神贯注地用手与对方说话,注视着对方嘴的形状和面部表情。

一个看起来十多岁的孩子攀在街灯柱的顶端放哨,他对着正爬上一堆油罐和大桶上的其他孩子喊了些我们听不见的话。他们似乎在等待。男孩从街灯柱上爬下。孩子们越过破碎的墙,从桶堆上溜下。整片被轰炸过的区域内,砖石散落四处,孩子们跑到两个男人身后聚集,两个男人正走在一段整洁车道旁的人行道上,路从碎石堆中截过,碎石堆里耸立着这城市一隅里少有的一座高层建筑;男人没有注意到孩子们,他们已经汇成一小群,有男有女。

起初,孩子们对着镜头大喊,其中一些在嬉笑咒骂,我们听不见。然后,他们开始做鬼脸,吐舌头。一个将手放在头顶做出角的样子,摆动着手指。他们笑着跑开了。另一些孩子则跑向镜头。他们拉下眼角,压平鼻子,用舌头把下唇抵翻过来。一个女孩把大拇指塞进耳朵，摇摆着手装作超大号的耳朵。

孩子们在男人们身后大步走，像一列戏仿的游行队。他们嘲讽两人走路的样子。他们一边嬉笑一边昂首阔步地走过一排房子，房子一侧被轰炸撕开了口子。又有更多孩子加入。一个男孩对着空气打拳。

沿路走的男人们交谈得十分专注，以至于完全没注意身后发生了什么、有什么人。

两个女人在关注着情况，一个年轻但已露憔悴之容，一个更近中年，表情淡漠。她们两臂交叉，站在一排房子中一栋的门前，合上的门破旧不堪。她们似乎在揣测，尤其当其中一个男人向她们拉帽致敬时。两个女人窃窃私语——我们听不见，然后冷淡地看着他们走进隔壁房子敞开的门。她们又说了一些我们听不见的话，然后彼此点了点头，好像确定了什么。

一个美好的夏日早晨,丹尼尔·格卢克站在一片已炸毁的场地中的一座木屋后,此处直到不久之前还是一座靶场,地上飘着一块碎纸片,上面像是画着人体的一部分,肩膀?肩颈的一部分?他用靴子踩住再捡起,卷开纸片发现上面写着。

Ascot①。

一个词——也是一个地方——这就改变了意思。它如今指的事物也相当不一样了。如今所有事物都有了相当不一样的含义。显然,这片场地在最近之前都有着相当不同的用处,曾经是一片小树林,地上的弹坑,能看出痕迹还是新的,还未被风雨掩盖。树木消失了,只剩下一棵。其余都被连根拔起,整根拖走了。

他希望,他的父亲在场地中央附近那棵唯一幸存的树下的某处。那么多人都在它之下,推搡着想要避开阳光,没有更多空间容纳其他人了。没有其他的树荫了。

---

① 领巾状领带。也可指阿斯科特广场(Ascot Place),温莎大公园边的一座建于18世纪的大厦。

有一些他们无法进入的木建筑，属于禁止入内的。没有别的地方可去了。

没有别的事可做了。

早上第一件事，等待送奶车开到大门前。

然后，这一天便不再有其他事了。

目前为止，送奶工每天早上都带来新闻，但是他昨天、今天带来的新闻和前天、大前天说的一样。

德军占领巴黎了。

（汉娜也许还在巴黎。

无从知晓。）

是啊。

能闻见群居宿舍和厕所的气味。

要么就是暴露在阳光之下，你可以选择暴露在太阳下，沿着新建的带刺铁丝网走到那一端，再走回来，也可以在太阳下围绕群居宿舍附近徘徊，或是在废墟中徘徊，他现在就是在那里。

太热，不想沿着铁丝网闲晃。

穿了靴子会更热。

穿靴子，穿上靴子，会需要的，父亲说。带上点厚衣服。你听见了吗？

一个美好的夏日早晨，这一天依然天空清朗，头顶的蓝色从此处扩散至远方。列队站好，等待点名。半小时后，蓝天白云的美好夏日早晨意味着头顶的皮肤开始烧灼。

他的帽子丢了，前天丢的。

他用一只眼在众多头顶中寻找它。

他的另一只眼已经准备好庆祝,如果他在任何人的头顶发现它,他不会给自己或那个人找麻烦的。

他倚靠在破损的网柱上,手心里感受到木头的温热。

阳光灿烂啊,一个男人经过时说。

又一个好天,丹尼尔说。

他看了看另一只手里的纸卷,上面露出戴着袖徽的肩臂图案。他把纸卷抖开。很厚的纸,经久耐用。

他将纸举过头顶。也许有用。

他倚靠在网柱上,将纸对齐折叠,再折叠。记得小时候怎么折纸船的吗?希望这纸够大。

他展开纸,再从头开始折叠。

他下楼吃早餐,现在是周一早晨,而此刻威廉·贝尔——没有穿制服,而是穿着正装上衣、打着领带,像是周日去教堂的行头——在桌边和他的父亲一起喝茶。在早上七点四十五分进行一次正式的社交拜访。

敞开的前门外,蜜蜂的嗡嗡声中,另一个西萨塞克斯的警察在他父亲的石竹和蔷薇花坛旁跺脚,这个人穿着一件长雨衣。在这样一个晴朗的早晨。

是你啊,丹,威廉·贝尔说,我还以为你已经离开了呢。海军,是吧?

他们不要他了,他父亲说,他尿检查出来有糖尿病。

我没有糖尿病,丹尼尔说,我也很疑惑。

总之他们不要他了,他父亲说。

但是,丹尼尔说。

他父亲将茶壶转过来,给丹尼尔倒茶。

吃点早饭,丹尼尔,他说。

现在就吃,他向丹尼尔扫了一眼,压着嗓子说。

别着急,先生们,威廉·贝尔双臂抱在头后说。

表面的悠闲之下,威廉·贝尔真正的意思是:快点。

只是询问一下,威廉·贝尔说,不会耽搁太久。

我要赶紧上楼一下,带个包装点东西,他父亲说,就两分钟。

噢,沃尔特,你不用带包,威廉·贝尔说。丹,他不会需要包的。就去查尔顿街一下。午饭就回。

他属于 C 类,丹尼尔说。

他们告诉我,全都是 C 类,威廉·贝尔说。他们说,不再只是按照保护区外国人法规。通用 C 类。别太担心,就几个问题,他们说。沃尔特,喝完茶,时间足够的。

我可以一起去吗?丹尼尔问。

孩子,你可以来,威廉·贝尔说,真贴心,想陪着老头子。

没必要,丹尼尔,他父亲说。

丹尼尔跟着他上楼。

我还能有什么用呢?他的声音小到威廉·贝尔没有听见。我进去了比在外面还多点用处。

他父亲站在卧室门口,摇晃着脑袋,一只手拿着修面刷,另一只手拿着一只解开鞋带的冬靴。

噢天啊,他说。

不是他在摇晃脑袋,而是他的脑袋在摇晃。他的整个身体都在摇晃。他摇晃的手里的修面刷也在摇晃。

我要来,丹尼尔说。

那穿上靴子吧,父亲说。带点暖和的衣服。记得带上家里所有的钱。

也许你们愿意自己慢慢走到车站,威廉·贝尔说。你们自己去吧。我们会在十几分钟后跟过去。你们到车站后,告诉执勤的巡佐你是谁,然后在前台等我。可以吗?

带上剩下的面包,丹尼尔,他父亲说。

可以了吗,先生?他们从前门出来时,年轻的警察问。装好东西了吗?

他的制服外披了一件雨衣,大概是为了让邻居看不见制服。

布朗利,他们会自己背着包的,威廉·贝尔说。沃尔特,如果你觉得没问题的话,我和布朗利需要简单搜查一下,就翻一下书,维护正确的价值观嘛。任何异见的、危险的书,我们都得上报。我知道你这里没有的。但是依然要按规定办事。就搜查书。

比尔①,请便吧,他父亲说。你们走时锁一下门,好吗?

好的,威廉·贝尔说。

他们没有再见过威廉·贝尔。他们在查尔顿街车站的前台等到十一点,一辆囚车(*就这两个人?就这么点?*)载他们去了布莱顿。

在布莱顿车站,他们没收了丹尼尔装在外套口袋里的火

---

① 威廉的昵称。

柴、剃须刀和一把小水果刀。一位警员检查了他们的行李。他打开丹尼尔的修剪套装,拿走了指甲剪。

你带着那没用的东西干吗?他父亲问。

修指甲,丹尼尔说。

你真让人尴尬,他父亲摇着头说。

他们也拿走了父亲的一瓶杀虫剂。瓶子正放在巡佐的桌子上。

大概怕你自己喝了,丹尼尔说。真为那些侥幸活下来的蝴蝶感到庆幸。

我以前也用过月桂树枝除虫,他父亲说。我会把它拿回来的,我肯定会,哪怕只有一丝机会。

他们把箱子放在地上,坐在上面,因为三把椅子和一条长凳都有人坐了。丹尼尔的父亲背靠着墙,在告示下面眯了一觉。丹尼尔与一位年约四十的男人说话,他是一位来自伦敦的记者,从布莱顿来这儿度长周末。

这是大规模拘留,男人说,是为了我们好。

他说最后几个字时,戏谑地眨了下眼睛。这地方塞满了人,男人、男孩。有些都没有行李。一些人穿着衬衣就进来了,甚至没穿外套。

什么都没发生。

人越来越多,四处走动。

下午四点,父亲从瞌睡中醒来,将早上的面包掰成数小块和身边的人分享。

军队的卡车到达了。没有人问任何人任何事。警察递给军官一张纸,军官签了名递回。他们把所有人都装上车。

他父亲坐在自己的箱子上，丹尼尔让一个看起来岁数较大的男人坐在他的箱子上，自己则盘腿坐在靠近卡车后侧的地上，从这儿他可以透过帆布的绳孔中窥视，观测身在何处。出了布莱顿之后就很难辨识了，即使车行进得缓慢。人们开始呕吐，车内一片狼藉，并且弥漫着排气管排出的燃料焦味儿；虽然车行进得很缓慢，但是后侧的人时不时在颠簸中从一侧突然被推向另一侧。

一个人不断说，他还没有向妻子正式道别。

一个人说他家的大门还敞开着。

惊恐袭遍整辆卡车。

希望比尔锁了门，他父亲悄悄对丹尼尔说。

五分钟后，他又说了一遍。

然后——

你觉得比尔会记得关门吗？他一小时后又说道。

夜间的灯光。

卡车停在了某个枝繁叶茂的地方。

车停在这儿两个小时没有动静。

灰尘。

终于有人打开门，护送他们所有人进一座石建筑。畜栏。

贝特拉姆·米尔斯广场，一个举着刺刀步枪的下士告诉丹尼尔。这是牲畜过冬的地方。

（汉娜和他们的母亲最后一次来伦敦，是在1933年的圣诞节,他们都去看了马戏团①。在奥林匹亚中心的主展馆。一只海狮对着一个女人的耳朵低声细语。一个微型印度人"孟买儿"站在一匹小马上,小马绕着擂台飞奔,后面跟着四个穿着芭蕾舞裙的女孩,她们站在一匹巨大的马的背上,两个在上、两个在下地维持着平衡。美女与野兽。一个女人像变魔术一样从一团白鸽子中现身。一组杂技演员全身涂成金色。维奥莱特-达根斯小姐和她的狮子们。这是她首次在伦敦亮相,一件超短的绸缎上衣只勉强遮住胸部。在她的调教下,一头筋骨健壮的利爪野兽端坐在小凳上,乖乖听话。近20岁的丹尼尔被迷得神魂颠倒。汉娜,她那时是13岁吗?还是14岁?在出租车上嘲笑了他一路。)

这里有几张桌子,没多少椅子。长长的房间里,两侧放置着安上木板的架子,三张,再是三张,再是三张。都是床铺。三张为一组,一直排到房间昏暗的另一头,丹尼尔看不清。

外面有够多的麦秆!一位军士大声传达,每一位外国人都可以拿麦秆塞进袋子里作床垫,厚薄按自己喜好。

丹尼尔装好了一块床垫。

他又装了一块。

他有两块,一个比丹尼尔年轻的男人喊道,*我也想要两块*。

放眼望去,老老少少,遍及各个年龄段。人们开始跑向最靠近门、最远离厕所的床铺,用床垫袋子占位。丹尼尔抱

---

① 广场和马戏团为同一个词 circus。

着两个麦秆袋子向前跑。他在楼房的中间段占了一个中铺和一个下铺。他向父亲挥手，告诉他别让别人占了地方。然后他走开去取毯子。他们只给了他两条。他们以为他脸皮厚，一人想拿四条。

毯子很老旧，羊毛粗糙，有股味道。他父亲听话地坐在下铺的木板上，玩弄着一根麦秆。

房间的尽头排着一队人。他们在排队上厕所，厕所就在床铺旁，只用一段矮砖墙隔开。房间里弥漫着烟和咳嗽声；有人想点燃炉子。那时候是凌晨三点，微弱的天光从外面映入。炉子点燃了，烧了水，泡了茶。

杯子的数量少于人数。

人们就着这些杯子彼此分享。

动静慢了下来。某种近似寂静的氛围出现了。鼾声，梦中呜咽，偶尔惊起的喊叫。

我 78 岁了，丹尼尔听见他父亲隔壁下铺的人说，我可没想到会有今天。

会好起来的，会有希望的，我们明天会搞清楚我们在哪儿，丹尼尔床铺下面的父亲说道。

你不知道吗？我们在阿斯科特，男人说。

他说出阿斯科特的时候小心翼翼，就好像那是一块玻璃，他不想划破他的嘴。

赛马场，他父亲说。

我来过这儿好多次，男人说。上过皇家观众席好多次。和许多朋友在这儿留有回忆。这位先生，您是做什么的？

做啤酒生意的，丹尼尔的父亲说。做进口生意，还卖香肠、腌菜。普通食品，普通杂货。这些日子嘛，就是卖肥皂了。

他用拳头敲了敲上面床铺的底板。

上面是我儿子，他说。他管理账目，给我做卖货的伙计。

停顿。

我的意思是，以前给我卖货。他说。

都成了过去了，男人说。

然后他说，

我亲爱的妻子。她已经去世。

真遗憾，他父亲说。

那是十年前的事了，这老头说。

我妻子是三年前去世的。时间如流水。

您是德国人，男人说。

我在英格兰出生长大的，从没办过证件。真是严重的错误，从上次战争我就该知道的。但那场战争结束了，我以为我不再需要了。而这回我去办证的时候，谁知道已经太晚了，说着说着就开始打仗了，他们就不给我证件了。

根据您的说法，我推测您不支持第三帝国，男人问。

您推测得没有错，丹尼尔的父亲说。

这种时候，我是要和犹太人睡在一起的，男人说。

在这里很难不遇到犹太人。说不准你旁边的或者你上面的是不是。不过我还是遗憾地告诉您，我没有那份荣幸身为那一种族的一员，他父亲说。

但是我是，丹尼尔说。

我也是，那位先生另一侧的男人说道。

我也是，另一人说道。

我也是，还有他，还有他，一个人说。

门口的一个守卫让他们安静点，说其他人在准备睡了。

走运的黑衫小子①。那些黑衫军和支持者现在应该差不多上车了。A类去年秋天走的。B类春天走的。丹尼尔转向前方，在微弱的光线下看见墙上钉着一个金属环。

我们现在都在广场里，他想，我们都在看比赛。

他闭上眼睛。

他睁开眼睛。

可怕的噪音。

下铺的父亲感觉到他的动静，告诉他那噪音是什么。

起床号。

丹尼尔在夏季的明亮日光中首先看见的是四周的肮脏，他身下的毯子，他身下的木板，他身下装着麦秆的袋子，地板，墙，天花板，甚至他自己箱子的底部——他拎起了箱子。

他父亲坐在他那只脏兮兮的麦秆袋子的边上，看着丹尼尔观察四周。

早啊，丹尼尔说。

他对父亲露出悲伤的笑容。

儿子，你觉得比尔·贝尔会锁门吗？他父亲说。

我觉得他会锁的，丹尼尔说，比尔是个好人。

---

① Blackshirt，源自黑衫军，意大利法西斯组织。

那猫呢？蔷薇呢？谁来给西红柿浇水呢？西红柿今天就得浇水了。每天都得浇水，不然就枯死了。肥皂呢？如果有人偷库存呢？

他父亲是"阳光"肥皂和肥皂片的销售员，*会起泡吗？包起泡！*在等待麦片粥的时间里，在喝粥的这段时间里，在第一天上午晒太阳的时间里，在混在人群里漫无目的地乱转的时间里，在没有其他事可做的时间里，他唠叨着这些担忧，以及类似的担忧。

于是他们在这第一天下午去要来了紧要的书写纸，只写了二十四行字，嘱咐了紧要的事，收件人是威廉·贝尔，由斯泰宁警察局转交。

但是丹尼尔目睹了——他父亲没有看见——邮政办公桌后面的下士如何处理了父亲写的这封信，他往身后一丢，那信落在一大堆信之上，装信的金属桶塞满了信、信、信，信溢出到地板上。

现在呢？

丹尼尔站在废墟里，将纸帽子戴在头上。

立刻就感觉轻松了！

谢谢你，旧纸靶。

他走向树。

但是他在树下拥挤的人群中找不到他的父亲。

他会去别处，看看他在不在大门那儿，每天送奶工走后人群就在那里等待，希冀信件会送来。

温暖落在他的手心，温暖落在他的手臂上。温暖变得清凉。

他睁开双眼。

他望向双手。

有个人正在擦拭他的皮肤,他手臂内侧的皮肤衰老松弛,落在皮肤上的手轻柔平稳,手里握着一块温暖的湿法兰绒巾。

噢,你好呀,他说。

早上好,格卢克先生,那个护士说,她叫什么来着,哦对,保利娜。您今天怎么样?

我挺好的,格卢克先生。您准备起床了吗?来点早饭吗?

谢谢你,保利娜。

他在邻居的家中,这里最近成了他的家。这是一座相当不错的房子。这是一间可爱的房间。这房间原来是邻居女儿住的。

保利娜将被子重新铺好,将他的腿转至床的侧边。

上厕所。再回床上。吃早餐。

他今天一直在说露营,他听见保利娜告诉他邻居的女儿。

他邻居的女儿,叫什么来着,伊丽莎白,又回家了。那今天就是星期五。

保利娜很快就会离开这个国家了。

一个时代结束了,他和保利娜聊到这件事时,他说。

时代总要结束,保利娜说。我是罗马尼亚人。我知道的。必须如此。新时代才能开始。

他闭上双眼。

今天他在睡梦中和什么人闲聊,他听保利娜说。说到他的朋友道格拉斯去露营①。然后是去看赛马比赛,他怎么在那儿露营。

道格拉斯,邻居的女儿说。不是一个人。是英属马恩岛的一个地方,他和他父亲在"二战"时被拘留在那儿了。至少我们是这么猜的。很难搞清楚。

是的,保利娜说,不过你这么一说,我倒有点明白他说的是什么意思了。

我猜他在回想那件事,邻居的女儿说,因为我妈或者佐伊应该已经提醒过他,今天有个男人要过来见他,他从网上找到他的。我猜想,他听见*互联网*②这个词,联想到了*拘留*③。

像他这么一个活了好大岁数的人,有这么曲折的心思不常见,保利娜说。104岁了。他是我在这个国家生活的这些年里见过的年纪最大的人,我在这里工作的14年里可是照顾过许多岁数大的人。他今天和我讲了一个跟苹果有关的故事。有天在营地的大门口,有人为里面的人运来了几箱苹果,只不过几秒钟,所有免费苹果就分完了,只留地上的板条箱空荡荡。但没有人看见苹果,没有人吃苹果,没有人看见任何一个人吃苹果——几周后,有人说那就像免费送你一种明令禁止的毒品,随后再问,你想买这个苹果吗?过不了

---

① went camping。camp 有露营的意思,同时也可指集中营、拘留营的营地。
② Internet。
③ internment。

多久，一个苹果就要比原来贵十五倍。世界就是这样咯。

当然是啊，邻居的女儿说。

你妈和她朋友今天早上离开了，她让我告诉你冰箱里有扁豆，已经用酱汁腌过了，她会在周日回来，在你回伦敦之前见你一面。我们今晚见，我还要来帮格卢克先生上床睡觉。祝你今天愉快。也祝他今天愉快。

欣快的告别。

此刻，丹尼尔的回忆如一片雪花在温暖的表面上融化般逐渐消散——就如在你的脸上，你的手上，或者你的衣领上，当你从低温的室外进入室内时。有时他会在窗外的路上听见，他小时候所在城市里马蹄落在路上的声音。

那不是马，邻居家的人告诉他。那是这条街上入住爱彼迎①公寓的人。那是他们的行李箱轮子滚过人行道缝隙的声音。

您觉得我们会在这儿待多久？一个裹着毯子、爱尔兰口音的人（他没带其他衣服，他说他是从工地上被拉过来的）问丹尼尔的父亲，那时他们已经在阿斯科特待了两周。

（人群中传言丹尼尔的父亲了解拘留。）

朋友，我不知道，丹尼尔的父亲说。

（他们在将近三周后被运离。）

格卢克先生，您觉得他们会把我们关在这儿多久？退休

---

① AirBnB。

的中古法语教授问丹尼尔的父亲。他们在肯普顿公园①下车，被告知得在赛马大楼的下注架子下自己搭床铺。

先生，您的判断力和我一样好，丹尼尔的父亲说。

（只是一晚。第二天，他们就被运至利物浦，送上一艘船，十五人一组，每组分到一块前臂大小的奶酪，整趟航程就这点食物，十五人自己分。其中一个士兵用刺刀把奶酪切成小块。丹尼尔分到一块一英寸乘半英寸大小的，同一根手指差不多大小。

不要一次吃完，父亲说，留点下次吃。）

你觉得我们会在这儿待多久？丹尼尔问父亲。他们正看着哈钦森营大门的带刺铁丝网和双层栅栏。

父亲摘下眼镜，擦干雨水再戴上。他看着铁丝网后的一排排房屋。他看着最近才打进硬路面的桩子。他看着营地里那一小群人，他们正浑身湿透地站在外面，等着看看新来的人里有没有自己认识的。

像是永远，他说。

雨中，从港口排至马路的队伍里，一个四十多岁的男人告诉丹尼尔，英国刑事调查局从汉普斯特德公共图书馆把他拉到这里，那天早上他们进入图书馆，对着阅览室里的人大喊，*所有通敌外国人现在到前台去*。然后他们环绕一圈，端详每个人的脸，看哪个像犹太人的人没去前台报到。甚至在去警察局的路上，他们都不断地叫停队伍，把街上他们认为像犹太人的截住，查阅他们的身份证件。

---

① 曾用作赛马场。

他们列队向小山行进,沿路的岛上居民目瞪口呆地观察他们。

我猜他们认为我们是纳粹,丹尼尔说,他们认为我们是纳粹战俘。

天啊,我从来没想到有这种事,在队伍旁走着的一个军士说,竟然有这么多犹太人是纳粹。我没法理解。纳粹那么不喜欢你们,*你们*为什么还会喜欢纳粹?

我们不是纳粹,丹尼尔说。我们与纳粹势不两立。没人告诉你吗?

没人说明任何情况,这位军人说。

我们是以为脱离了纳粹魔爪的犹太人,丹尼尔旁边的人说。我们是医生、教师、化学家、店主、农场劳动者、工厂工人,什么职业都有。但我们都不是纳粹。

我们什么都不知道,士兵说。通敌外国人,他们用了这个词。那么你们不是德国人吧?

队伍慢了下来,接着又快起来,又慢下来。因为队首的通敌外国人正在逐一停住,摘下帽子,他们在经过某个地方。到达跟前的人一看清这是一座纪念在"一战"中死去的岛上居民的战争纪念碑,就也停住脚步,戴帽子的摘下帽子。

这看上去确实不像纳粹,军士说。

一名中士从队尾向队首喊话,让他们快点走。排在丹尼尔前面的一位衣着考究的男人转过身让中士别再叫嚷了,他们走不快,他前面的男人至少70岁了,他已经尽力快走了。

中士立刻就不喊了。

看这儿有书,丹尼尔的父亲说。有不同的煮鱼锅。也许这儿还不错。

他们被分成三十人一组,被告知要去往广场上找一栋房子住下,以及哪些房子是空的。这些房子是度假房、客房,女房东们早就带着毯子和大多数家什离开了。窗户上了蓝漆,挡住了光线。房子里亮着红色的灯泡。里面空荡荡,只几把椅子、折叠桌。但是卧室里有床。也有水,冷水。厨房有煤气可以做饭。餐具只有盘子和勺子,数量也不多。人们不得不利用起边角木料,一有机会就自己雕刻勺子形状的小餐具。每一处住所都在人员中选一名来做厨师,其他人则讨论出值班表,轮流打扫,等等。

穷人的里维埃拉[①]!不打仗的时候,人们会这样称呼这个地方。

但是房子前有一块绿草如茵的广场,边缘种着花和一年生植物,都是新栽植的。再往前,铁丝网之外,能看见山下是一片大海。

《每日邮报》写道,你是在这海滨胜地度假呢,一个10岁的男孩在一周后透过铁丝网告诉丹尼尔,那时丹尼尔正赤膊把刚洗好的衬衫晾晒在围栏上。《每日邮报》写道,为您配备了奢华的日光浴床铺,迷你高尔夫,比我们还多的钱、热水和煤。早餐供应牛奶、糖和鸡蛋。由女房东煎好。

迷你高尔夫。鸡蛋。

---

① 欧洲的沿海胜地,戛纳、尼斯都属于该区域。"二战"时,包括此区域在内的法国南部被意大利军事控制。

丹尼尔看了看身后沿街缓慢游荡的人群,他们漫无目的、弯腰驼背,就好像这柔和的夏日空气不是空气,而是麻醉剂。每一分钟,都可能发生入侵。此刻人们都在等待。法国、比利时和荷兰都已沦陷。每一分钟,整座岛屿上的人,主要为犹太人和法西斯希望处死的人,都准备着被打包交付,关押起来。

你叫什么?丹尼尔问男孩。

说点纳粹的话,男孩说,再说点。

我不是纳粹,丹尼尔说,想跟我换地方吗?

男孩瞪大眼睛看着丹尼尔。

这样吧。我出来,丹尼尔说。你进来,替我享受假日。

我们不能在这儿度假,男孩说。这本来就是我的家。

那你真幸运,丹尼尔说。

你更幸运,男孩说。你们有迷你高尔夫。

这里没有高尔夫,丹尼尔说。

《每日邮报》说有,男孩说。

他们主要把纳粹放在贝佛瑞①,男孩身后的另一个男孩说,他正在围栏旁的碎石堆里踢踏着。他们是通敌外国人。

说点通敌外国话,男孩说。

我是丹尼尔,丹尼尔说,你叫什么。

那不是外国话,男孩说,这就是英语。

我是英格兰人,丹尼尔说。

那你怎么在这里面呢?男孩说,出来吧。

---

① 位于英格兰德比郡。

我被安排在这里,丹尼尔说,我的家人在这里。

你家人是通敌外国人?男孩问。

某种程度上算是吧,丹尼尔说,但又根本不是。

这说不通呀,男孩说。

他的名字是基思,另一个男孩说。

你们是兄弟?丹尼尔问。

在里面怎么样?另一个男孩问。

一边去!别靠近铁丝网!

守卫挥舞着步枪,对着男孩们大喊。

基思,告诉《每日邮报》,丹尼尔在他们身后喊道,告诉他们我说了,我作为这群人的代表说,我们被关押在一个拘留营里,我们不是敌人,牢房无论如何都是牢房,即使此刻是八月,即使天空晴朗。

男孩的身影消失在小山的后面。

牢房。丹尼尔回到"童话之屋",他们有一间房间,独属于他们父子二人。他们搬进这座房子时,它就有了这个名号,因为之前有人用剃刀在前窗的不透明漆上刻出了童话生物的形状。

一个长着兔耳的男人。

一棵有传奇色彩的树。

一个稻草人。

一条长着鸟翅膀的鱼。

三只长着嘴和眼的行李箱。

一只猫叠着一只老鼠。

这些形状刻画出日光射入的样子。

还有的房子叫"日光浴美人之屋",它的所有窗户上刻画上了性感美女,还有的叫"动物园之屋"——著名的驯狮人和一位动物园的驯象人住在那儿。动物园正在积极争取释放驯象人,因为他走后,大象就不进食了。

正统派犹太人向街道神父抱怨日光浴美人有碍观瞻。之后,有人在他们的凸窗上刻画了圣像,他们就不再抱怨了,光透过神圣的形状进入屋内,他们心满意足。

一个晴朗的早晨,丹尼尔从商店出来,目睹了围栏附近的一次骚乱。一位最年长的被拘留者的灰色长胡子挂在了围栏的倒刺上。三位内侧的被拘留者正轻轻地拉拽胡须。围栏外的两名守卫也做着一样的事。两边的每个人都在困惑,该怎么把胡须取下来呢。

其中一个在远处观看的守卫从枪上取下刺刀,走近骚乱中心。

广场另一边一座房子里的两个瘦削的德国年轻人也在观看。其中一个人会吹口哨,丹尼尔在附近听过他吹小曲儿。另一个像他的影子,一个重影,他们像是家人,吹哨人总是关照着另一个。士兵举起刺刀时,那位影子把头埋进自己的臂膀,几近隐形,就好像施了魔法让自己消失。

士兵举起刺刀,刀片有他的手臂那么长。他的刀尖精准地落在被围栏卡住的胡子上。老人倒退几步,站稳脚跟,手臂挥动着。他捋了捋胡子,检查断裂处。铁丝网两边的所有人都笑了,向身边人赞叹。精准的一刀!

士兵对老人说,*管好你尖下巴上的胡须。*

那位影子明显在颤抖。丹尼尔甚至从这么远都可以看见。吹哨人发现丹尼尔在观察他们。他向丹尼尔点了点头。他拉着兄弟的胳膊走过来。

西里尔，他说，克莱因。这是齐利格，我的小弟。我们是从克里登过来的，在克里登之前，在马恩岛道格拉斯镇的哈钦森营之前，我们在奥格斯堡。

齐①在德国失了声，在德绍的营里，西里尔之后告诉丹尼尔。

我弟弟能唱悦耳的男高音，但是他不再唱歌了。他可以说话，只是如今也讲得很少了。他藏着他的声音。他们在他的书包里发现了他们不喜欢的书，把他带走。故事书。《世界大战》。《人造丝女孩》。这些是应该被焚毁的书，而且他是个犹太人。三重罪。纳粹恨犹太人，他们恨独立的女性写的故事，他们恨描写细菌会杀死侵略者的故事。他是政治犯。15岁。他在那里待了五个季度，十四个月。他无法将所见从眼前剥去。

但是神奇的是，我们把他救出来了。

然后我们都出来了，来到了这里。我在萨里郡②做司机，西里尔说。我也算是个医生，但是显然在完成学业之前被赶出了大学。

丹尼尔在此之前已经知道他们每天站在大门前观察新到来的人。西里尔告诉他，他们在等待他们的父亲。他们不知道他在哪里，也不知道母亲、家里的其他人在哪里。

---

① 齐利格的昵称。
② 位于英格兰东南部。

一天晚上，在丹尼尔和他父亲那间位于屋檐下的房间里，西里尔愉快地告诉他，他和齐利格怎么被伦敦警察拉上车，送到一座巨大的伦敦地窖。

奥林匹亚。

不打仗的时候，那是举办展览的地方，西里尔说。有天晚上许多纳粹船员从一艘船上下来。"希特勒万岁"的呼喊声时不时传来，他们还高唱着"我们的血贴着刺刀喷射而出"。一些天后，他们用卡车把我们与那群人一起运至布特林的度假营①。在布特林的度假营，一位牧师在周日发表讲说，请求上帝赐予纳粹胜利。

西里尔笑了。

他经常笑。他揽住弟弟的肩膀。那个男孩齐，还没长成男人，每当哥哥发笑时，他就露出一丝心不在焉的微笑。

丹尼尔，我的朋友，你的英语尖顶，西里尔说。

是顶尖，丹尼尔说。那是因为我在英格兰出生，父母在德国养育了我一阵子，6 岁后我又成了英格兰人。

在德国养育了一阵子？西里尔问。

养，丹尼尔重复。

他拼写了这个词并向他解释。

就像养狗崽，小狗，他说。

他感到尴尬，他不习惯向别人展示他的语言能力。但是西里尔看起来很高兴。

---

① 南非裔英国企业家比利·布特林（Billy Butlin）于 1936 年至"二战"前在斯卡哥尼斯和克拉克顿各建立了一个度假营，为旅游度假的人提供娱乐。该项目在战后继续进行和扩张。

养于，西里尔说，养淤。

我只当了一个夏天的德国人，丹尼尔说。我在这里长大。我父亲是一个德裔英格兰人。他在这里认识了我母亲，她是德国人，在证件被盖上戳之前，她都没认为自己是犹太人，她是三个夏天之前去世的，她有许多心愿都实现了，但她的生存意志却耗尽了。她在英国这儿的沃特福德生下了我，1915 年。那时已经在打仗了，父亲被拘留，母亲和我被遣返回德国。我直到 6 岁才见到父亲。战争结束后，我在英国上学。但夏天不在这儿。我们会去德国。

现在是夏天了，西里尔说。所以此刻你是个德国人，我的朋友。

丹尼尔咧嘴大笑。

请问你愿意帮我吗，西里尔问。我的德式英语，我想成为德裔英格兰人。可以吗？

丹尼尔说他很愿意帮忙。

西里尔从口袋里掏出什么东西，放在丹尼尔的手中，那是一小块平整的金属。那是一小块珐琅胸章，背后的别针没了，但是正面依然保留了大部分珐琅，桃红色和蓝色，呈现出一个女孩的胸像。这个女孩戴着泳帽，手里高举着某个金色的东西。底部写着黑白色的文字：

巴特林的克拉克顿 1939。

我在那个周围发现的。那个，放信的箱子，怎么说？

信箱，丹尼尔说。

啊哈！

西里尔笑了，齐利格虚弱地微笑一下。

Der Briefkasten①,西里尔说。信。箱。*信箱*。我之前去 kān 过那*信箱*,因为*信箱*的口关起来了,一条金属条放在上面。现在我知道了它叫这个词。

哈,丹尼尔说。你学得真快。但是是 kàn 着信箱。

Genau②!西里尔说,然后我看向地上,因为我感觉到那个游泳女孩在我脚下。

徽上的女孩,她胸部的位置,以蓝色珐琅的浪尖盖住,尖儿上有着白色的珐琅泡沫。

我的朋友丹尼尔,我把这个送给你,因为在这里我们所有人都在那一艘船上,西里尔说。

在同一艘船,丹尼尔说。

同一艘船,西里尔说,同一艘船。

谢谢你。但是我不敢接受,丹尼尔说。

为什么她要举着那东西,举在耳朵边?西里尔问。她是不是——听不见怎么讲?

聋了,丹尼尔说。不,不,我觉得这不是助听器。我觉得这本来是一杯香槟,我觉得她在向我们祝酒。就好像在说:干杯!看。香槟里的气泡。这些珐琅小点点。

Glasur, Schmelz。③ 西里尔说。

齐利格,他正坐着凝视着桌子和椅子上的一个行李箱,轻声说了句什么,丹尼尔没有听清。

齐提醒我了,der Schmelz 也有另一个意思,指一种声音

---

① 德语的"信箱"。
② 德语中对于事实的确认回答,类似于"完全对"。
③ 德语的"珐琅"。

或乐声非常悦耳,西里尔说。

齐提醒我了,丹尼尔说。谢谢你,齐。

齐点点头。

归你了。请不要像英国人这么客气。毕竟现在是夏天。请收下,西里尔说。

谢谢你,丹尼尔说。我接受你的礼物。你真好。

看看齐,他正想着我把我的女孩儿给你了,西里尔说。没有更好的礼物了。我们现在是医生的朋友。我送给你这个游泳女孩,她会带你逃离这座岛。

丹尼尔微笑。他将徽章放在行李箱盖子上。

下一刻,消失了。

消失到哪儿去了?

他低头去寻,却看见行李箱上空空如也。看不见行李箱。有人放了一个托盘在他膝盖上。

三明治。真好啊。

午前茶时间啦,邻居的女儿说。

啊,他说,又来了。

是啊,她说。今天是周五。

她理解错了,以为他在说她。不重要。

格卢克先生,您今天怎么样?她问。您这周过得怎么样?

她想说的是,格卢克先生,问问我这周过得怎样。

他笑了。她是个善良可爱的聪明女孩,虽然已经不再是小时候那个小反骨。有时候丹尼尔因此为她惋惜。她从事的工作正在蚕食她的灵魂。她很孤独。这点毫无疑问。他就像在眼睁睁地看着她被侵蚀。

基本上可以说大部分时间还不错,他说。

周三我从锡耶纳①回来了。

啊,他说。

白天我带着二十个学生去市政大厅看洛伦泽蒂的画。《好政府与坏政府的寓言》。

我从来没看过,他说。

暴君,她说,他的下面一排牙齿戳出嘴巴,就像野猪的牙。和平、勇气、谨慎、慷慨、节制、正义,所有这些人像站在好政府的中央,她们都是女性人像。勇气身穿铠甲,由武装的骑士围绕。

还有什么呢?他问。

好政府的墙,她说,显示出完美的平衡和和谐,得到良好的维护。而坏政府的墙侵蚀得严重。

再说说,他说。

说好的还是坏的?她问。

就说好政府,他说。

她开始拨弄手机。

就凭回忆,他说。

她笑了。

她放下手机。她闭上眼。

夜空下一座明亮的建筑,她说。房屋,惬意的社区。人们买卖物品,人们工作、写作、做手工。人们结婚。有人骑

---

① 意大利著名旅游景点。

马,有人拉着彼此的手。人们形成一排队列或一条长龙,也许是维纳斯的孩子跳着一支舞,也许只是兴高采烈的人们在拉着彼此的手。一座祥和的城市。夏天来了。他们精神饱满,那些人像。有一些损坏,但不严重。保存得很好。挺住了,多少个世纪下来依然光辉照人。

他们都睁开眼。

那么今天的报纸上有什么新鲜事?她问。

掌权的暴徒和演员,他说。没什么新鲜的。一种聪明的病毒。这是条新闻。债券股票会跌。会有人赚一笔。又是这样一种时候,我们会发现什么更重要,人还是钱。

他想起母亲的脸。她为家人存的所有积蓄在通货膨胀中不值钱了。她活得挺久,五十多岁走的。

我曾经是想年轻时候死去的,他说。

邻居的女儿笑了。

如果我妈在这里,她会说,现在这么说可有点晚,104岁先生,邻居的女儿说。

无论你多少岁,他说,你死去的时候都依然年轻。

邻居的女儿看着他绽放出微笑。

邻居的女儿爱他。

我父亲从西班牙流感中幸存了,他说。我只听他说起过一次。他说,你要记住不要太在意自己。这样你就不会再害怕了。不说这个了。你在看什么?

这会儿我在看手机上的新闻,她说。但也在看这个。

她举起一本纸书。

小说,她说。还不错。可以作为伍尔夫的代餐。我是这么感觉的。关于里尔克和凯瑟琳·曼斯菲尔德。① 您知道吗？他们曾在瑞士住得很近，但是从未见过面。您读过里尔克吗？

啊，他说，里尔克。

他想要思考里尔克的事。但是他此刻不能去思考，因为西里尔又来了，跪坐在他身旁，在邻居的暖房里这把漂亮的椅子旁。

他朝苍白的齐利格的鬼魂点了点头，他总是跟着西里尔。齐利格也朝他点头。

他们两个都没有出现在这座暖房里，这是无疑的。齐于1947年去世，没在那里待多久，也是啊，他已经在短短的时间内变得苍老了。西里尔，1970年去世的，应该是吧。

但是此刻他在这里，容光焕发，就在丹尼尔身边，与他一同望向外面，目光落在铁丝网外那一片银色大海。

我弟弟有过更糟的日子，西里尔只会说这样的话。弟弟的回忆，西里尔说，就像经过大火的熔烧留下的东西，体内的一切都熔化了，变了形。

他们没怎么折磨西里尔，他几乎什么都没经受，只有过一点小刺激。他是幸运的。他们把他带回总部，对着他的头和腹部揍，说他是同性恋，说他会被绞死，说他引诱了太多雅利安女孩，必须死，他那样可恨的人应该被处以死刑，他会在那天下午在院子里被处以绞刑，他被命令去坐下，但他刚要坐下，椅子就被抽走，因此他跌坐在地，一屋子褐衫队

---

① 此处涉及《春》中的情节。

队员哄堂大笑。这事儿又发生了一次。又一次。又一次。

最后,房子里别处发生了点别的事儿,分散了他们的注意力,他们便忘了他。他抓住机会溜了出来。他出去时看见那些人排开在走廊两端,谁敢越过去,他们就用步枪把儿揍他。

即使只是这样,只是挨揍、挨骂,也够让人害怕了。即使只是去坐一把永远不会在你屁股下面的椅子——你想着你得抓紧坐上去,但你又 知道你坐不到椅子的——因为如果没椅子坐,他们或早或晚会杀了你,这也很让人害怕,西里尔说,他几乎要发疯了。但是我不断站起来。每次跌坐在地我都站起来。我对自己说,你可以做到的,你可以当自己是卓别林。起来。站住。就够了。现在。拍拍外套上的灰。

他逐渐难以听清邻居的女儿在讲什么,或者说他逐渐难以去听。

布特林的克拉克顿 1939。

他向下看了看自己落在地毯上的穿着拖鞋的脚,查看拖鞋是否掉了。

但拖鞋肯定不在脚上。

这是在别的时空里,对吧?

哪里呢?

他于何时何地由它脱落了呢?

无论谁送给谁,它都是个好东西。

他对自己很不满。

他有时很粗心。

他甚至没法形容他有多厌恶自己的丢三落四,甚至记不清丢了什么。

比如有一次。一个他爱的女孩。有天晚上他在黑暗中惊醒。她喷的不是左岸①香水！很多年他都以为是左岸。但是他搞错了，不是这个名字。是另一个名字！

黑暗中，他感到羞愧。

他曾经不知，此刻也不知该如何弥补。他必须纠正错误。

但人就是没法改正过往的回忆吧？

我非常、非常抱歉。

她喷的是另一种法国香水。美丽②。名字里有美丽这个词。

美丽，香水瓶的一面写着这个词，它放在她房间的柜子上。另一个词在瓶子的另一面。他试图在脑海中转过瓶子。

不行。

不能。

她在"慈善厨房"打工挣钱。后来她卖了一些画。后来她做演员，皇家剧院，英国广播公司。后来她去世了。

"慈善厨房"。并不真的是厨房，那是一种供应汤的餐厅。随着伦敦越来越远离贫穷，它变得越来越时髦。艺术家在那里工作。年轻的女艺术家都在那儿打工。

---

① Rive Gauche，圣罗兰（Yves Saint Laurent）1971年推出的香水，名字取自圣罗兰新开的店铺，那是高级定制设计师开设的第一家成衣店。该香水前调有醛、忍冬、柠檬等，中调有木兰、鸢尾花、栀子花等花香，后调有檀香、零陵香豆、琥珀等。

② Jolie。

此刻邻居女儿的语气变得更为强硬。

不好意思,他说,能再说一遍吗?

她请他说说马恩岛。

噢。

你怎么知道那里的?他问。

她说,他之前讲过,保利娜听见了。

噢。

没错,他说。不过,我几乎没在,在那边待的时间非常短。那段时间很难熬。

不同寻常,但依然难熬。不过我们没待多久。我父亲,曾被拘留了近六年,从"一战"开始到结束。韦克菲尔德,洛夫特豪斯。洛夫特豪斯是个不错的拘留营,高等级,付费,我母亲交了钱。但是他出来后依然疯了,非常虚弱,苍白孱弱。他的身体毁了。余生都病恹恹的。

丹尼尔闭上眼睛。

他睁开眼睛,身处童话之屋的黑暗中。他父亲睡床的床垫上。因此他把一张毯子给了丹尼尔。丹尼尔睡地上,一张毯子盖身上,一张垫在地上。他父亲的声音在黑暗中响起:

韦克菲尔德也曾是个度假的地方。当地有轨电车的工人会来这儿。他们喜欢把人关在度假的地方。说起来,一天,有个女孩,也许16岁,一个漂亮的女孩,她肯定是从荆豆丛那边走过来,她看见我正在伸手够绣线菊。我想的是如果能摘到绣线菊,就可以加糖泡水,如果能找到糖的话,蝴蝶喜欢绣线菊。但是我够不到,她看见了,她看见我努力伸手够,于是她来到灌木丛这边,摘下后直接从铁丝网那边递给我。我听说因为这件事,她在韦克菲尔德的监狱关了三个月。他们特意告诉我的。在政府用地上闲逛。通敌。是我的错。我经常想起那个女孩。希望没给她造成什么伤害。那对我来说是一份珍贵的礼物。

你觉得我们会在这儿待多久?丹尼尔问他。

(几周过去了。度日如年。)

我觉得很有希望,他父亲沉静地说。

丹尼尔在黑暗中,感到诧异。

他从未见过他父亲如此不以为意地表达希望。

这次不同。这次是在不同的地方,英格兰,父亲说。他乐观的一面在说话。我知道,肯定会挨鞭子。不可避免地会说什么第五纵队享受着我们的财富,逮捕所有人,拘留所有人,每一个德国人都是敌方间谍,等等。

但是拉思伯恩夫人在议会讲话。奇切斯特主教在议会讲话。韦奇伍德先生,年轻的富特先生,那么多人都在,即使这看起来像入侵,即使所有事都是关于*他们*,但议会依然花时间讨论着*我们*。而且富特先生,他说他们正在错过机会,我们那么恨纳粹,我们又知道那么多,我们有特殊的技能,可以组建一支地下军队,为英格兰而战,所向无敌。那时候没人说这些。现在局势完全不同。他们现在知道要讲公平,为什么要打仗,打仗会造成什么。他们知道了报纸会为钱撒谎。他们知道不能把无辜的人关进监狱。英国人是正义的。他们讲求实际。他们宽容。他们不孩子气。这一次,他们冷静,他们讲文明。他们会处理得当的。我们很快就会离开这儿。你会知道我是对的。

他父亲是对的。

1941年1月底，丹尼尔到家了。他父亲那时刚拿到释放文书。

他们回到斯泰宁，正好能为蔷薇剪枝以迎接春天的到来。丹尼尔又做了一次体检，这次合格，要参军了，他是英国公民所以没问题，他要加入皇家海军了。

那个夏天他的父亲去世了。那时丹尼尔已经在海上了。

韦克菲尔德？他邻居的女儿说。芭芭拉·赫普沃斯长大的地方？就是那位制作了您那块石头的艺术家。

丹尼尔在另一个世纪的这间暖房里睁开双眼。

她指的是那块圣母子小雕像的剩余部分。

他睡过的一个女人曾经偷了圣子的那一块。多年之前，她就那么装在口袋里，拿走了。

但是他依然拥有圣母的那半块，所以他不介意。不过这就不能卖了。也是好事吧。意味着即使他卖了所有其他东西，他也会留着它。挺好。他很喜欢它。

他伸出手想去找它。它在卧室的

（他伸手去摸索现在在哪）

这座房子，邻居的房子，在书架顶上。

不说那个了，丹尼尔说。你有没有在哪儿，看见过，一个小小的彩色的金属物件？

金属的什么？邻居女儿问。

形状像个游泳的人，他说。手举玻璃杯在头边，像这样。

他把手臂高举至头边，将空茶杯向耳朵倾斜。真神气呀,她笑了。

没看见,她说,我很确定没见过。那是什么?

我们认识的这些年里的任何一年里,他说,你有没有在任何和我相关的地方,或者我家,曾经见过一块平整的金属的小东西,一个女孩轮廓的徽章,是一个游泳的女孩。

就算我见过,我也记不得了,邻居女儿说。

小东西,丹尼尔说。没事儿,是我没在意。

他等她回到阅读状态。

然后他鬼祟地检查脚边的地面,用穿着拖鞋的脚去摸索地上有没有什么东西。

在一个美好的夏日早晨,一个男人来看望丹尼尔,他们在餐厅见面。那是他们到达道格拉斯港时看见的那个男人,队列里站他前面的那个,是他对着中士大喊他前面的老汉年老走不快。

他自称乌尔曼先生。名字是弗雷德。

他气度庄重,彬彬有礼,以至于丹尼尔没想到他可以称他为弗雷德。

乌尔曼先生说,他听说那位小格卢克先生的母语是英语,同时也懂德语。

出生在这里,丹尼尔说,很快就被带走了,我在6岁之前都只讲德语。之后只讲英语。我的德国人部分只有6岁。

我对翻译感兴趣,男人说,喜欢了解在说同一个事物时,不同语言的不同说法。你有双语能力,我感觉你会是个非常有趣的例子。我在收集这段小文的不同版本。

他给他看了一首四行的德语诗,诗手写在一张精美的厚纸上,是人们以前常用的那种纸。

我祖母喜欢念叨这首诗,他说,我想听听你用英语念出它。

丹尼尔读了一遍。

他拿起他用来记账的一小截铅笔,用小刀削尖。他在一张卫生纸上开始写字。他画掉语句。

他重新写了一遍,又画掉已写的语句。

我不得不改变韵脚,大胆打破语法,他说。牛刀小试一下。

乌尔曼先生读出来。

别念祷文,别为我念。

别唱弥撒,别为我唱。

在我死去的那一天

一句也无须唱念。

不错的开始!乌尔曼说。

他看起来很高兴。

我不知道海涅会不会赞同您,丹尼尔说。

您竟然认出是海涅,乌尔曼说,即使是在英国上的学。

我有个妹妹是德国人,丹尼尔说,您觉得如何?对您有用吗?

我喜欢,乌尔曼说,非常喜欢。很好。谢谢您。

乌尔曼先生,作为交换,丹尼尔说,您可以借我三张纸吗?您写海涅诗句的那种纸。我说借,是因为我保证一旦我有了一样好或者更好的纸,就还您三张。等战争结束。我不会忘。

乌尔曼先生睁大眼睛。

丹尼尔拿出一管牙膏放在柜面上。(牙膏,就像巧克力,很贵。)

这,是给您的礼物,他说,可以吗?

乌尔曼先生年纪大,至少40岁了。他们寄信去报社时,他是签名的艺术家之一。拘留营里传着一张复制本。先生,以下签名的艺术家、画家和雕塑家,目前正被拘留在马恩岛道格拉斯的哈钦森营,我们想向我们所有的英国同事和朋友紧急求助。众所周知,我们离开我们的故乡和祖国,是因为我们的人身安全和作品在那里遭受严重威胁。我们来到英格兰,因为我们相信在此地

接下来是

欧洲民主的最后希望　无限期　创作　对该国有巨大用处　艺术的使命。艺术无法在铁丝网后生存　一些报纸我们身处的紧迫状况中　几千人的密集社区　几周未见新闻　考虑到各类被遗忘的人的"白皮书"

最后是

请还给我们——纳粹压迫下的所有逃难者——那所有艺术家赖以生存和工作的东西:**自由**。

乌尔曼先生的妻子,乌尔曼先生告诉丹尼尔,在他们被捕几天后生下了他们的第一个孩子,他还未见过这个女儿。

丹尼尔想起那封艺术家联名信。

你会见到的,他说。

乌尔曼先生露出忧伤的微笑,以表谢意。他说他曾是位

律师。他告诉丹尼尔他刚毕业工作时,有天早上他在办公室坐下,法院大楼里的某处正响着锤子和锯子的噪声,他没法集中注意力工作。他走下楼进入院子,去看看发生了什么事。

一些工人正在建起一座绞刑架。

不,那是一座断头台。

他及时逃走,到达法国,成为一名画家,去了西班牙,遇见一名正在旅行的年轻英国女人,亨利·克罗夫特爵士的女儿,那种给小妹妹教马克思的女孩儿——亵渎呀!然后她做了别人难以想象的事,嫁给了一个身无分文的犹太逃难者。到警察局时,她把一罐墨水和一包炭笔放进他的外套口袋。她将一叠好纸装进他的行李箱。他每天在这些纸上画画,他说,每天至少一幅,有时候再多些。这取决于他是抑郁得少一点还是多一点。不管心情如何,都有帮助。

那天晚上,他在熄灯之前来到童话之屋,在前门等待丹尼尔。他递给他三张空白的顶级好纸。

格卢克先生,我也没有别的人可以送,他说,这可以画三张画。

他笑了。

看我的牙多干净,他说。

一天,他让丹尼尔来看他白天作画。他坐在他的房间里,将小行李箱平放在膝盖上,纸则放在箱盖上,微微倾斜。

我还没那么急着要画油画,他说,素描才是真功夫。

他把笔放下,从床上起来,打开箱子,拿出几张纸。他给丹尼尔展示了一幅钢笔素描,黑色的。

那是阿斯科特的群居宿舍!它描绘的气氛和那种昏暗感太逼真了,丹尼尔甚至能闻到那气味。他突发一阵冷汗。

乌尔曼先生告诉他,他在阿斯科特等信等得几乎要疯了。

一个月,他说,整整一个月。伦敦那么近,却没收到任何人的任何信。我的孩子任何一秒都可能出生。

他又给丹尼尔看了些他还没完成的画。这些是献给他的新生儿的。其中许多幅里,一个小女孩拿着一个气球穿越地狱,气球由一根绳子牵着,一路颠簸。穿越地狱的整个过程中,气球都飘浮在女孩上方,女孩四处走动,好奇、疏离、漠不关心,就如她周围那些令人毛骨悚然的事物一般强大——甚至更强大,因为随着素描的增多,她愈发强大。那里有毁坏的建筑、绞刑台和绞刑架,树上挂着人的尸块,

致敬戈雅的,看,乌尔曼指着说,

那孩子穿越废墟,经过一座座骷髅山。她经过一个吊着的女人。这恐怖景象并未惊扰她。她同欢乐的骷髅跳了一支舞。

乌尔曼先生让丹尼尔观摩他画画的那天,他正在向一片竖立着一个稻草人的干草地里画上鸟。拿着气球的女孩走进干草地,遇见几个孩子,他们都在稻草人下微笑(那稻草人实际上是一个死去的胖士兵),因为一只小鸟正在他的帽子上唱歌。

格卢克先生,您热爱艺术吗?乌尔曼先生说。

乌尔曼先生,我不了解艺术,丹尼尔说。我妹妹有时会

画画。但是我不了解。

您喜欢看事物原本的样子还是非原本的样子？乌尔曼先生问。

我，两种都看不见，丹尼尔说。有时我也希望我能看见，但是我看不见。

那么恭喜啊，您离成为艺术家只有一步之遥，乌尔曼先生说。

恐怕您看错我了，我永远当不了，丹尼尔说。

乌尔曼先生笑了。

他说起20世纪20年代通胀时期他去过的一个狂欢节。

突然间，镇上所有人都疯狂地跳起舞来，舞蹈像传染病一样蔓延开来，乌尔曼先生说。整个镇子载歌载舞，不想停歇，那出于内心的疯狂，也出于生活的贫困。被生活逼得只能傻乐。

他画了更多的鸟。钢笔几乎没有沾到纸，但鸟儿们逐渐在干草地上聚集。

另一天，乌尔曼先生很抑郁，动不了笔。

我和希特勒对抗的时候，克莱夫登的人正在和他交朋友、调着情，他说。

他语气轻柔，但透出怨气。

然后他就改变了路线，他说。

格卢克先生，您想认识库尔特吗？

库尔特臭名昭著。他是那个会在晚上像狗一样吠叫的艺术家，他的叫声响彻于整个营地的街道上。他睡在一个篮子里，人们说这就和狗一样，不睡床。他在咖啡厅里拿着茶杯和茶碟做那件事的时候，丹尼尔也在场。在那里很难找到配套的茶杯和茶碟，但是库尔特搞到一套，他坐在咖啡厅里，身边围绕着窃窃私语的人群，房间里逐渐安静下来，因为库尔特正在念念有词，并且手里做着这件事——他举着杯碟画着圈，嘴里念着 *谎言（lies），谎言，谎言*，一遍又一遍。不对，说的是德语词 leise，意思是轻的，比如说可用于 *轻声一点*（be quiet please），而且他确实是轻声地（very quietly）一遍遍念着 leise leise leise，直至周围的人 *轻手轻脚* 到他身边（leise around him），呼吸轻微地听着，这 *轻轻的静谧*（the leise quietness）如水中的涟漪荡开去，*轻轻地*（leise）在房间中蔓延，他念着 leise，每一遍都 *轻微地多了那么一小分气力*（leise with a little more force），响了那么一点点，leise leise leise，直至整个房间里 *呼吸轻微的人*（the whole room leise）都在听他说 LEISE，每一次都 *轻微地更响亮一些*（leise more and more loudly），此刻他已在大喊 L E I S E 了，接下来他开始以最大音量扯着嗓子喊起 L E I S E，他的全身都参与进这场呐喊中，他已站起身来，但手中依然举着杯碟转圈——继而他将杯碟狠狠砸在地上，杯碟碎裂，损毁严重。

静默。

房间里的所有人，震惊了。

随后所有人喊叫、大笑、生气、高兴。所有这些一并出现。

丹尼尔感觉到的是这么久以来，他终于首次深吸了完整的一口气，他不知道这么久有多久。自他们被拘留以来？有多久,有将近十年吗?自日子变糟以来吗?

营里的所有人都知道希特勒本人曾嘲笑过库尔特的作品。

如果有天我们能离开这儿,我们能活着离开这儿,没死,西里尔说,那天晚上他听着"犬吠",彻夜未眠,我会买一条狗,起名库尔特。库尔特的叫声,有实际的用处。当隔壁房间的老头惊醒大喊救命,喊着"他们要来杀我了"时,我会告诉我自己,或者告诉齐,那是回应腊肠犬库尔特的叫声呢,然后继续睡觉。

库尔特紧紧握住丹尼尔的双手。

我很高兴也很荣幸认识您,他说。您是一位幸福和幸运常伴左右的先生。

他摇了摇丹尼尔的手。

现在我已握了充满了幸福与幸运的青春之手,他说。现在我会从这场战争中幸存。*而且*您在餐厅工作。这也是我想认识您的原因。我有一个请求。

他领丹尼尔到楼上去看他的工作室。

他正在做一幅拼贴。看起来像是用霓虹光彩的蕾丝做的。

丹尼尔看出了这是用鱼皮做的。

房间味道古怪,发馊又泛甜。这时丹尼尔想起营里流传的一个故事,说库尔特踢翻了夜壶,十分惶恐里面几天的排泄物会从地板渗进下面的房间,而他的工作室会就此被收走。

(人们传说,库尔特脱下自己的衣服擦拭泼洒的排泄物

然后他又穿上那衣服,

西里尔说。)

房间各处放置着蓝绿色的塑像,人头、野兽或不可名状的形状,摆在破损的木头块或旧钢琴的破损琴腿上。塑像的表面凹凸不平,有着沙砾感。很奇怪,它们让他感到熟悉。

库尔特请求丹尼尔帮他从餐厅或商店里留一些没人需要用或吃的东西,任何都行,把那些要丢掉的东西给他。空的烟盒或牙膏管、巧克力包装纸。卷心菜的烂菜叶。他最想要的是没有动过的早餐粥,如果早餐过后他在垃圾桶发现了,他希望丹尼尔能留着给他。

这时丹尼尔才看出这些雕像是凝固的粥,而粥已经长霉,每尊塑像都在生出绿色的毛发。

这些雕像是活的,他说。

库尔特皱眉。

这是最高的褒奖,他说。

他的皱眉是一种笑容。

丹尼尔睁开眼。

您回到过去战争的时候了,邻居的女儿说。

她的手正放在他的肩膀上。

扭头、翻身、大喊大叫,她说。

她用托盘给他送来一碗汤。

没错,他说,回到那时候去了。

您刚刚在哪儿?她问,您梦见了什么?

我正走在道格拉斯镇的路上,丹尼尔说,我们都在,我们正沿路走去绘画之屋,和我们一起走的守卫,把枪给我扛，因为他累了。

那您本可以逃走，在您的梦里，她说。您有一把枪。您本可以用那守卫的枪控制住他，让所有人都逃跑。

他笑了。噢，那不是梦，他说。这确实发生了。逃去哪儿呢？只有法西斯主义者才要逃跑。

他把汤匙放在托盘上。

之后我曾在查令街遇见乌尔曼先生。我们互相问好，我们握了手。您过得怎么样？之后能说什么呢？没什么可说了。于是我指向书店，我说，我听说您在哈钦森营画的画结集成书了，不过我还没看过，我很期待。

他笑了。

期待，他说，这个词有意思。每个人都期待，但是没人买书。没人再想要任何有关战争的东西。书一出版，就已没人想买它。

我欠您三张好纸，我说。

我一笔勾销了，他说。

我们兴高采烈地互相告别。

我再也没见过他。

但是多年后，我看了他的书，那是在他去世后，我看了里面所有的画，有些我见过并记得，就好像有人把它们刻在了我的脑子里。那个拿着气球的小女孩，他的女儿，刚出世的孩子，贯穿整本画册，她一直在穿越地狱，在最后几页中她——

他开始笑

——她竟做了这样的事，她扯住教士穿的那东西的下

摆,那东西叫什么来着,

法……衣……?邻居的女儿问。

对,没错,就是法衣,她拉扯住法衣,那牧师身形魁梧,他胸前不是十字架而是纳粹党党徽,她抓着他衣服的下摆,轻而易举地将他掀翻在地。然后她站立着,一只脚离地,像一位马戏团的舞蹈演员或杂技演员,一只手叉在髋部,她正在他的大肚子上单脚站立呢,她的气球则飘浮在高高的天空中。

真希望我能告诉乌尔曼先生我看了这本书,真想谢谢他。

您有没有和他说您梦见和他去电影院?邻居的女儿说。

噢,那不是梦。我们真的去看电影了,他说。他们带我们去的。两个守卫。四百个人。十一月的一天。绘画之屋。那房子的正面仿造了都铎样式。很漂亮。《大独裁者》。卓别林扮演的理发师爱上了一个漂亮的女孩。那女孩的名字和我妹妹一样。那电影确实别具一格,敢那么挑衅希特勒。那晚回到营里还有一场音乐会。舒伯特,我记得是。

听起来一点不像坐牢,她说。

坐牢就是坐牢,他说,无论你在其间做什么。

他喝完了汤。

谢谢,他说,你真好。

不用客气,她说。

她帮助他坐上床,摆好通常在下午采用的卧姿。

格卢克先生,她说,我想问问,您曾说,您有个妹妹?

是啊,他说。

他没再说什么。

我会在人到之前早一点把您叫醒,她说。

人,他重复。

今天来拜访您的人,她说。那个男人,您曾和她母亲是故交,想起来了吗?

丹尼尔摇摇头。

噢对,他说。

她过去把落地窗的窗帘拉上。

开着吧,他说,今天外面阳光不错。

她又拉开窗帘。

谢谢,他说。

他闭上眼睛。

他17岁。他的妹妹12岁,还只是个孩子。他们在柏林公寓的起居室,他在那儿过夏天,硕大的窗户敞开着,他们紧挨着彼此,胳膊肘靠着窗台,一起俯视着下午这会儿的车来车往。

他们在吵架。他们总在吵。

他说马克斯·林德是更优秀的喜剧演员。

她完全支持卓别林。

没错,但是林德会名垂青史,他说,毫无疑问,他深刻而新颖。一位有社会洞见的喜剧演员,一个有社会见识的人。相比林德,卓别林只是个小丑,一个有样学样的人。他以为他偷来别人的小技巧就可以和原版一样好。但不可能,因为他就是没那么好。林德才是原版。林德才是货真价实的。

汉娜摇着头,像是在为丹尼尔感到遗憾。

有社会洞见的喜剧演员,她说。

她笑了,像是他说了什么过于天真的话。

卓别林会经久不衰,她用英语说。马克斯·林德是那种只会红一年的噱头。等着瞧吧,夏天的哥哥。

她最近喜欢这么称呼他,就好像他不真是她哥哥似的。就好像他每年只做一个季节的哥哥似的。

他做出睥睨一切的架势。

我们等着瞧,他说。

我们等不等都一样,她说。我认为,流浪汉会比贵公子活得久,多活几千年。

夏末的一天早上——白天依然温暖晴朗,但晚上清冷,毕竟已经九月末了——丹尼尔坐在童话之屋后的阳光下,展开纸张。

有三张纸。

他拿出两张,为了不让风吹走,他用手把它们按在膝盖上,同时他把第三张纸再次卷起,塞回内口袋。

一头闪耀红发的年轻守卫(丹尼尔叫他爱尔兰人,他叫丹尼尔英格兰人)借了他一支好长的铅笔。

他用厨房的水果刀削铅笔。

*我亲爱的汉丝*①

他在能看清的基础上,尽可能把字写小,他从第一张纸

---

① 汉娜的昵称。

的顶端开始写。当汉娜固执己见、对现实状况不管不顾的时候,他叫她汉丝

你在那边怎么样,我的小导游①?

她会喜欢这个梗的,小导游与候鸟②形成双关

又或者她会觉得他幼稚?

他的字迹歪歪扭扭

我的字迹歪歪扭扭,抱歉,我已经很久没写字了,我现在没什么机会写很多字

从"我现在没"开始画掉

我在努力恢复,我会用这封信向你证明,前后的笔迹变化会证明。我想说,你好呀,想对你微笑,想对你大笑。你怎么样?有没有练习格斗?我在想你,爸爸现在

挺冷静

脆弱

是一位难缠的室友,而且这间房间很小

挺冷静,有时他甚至满怀希望

是的

如果他知道我在给你写信,他会让我转达爱意。来这里的一个好处是他们在布莱顿把他的杀虫剂给收走了,因此马恩岛的蝴蝶可以在铁丝网内外来去自由,如同桂冠诗人所说的"夏日时光之魂"。给你写信时,我竟然记起了那句诗,我厉害吧?

―――――――――

① wander-vogue。

② wandervogel。

他能想象她的字迹是怎样的，灵巧、流畅、锋利，就像她骑车时俯向车把的样子，仿佛俯身可以让车速更快。

如今我身处此地，心系家乡，我不仅仅是站在杂乱的异邦谷田中①，不，我自身就是杂乱的异邦谷田的一部分，而且看起来非常接地气，哈，真是谢谢了

她会喜欢诗句的，她会赞赏的

失掉了！约翰·济慈会这么写，这在我的心中敲响诗意的钟声，我期待未来的情节将更加优美，但是鉴于我身处之地与我所拥有的，必然，

不。画掉"失掉"和"敲响"的两句。从"如今我身处此地"到"必然"，全部画去

你的兄弟此刻在马恩岛上的这座男人岛上，我欣喜地向你报告，我有朋友，其中甚至有一位真正的伙伴，一个活泼的小伙子，我们在这儿一起做伴，能在这座奇怪的竖井岛的强制社区里有个朋友，还是挺令人欣慰的。

她会喜欢的，不错，

虽然他不会告诉她

（或任何人）

西里尔会抱住他、握住他，一直到他释放，如今大多数日子里，他会与丹尼尔如此，而丹尼尔也对他如此。他此刻能在脑海中看见她。如果她遇见了，她会懂得的。她不会反对。他知道她会不停笑，笑到不能自已，因为她会听说那个

---

① Amid the alien corn，圣经典故。济慈曾在《夜莺颂》中用此典。

流言，拘留营的管理人员现在还在粥里掺入溴化物①，来控制他们的冲动，结果是大多数人不再喝粥，这导致的另一个结果有利于库尔特。

汉丝，虽然这里像是很遥远，但是我们依然时时刻刻在期盼着

全部画掉

汉丝，虽然这里像是很遥远，但是我发现身边都是如此棒的艺术家和聪明人，我敢肯定你会喜欢他们的，你会说，丹尼，你真是个幸运的小子，我甚至可以说，如果你在这里，你也会感到惬意。只不过希望这惬意不来自坐牢。

在最后一句话下画一条线。

记得母亲去世后，她在信中对他说，人去世后，留在他身后的人必然会成为悲伤之岛的居民，他们须带上充气救生衣，以防遇上狂风暴雨，又没有船可搭载，他们须依靠救生衣从岛屿游走。

她很聪明。她总是会说，也总是能说出那些不可言说之事。他则难以望其项背，尤其在写信这件事上。

但是他至少不会向她传递恐惧，他画去

我们如今不再像之前那般害怕侵略

他一写下便画去

他不会提胃里的翻涌，希望/绝望之间那种像身处游乐场一样的摇荡，他一点也不会提这里有多无聊，她只会嘲笑他他自己才是那个无聊的人，他也不会写下他想出的这句优

---

① 旧时用作镇静剂。

美的句子，他其实还挺自豪的

夏日敞开着明亮的大门，我们却一直身处铁丝网之内

即使他自认为这是很美的一段词句。他不会提及他或父亲有多轻易就可能登上一艘前往加拿大或澳大利亚的船，只需要在选人时，他们在某个房间里。他也不会说起被鱼雷击沉的船只，也不会说起在这么远都能看见利物浦上方的天空烧得火红。他不会说起，时间已不再能被作为时间识别，有时他如何不想吃饭，有时他发现自己会像恩斯特叔叔喝醉时那般步履蹒跚。

恩斯特。现在是活着还是死了呢？

我们不告诉任何人名字，或我们以为所处的地点。四处都有耳目，他们可并不总是在偷听着济慈优美的诗句

他不会在信里写这段

而他会写下面这段

我最近在替你读书，以防你目前太忙，或者有别的事，或者没有机会自己读书，我知道可能性很小，但此刻我们在这地方，我读书时会感觉到你的陪伴，而且我们的拘留营指挥官是一个好人，他说营里可以看书，因此大家传递着一些旧书，书被分成越多份，就有越多、越多、越多的人读到。

他得修改一下，"越多"写得太多了

不过我读了一本品相相当不错的查尔斯·狄更斯的《大卫·科波菲尔》。我很想给你引几句里面我最喜欢的话，但是现在它被别人借走了，他肯定正享受地读着。告诉你，故事里大卫被赶着去上学，母亲高举起婴儿弟弟给大卫看的时候，我想起了你。我年纪越大，越容易感伤，而你一直都有

这样的感受。我也读了卡夫卡。有个故事讲一对兄妹经过一座庄园宅邸的大门前,也许敲了门,也许没敲。这一则小故事,比我读的许多故事都更真实,触及深刻的东西

留下狄更斯,但是画去卡夫卡的部分,替代以

也读了狄更斯写的一则短小的圣诞故事,讲的是一个男人请求一个鬼魂抹去他的记忆,这样他就可以不再为回忆中痛苦的事而感到悲伤。鬼魂照做了,抹去了让男人痛苦的所有记忆。但是痛苦本身没有消失,即使了解痛苦缘由的意识消失了。这个男人开始因为无法知晓痛苦的缘由而愤恨、惶惑。随后,这种愤恨和忘却苦难的特征像传染病一样,感染了这个男人接触的每一个人,很快,镇上的每个人都不知所以地充满愤恨。

这几天我也在读托马斯·哈代《德伯家的苔丝》其中一卷的大部分(另一小部分在其他人手上,我正等他读完)。"五月里一个茴香发香味、众鸟孵小雏的早晨。"①

我们很幸运,这里有许多天资聪颖、满腹诗书的人,与我们交谈,给我们传授知识,就在前几日有人谈论歌德,这里有位研究柏拉图的教授,一位研究里尔克的专家,他谈到《玫瑰碗》时,我不可避免地想到了你,

但是此刻你知道了该如何忘却那些事
因为玫瑰碗就在你面前
而它无法被忘却,它满装着

---

① 译文引自张谷若译:《德伯家的苔丝》,广西师范大学出版社,2021年版。

存在，玫瑰向前倾着，

伸出头来，永不放弃，坚守自己

因此我们也可倾尽全力，如这玫瑰一样

你喜欢我的翻译吗？我是凭记忆翻译的，所以可能不准确。这里所有人都凭记忆复述。这是种本事。有天的话题尤其让我想到你，那天争论的是：艺术家是否应该描绘他所处的时代。汉丝，跟你说，那天差点就要打起来了。你会为我骄傲的，因为我发言说，那女艺术家是否应该描绘她所处的时代呢？我说完就差点被嘲笑出局，但至少我的话阻止了斗殴的发生，让他们互相认同，又有了共识。不过我想起你的画。这里有艺术家。他们很厉害，但是我脑中萦绕的是你的画。那幅画着花的，我记得如果仔细看，可以看出花瓣的形状形成了脸，这也意味着我现在并不能在所有真花中看出脸的形状

我有没有说错话？我曾说她的花长着脸，她当时生气了。她不再是16岁的小女孩，她已经20了，也许她现在会觉得那些东西幼稚，她已经过了那个年龄段

还有件事想告诉你，我正在用一块椅子腿为你雕刻一只木头鸟。遗憾地告知你，这些天我没有润肤乳可以用，你曾告诉我要保持皮肤湿润，要用润肤乳，更糟的是，我也没有医生开给我的药膏，没法涂抹耳朵后面的疣，因此能用到什么油或者润滑油，我都用上，但只涂一点，因为通常味道不好闻。

我知道你会感兴趣下面这件事的，我去拜访了斯特雷利

斯卡博士①，他是拘留营里一位研究笔迹的专家，笔迹学家。我们的父亲曾去拜访他，S博士看着他的笔迹说："您是一位喜欢园艺的人。"父亲非常开心。

"他没说你喜欢捂死蝴蝶，在它们死后展开它们的翅膀，用大头针刺穿躯干？"我问。

我真希望我有你的笔迹可以给S博士展示。他会说："这可是一位女王中的国王！国王中的女王！"我毫不怀疑。

我给他看了我的笔迹，他说："你是一位经历过许多季节的人。"我听了很开心，虽然完全不懂这是什么意思，也不懂为什么他看着潦草的笔迹能说出这样的论断。他没有说你是一个出色的歌手，你会因你的歌声闻名，这最让我失望。不过你肯定记得很清楚我唱得多出色。我依然在坚持。我在和我的朋友克莱因先生写一首夏日小曲，他很有音乐天赋，我们打算在这儿的铁丝网上记录下我们的乐谱，把铁丝当作五线谱，把袜子挂在上面，整座岛屿都会看见我们的谱子，等我完成，我会将它献给你。第一句是："五月里一个茴香发香味、众鸟孵小雏的早晨。"

我说的音乐可是货真价实的。拉维奇②先生在这里。兰道尔先生在这座岛的另一座拘留营里。③ 我们的指挥官请R先生开了场音乐会。怎么说呢。R先生试了营里所有的旧钢琴，都不怎么样，其中有一台甚至在他弹奏时垮掉了！（后

---

① Dr Streliska。下称"S博士"。
② Mr Rawicz。下称"R先生"。
③ 拉维奇和兰道尔是活跃于1932—1970年的钢琴二重奏团队，最初在维也纳表演。

面和侧面的木板被拿去画画了,琴线在技校里导电,谁知道轮子拿去做什么了,象牙琴键被牙医拿走做牙齿。)

我们的指挥官是休伯特·丹尼尔上校。他为艺术家准备了工作室,给作家送来书和纸。他确保邮件能顺利收发。他是个大好人。他从利物浦运来两台三角钢琴,在和其他拘留营达成特殊协议,让兰道尔可以在我们的营里演奏,即使他不是这里的拘留犯。

拉维奇和兰道尔!曾为国王和王后演奏的人!他们为国王王后表演完后,在回家的路上被逮捕了,被送至这里拘留。现在他们也为我演奏!我们坐在草地上,聆听维也纳的施特劳斯父子的曲子。

道格拉斯镇的数百位普通居民,也聚集在铁丝网外,和我们一同欣赏。

那是一个美妙的夜晚。

我的汉赛尔①,今天这封信差不多要写完了,爱尔兰人想在轮岗之前拿走剩下的铅笔。

那么我们下次再聊吧。

为了我,维护住内心的热情②,让它在窗口一直发光发亮,

我也会为你如此

我的秋天妹妹

你一直以来的

---

① 汉娜的昵称。
② innerlichkeit,为德语。

夏天哥哥寄

丹尼尔通读了一遍。

他打开最后一张好纸。

他蹲在地上，用脚抻开信的草稿，一边看着草稿，一边用更小的字体誊写了一张工整的终稿，（几乎）没有画掉的语句。

然后他向后靠在墙上坐下，眺望着铁丝网外的大海。

在岛屿上方的高空中，远高过海鸥，有一只鸟但不是海鸥。一只夏季鸟？在夏末才到来？如果是的，那算是一个迟到很久的游客，很可能迷了路，形单影只。

上面的鸟儿，无论你是什么鸟，把这封信带给我妹妹吧。

他整理好这三张纸，有划痕的两张和完好的那张复写版，全部整齐地叠在一起。

他对半撕开。

他又再次对半撕开，第三次对半撕开。

他将碎片拿到童话之屋，借来厨师的火柴。他穿过空旷的大厅，从前门出来。

他在前门石阶上将纸片攥成一小堆，点燃其中一片的边缘。

其他纸片也燃起。

碎纸堆发散的热量逐渐强烈，接着又缓慢散去。

火灭了后，他等待灰烬冷去，再清理干净。他将灰抹在手掌间摩擦，然后张开空空的手查看。

在发黑的部分，他手掌的线条清晰显露。

他将手放在耳后去摸索疣的位置,那是三年前,

不,

八十年前。

他的耳朵被唤醒。

那块疣早已不在。

但是他依然可以触摸到医生取下疣,留下一排针脚的地方。他依然可以通过针脚感觉到那东西不在了,那不在的东西愈合了的地方。

但等等。此刻他的眼睛也唤醒了。

他在他邻居的房子里,在邻居女儿的房间里。

现在是几点?

他吃过早饭了。他吃了一个三明治。他喝了汤。现在是下午。天依然亮着。

现在是几月?

太阳低沉。

冬春的样子。

房子外有人。他可以听见他们的声音。他可以通过落地窗看见车道上停着一辆车。从车上下来的人在屋外欢声笑语。

嗯,对于冬季而言,这是一个美好的晴朗的下午,能听见人在户外开心交谈也很美好。

他们关上车门,站着继续讲话,有年轻人,有年纪大些的人,一个家庭。

他们听起来就像欢鸣的鸟。

他想起画中稻草人上方的鸟。那些是用墨水画下的瞬

间,他看见那些画面活了起来,多年后,当他翻阅那本书时,那些画面依然存在在那本书中。

那家客人中的一个年轻人走过来,透过落地窗向里看,她笔直地站在一扇可打开的落地窗前,越过倒影向里张望。

丹尼尔看见的是他妹妹。

是她吗?

汉娜?

站在那儿向里看的是汉娜本人。

是的。

就是她。

是年轻时的她。

她打开落地窗,是汉娜,天啊,在那间房间里,她成了12岁,一副男孩的模样。

噢,你好,丹尼尔说。

嗨,汉娜说。

这么长时间你去哪儿了?他说。

他们没想到路会这么堵,汉娜说。

但是太久了吧,丹尼尔说,我以为时间已经分开了我们。

正相反,时间和空间将我们缠绕在一起,汉娜说。让我们分开的是更为宏观的东西。通常是这样。问题在于,我们习惯于认为我们是分开的。但这是错觉。

啊,丹尼尔说。

我在引用爱因斯坦的话啦,汉娜说。不是原话,是重述。他说人类可拥有的真正的唯一的宗教,是一种从错觉中脱离的自我解放———一个错觉是我们是彼此分开的,另一个是我们与宇宙是分开的。他说,只有当我们努力克服了这些错觉后,才能获得内心的平静。他在一封信中这么写道,收信人的儿子 11 岁,才因小儿麻痹症死去。如果说今天是二月十二日,那今天就是爱因斯坦寄出这封信的七十周年纪念日。不过其实纪念日是在这周的周三,那是准确的日子。

啊,丹尼尔说。

没错,汉娜说。爱因斯坦回信的这个人,在"二战"末期拯救了许多孩子的性命。但是他没能将自己的孩子从病魔手中救出,他为自己的无能为力感到难过。因此,他写信给爱因斯坦,希望他能解释一下,如果一个人具有纯真的心和天赋,却奄奄一息,最终化为尘土,这一切的意义 *在哪里*。

毫无疑问,丹尼尔说,你就是你。

没错,汉娜说。我的确是我。你也的确是你。话说回来,如果我们按照爱因斯坦的思路,将你和我和时间和空间相加,会得到什么?

她等待着,就像她从前那样,等待丹尼尔跟上她的思路。

什么呢?会得到什么呢?丹尼尔说。

我和你就不再只是我和你,汉娜说,我们会得到我们。

这则故事讲的是驱散时间的灵巧方法。很久那什么之前,有一位国王还是领主还是公爵,他有一个漂亮的女儿,从没有人如此漂亮,头发与皮肤像那什么一样白啊红啊金啊黑啊的,他的女儿被偷走了之类的什么。

今天,汉娜·格卢克正在城外乡下巡查墓地,她在车篓里放满了花,骑行于墓地间,她经过一座座坟墓,检查墓碑上的日期,记住那些早逝人的名字。

这是一个获取身份信息的好途径。这方法不够安全,但出生和死亡证明通常写在不同的名单里,放在不同的抽屉或柜子里,如果你足够幸运的话,它们甚至可能在不同的楼栋里。如果你足够幸运的话,你被转移的速度很快,没有人会去记得核查这两种数据,如果有核查这一程序的话。

会变的。变化是运气的本质。

不过此刻这方法还很好用。

无论她身处哪个镇、哪个市,她现在都会去到偏远的地方,尤其是周围的村落。不过这些地方的人会更多疑。也可能小地方的人都这样。

也不能这么说,有人在墓地里遇见她在石碑间穿行时,他们的态度不是只有恶毒或友善两种。情况总是很有趣。你永远不会知道他们会有怎样的反应。

你到底是谁？

需要帮忙吗？

汉娜·格卢克知道怎么应付这两个问题。

准备得充分了，汉娜·格卢克就不只是汉娜·格卢克了。此刻，她是阿德里安娜·阿尔伯特①，那位女裁缝。阿德里安娜·阿尔伯特于1920年因西班牙流感逝世于南锡，享年80岁。她被埋在那儿的一处坟墓里，就像那时候死于这一原因的任何一位老奶奶一样。不过此刻她又在此处了，活生生的还喘着气，与任何一具活着的血肉之躯一样温暖，只是比证件上写的要年轻那么一点，今天她正在墓地里巡查，找寻和她一样的生命进行复活。

你看见石碑上的名字和日期。

你无声地向这位故人寻求许可。

你鞠了一躬以表敬意。

然后你将这些礼物——名字和日期——传递给那个需要新自我的人。

这不是欺诈。这要复杂许多。这是一种实在的事件，就如同毛毛虫变形为蝴蝶。故去之人的在场性与真实性，微妙如汉娜多年前在马戏团看见的那女孩所保持的平衡，她一条腿撑在一只脚的一根趾头上，在两个女孩背上的另一个女孩的背上，而四人全部都在一匹碎步小跑的马的背上，你会感

---

① Adrienne Albert。

到她们没法在马背上保持平衡,她们合体为一人在马背上,她们伴着马戏团乐队演奏的《你可曾见过梦在散步》,在环形跑道上呼啸而过。

她们是怎么做到的?

她们为了那万分之一的机会而努力。

不管你是否乐意,我们最终都会变成一个名字、一个日期,以及一丁点看起来不过尔尔的东西。

但是当那些曾经代表着一个人的词语遇见一个活生生的、在呼吸的形体时,那就像一只孤独的鸟去模仿它上方的鸟片刻之前的啼鸣,并且许多花园之外的一只鸟向它回以同一支歌。粒子向粒子,尘埃向尘埃,纸卷向纸卷,歌唱。某种东西连接上。灰尘的一知半解遇上水的深沉思绪,再是氧、碳、氮、氢、钙、磷、汞、钾、镁、铁,等等,沿着元素周期表一直走下去。

围绕着那些曾经代表着一个人的词语,产生了热量,即便短暂。

首先,关于那个人,你什么都不知道。但是某种近似家庭联结的事物显现。

她记住名字和日期的时刻,它便显现了。

接着,她会去拨号码,每次都是不同的号码,将她记住的信息传递给某个她不认识也永远不会见到的人。这个人,可以算某个表亲,将这些信息传递给那些艺术家,艺术家制作出赋予这个名字新生命的证件。死去的名字接纳新的人,活着的人接纳死去的名字。生命以这种方式诞生了,不然那个人的生命将会终结。生命在并不存在的生命身上降生。生命满怀敬意和仁厚,进入属于过往的生命。伴着运气,重生之人一只眼关注着如何熬过寒冷,一只眼感谢着热量,*谢谢你,夏日之火,保佑我们的庄稼和牛羊,愿神赐予我们丰收,将多经受若干季节的考验*。

那么现在要做的事是,她穿越小径寻找早逝者时自言自语道,在较大的墓园里她会走铺着鹅卵石的小径,在小镇和村庄里埋葬家人的地方走的是猫踏出的小径,或者压根没有路可以选,面前只有一片草地——要做的事是,当生活要求你像杂技演员一样——就像那个马戏团女孩,站在高大的农场马的背上的两个女孩的肩上——记住,她是如何从别人身上跃下、翻筋斗、脚尖着地在木屑中、向着火圈跳去,再将自己投身穿过的;马戏指挥将易燃液体喷洒在纸圈上,再用火柴点燃了纸圈。

也要记住,哪怕是小丑的动作。他看起来无用、笨拙,不断跌倒,愚蠢的假发从头上膨出,不合身的衣服随着动作摆动,如壁炉旁的破布。运动员又做了什么呢,他像海鸟一样俯冲,一位冠军,奥运冠军,穿过火圈,不止一次,而是两次、三次、四次。

1940年夏末,里昂的一个早晨,一个酷似她哥哥的人在路上与汉娜擦肩而过。

显然不会是他哥哥。她几乎立刻便明白了。

但又有那么一毫秒,她哥哥就站在她面前,虽然他不是,本就不是哥哥,但那个男人的神态就像他,她不禁在街上转过头,从右向后转。

能看见他真好!

哪怕这不是他。

哪怕只是看见他的背影。哪怕这不是他的背影。

于是她听从了一个直觉,想看看他会去到哪里。她跟上这个男人。他去了车站。她跟着他穿越车站。她排进购票的队伍,站在他身后。她听不见他所报的目的地,但是当她站在购票台前时,她向那男人的背影瞥了一眼,就好像他是她丈夫,他们正在闹别扭。和他一样,谢谢。

售票的女人看了一眼那个正在离去、毫不在意这位女士的男人,转回身,对着汉娜撇了一撇眉毛。汉娜也撇了撇眉毛,轻轻摇头,装出饱受折磨的表情。

女人只收了票面价的一半。

汉娜对女人绽放出她最温暖的笑容。

她跟着这个不是她哥哥的男人上了车,在他身后五六步远的位置。

她坐进了同一列车厢。

实际上他一点不像她哥哥。外貌上只有很细微的相似性。但是,即使是那么细微的一点也是令人欣慰的。她可以想象他就是哥哥,他们坐在同一列火车车厢里,只是彼此不说话而已,他们经常这样。

车厢里塞满人和行李。人们坐在汉娜和那个不是他哥哥的男人之间。

她依然能看见他头部的侧影。

城市呼啸而过,蓝色之上笼罩着灰色。破碎海报上的一个女人沿着海岸划着一艘船，船化作MENTON①这几个字的形状，背景中是几座被撕开的山，被撕开的Sai d'té②几个词位于她的头顶上方。BUGAT。冬日与艾涅戈尔一同闪电般地出发③。广告牌化为黑暗上方的一抹抹亮色破布。事物的表面是谎言，所有看出广告牌本质的人都知道。

（你为什么出远门？

我母亲病重，他们觉得她快不行了。

你母亲在哪儿？

和她姐妹住在一起，圣朱利安附近。）

乡间风景呼啸而过，阳光，绿色上方笼罩着蓝色，令人稍许眩晕。这个她才13岁的夏日，记住，是充满眩晕的夏日。她有点享受眩晕，就像是眼球中在举办一场私人灯光秀，一些三角形像卡通人物般跳动，它们的颜色刺眼、绚烂。黑色的线条将彩色的形状与彩色的形状相连，就好像这些形状一同在路上行走，一条运动的带子串起数种几何图样。

头痛和呕吐呢？不那么令人享受。最糟的是她无法阅读。每当她看向纸页，她就看见她眼球内部的东西出现在上面，与她闭眼在眼皮内部看见的相同。在任何她试图阅读的文字中间，会形成一个空心的圆，被那些跳动的几何图形围

---

① 芒通，法国东南部城市。
② 此处为法语，文字不完整，"d'té"应该是"d'été"，即"夏天的"。
③ "冬日"（hiver）在此处拼写不完整，成了"hiv"（人类免疫缺陷病毒）。艾涅戈尔（Energol）是汽油品牌。

绕，她眼睛识别出但无法聚焦的单词里出现一团模糊，如果她想聚焦，反而会让模糊盖住文字。

因此，她许多时间都在一间幽暗的房间度过。

她躺在床上。在头的一侧，在关上的门外，是夏日家里人发出的噪音（她哥哥和父亲回来了）。在头的另一侧，城市的夏日噪音从百叶窗涌入，是车辆的声音。白天时人们听起来兴致满满。夜晚时则上演恶徒的歌曲。

你怎么理解所有这些？丹尼尔问。

他进来，坐在她床的一侧。

理解什么？她问。

这一切，他回答。

他指正在发生的事。

但是他又假装他完全不是在指那个。

那是什么样呢？他问，这里面的感觉。

他握起手，轻轻地，敲她的额头。

她总是尝试用英语和他说话；她对自己的英语水平很自豪。她读了很多英文书，她把可以找到的英文书都读了个遍，为的就是夏天来临时，她能够流利地讲出他每天说的语言，来给她的英国哥哥一个惊喜。这是竞争吗？是的。这是爱吗？是的。

这里面？感觉是。嗯……你可以想象电影院里的手绘动画。想象一群刻苦的（她很高兴用上了刻苦这个词，她第一次用这个词，她希望用对了，因此她又说了一遍，单纯因为喜欢说这个词）刻苦的女画家坐在电影制片厂的工作台边。她们一整天都在手工上色，将笔刷蘸进颜料罐，里面是盛放的英国蔷薇的色彩,各种粉色、黄色闪耀得如同刚经历一场阵雨,她们涂上那些将在她的眼前来回跳舞的小三角形。每一次画面变化,这些颜色以及将它们连在一起的黑色线条就颤动起来,它们像同行在一条路上,就好像电流不只穿过图形,也穿过它们所在的那条路。

哈,他说,听起来这场秀还挺厉害。

我确实很喜欢这种感觉,她说,我觉得很有意思。

现在在进行吗?他问。

没有,她说,汉娜电影院现在是关着的。

那么现在①感觉如何呢?他问。

那时现在②,她说,是个有趣的语言结构。

是个什么什么?他问。

过去和当下放在一起,她说。那时,现在。

他不知所措地沉默应对。

他穿过黑暗的房间,坐在窗边的座位上。

她的思绪又比他快了好多步。她忘记了。他不像她那么轻盈。他不像水银那般瞬息变化。他的能量是稳定的,就像树根。

现在?我还不错,她说。那时?像一种疯狂的东西,将我整个吞噬,最终决定不需要我了,便将我反刍。这是我的现在和我的那时。最主要的是,我遗憾错过了一些美好的夏日。

---

① now, then。
② now then。汉娜听错了。

他从百叶窗中的小缝向外看,薄片状的光正从此处穿入。

他没错过多少,他说。

他认为我把自己关在这里是因为外面的事情在变化,她想。他以为我害怕。他没有看见将来的事,未曾目睹那发生,而我们目睹过。*他*肯定感到害怕。

我不害怕,她说。

我没说你害怕,他说。我没有这样猜想过,我不会这样猜想你。

那就好,她说。

不过,可能你的大脑在产生害怕的反应,只是没告诉你,他说。

我不会允许我的大脑这样做,她说。你也不应该。所以。如果可以,我想问你那个你问过我的问题。

什么问题?他问。

你怎么理解所有这些?她说。

啊,他说。我,我不擅长理解事情。你知道的。

他跳起来。他走向门。

(他焦躁不安。

她猜对了。)

我不打扰你休息了,他说。

我稍微改变一下措辞,她说,你将怎么理解所有这些?

他关上门。

他听见她的问题了。他不可能没听见。

(她也为这句话感到自豪,因为她使用了未来时。)

第二天下午，她哥哥打开卧室的门，搬进一件沉重的暗色的大件物品，用毯子遮盖着。

你看起来就像一个怀孕的女人，她在床上说。

但是怀孕这个词让他尴尬了，她能从他的局促不安中听出来。

总之，他将这大家伙放在椅子上，掀开毯子。他站在那儿提着毯子，似乎不确定是否应该重新盖回去。他盖回去了，手法熟练。他从机器上解开一根电线和一个插头。

整个房间刮起呼呼的风。一个光环，如同一块方形的月亮，一块方形的太阳，出现在卧室的墙上。

她用手遮住眼睛。

太亮了？他问。

还好，她说，这是什么？

丹尼尔电影院，他说。你不用买票，今天你是我们的客人。

她从指缝向外张望，观察着他对焦。

卓别林。《移民》。

一艘船。许多人在晕船，躺在甲板上，或彼此的身上，在无声中表现出呻吟的样子。

一个镜头拍到一个人的身体探出船舷，他身体痉挛，像是晕了船。但不对——这是卓别林，他并没有晕船，他是在捉一条活鱼，把它从钩上取下，他转向兄妹俩向他们展示，露出灿烂的笑容。

汉娜笑了。

她把遮住眼睛的手挪开。

当开饭铃响起时,那些表演严重晕船的人从船的各个角落冲向餐厅,每个人都不甘落后,汉娜止不住大笑。

他们到达美国,一个摆谱的海关人员用绳子把他们隔开,卓别林对着他的背踢上一脚。汉娜大笑。

一行英文标题出现。之后——*饥饿,破产。*

(这另一种语言的出现让人兴奋。)

这个"破产"① 和"破碎"② 是一个意思吗?汉娜问。

不是的,哥哥说,它的意思是你没钱了。

汉娜尝试记住。破产。破产。

她记词的同时,卓别林堆满笑容的大白脸映在汉娜的卧室墙上(那两撇小胡子,让精明的希特勒借用去了,就像是在向全世界的数百万人表明自己温良友善,因为卓别林曾是如此向这数百万人表明自己的友善),他在美国的街道上发现了一美元。然后他发现了埃德娜,他爱她,曾在船上对她献殷勤。他们在一家餐馆共进晚餐。但是这里出现了一个有趣的情节,他捡来的钱可能不是真的,后来证明果然不是真的,他们没法付饭钱。服务员是个心狠手辣之人,他有条规矩,如果谁付不起饭钱,就要被打得半死。

但是餐馆里有位艺术家觉得他们相貌出众,能代表他们所处的时代,具有非凡的意义。

他希望两位能做他的模特。

他预付了费用。

---

① broke。
② broken。

倾盆大雨之下，他们迎来幸福结局。

哥哥知道她爱卓别林。

这电影院你是从哪里弄来的？她问。

摄影器材店。我不得不把它运过来，明天我还要运回去。今天的节目单上不只有卓别林。我还准备了一个小惊喜。

他用放映机把卓别林电影的胶片倒回去——倒放也挺有趣，是另一种感觉。胶片的尾端卷上，不断弹出，那一段不停地旋转旋转，甚至有点惊悚。

他关掉放映机，换上另一卷胶片，重新拨回那个内部的小方太阳/月亮（这次一点也没让她的眼睛难受），将胶片挂上圆轴。

这卷胶片甚至有更多划痕，看起来像来自另一个世纪。的确是另一个世纪的。

一个男人在一间房间里，里面摆满了像是来自古罗马时期的雕像，这像是一间画廊或是艺术家的工作室，他在凿一尊雕塑，它看上去甚至还不是一尊雕塑，还只是一具雏形，是一位美丽的女士或女神举着一只水壶或茶杯。

然后这具雏形化成了真人。它为艺术家献上水壶或茶杯中的水，但是他太震惊了，没有去接过水，于是它从基座上走下，穿过房间，去往另一侧的一个基座，它拿起竖琴摆起姿势，并开始弹奏。艺术家走过去想拥抱它，但它消失了，他跌倒在地。女神在他的身后现身。他再次去捉住她，但它变成了——一条头巾！

这头巾有一个小孩那么大。它自己绕着房间走。

艺术家捉住头巾，捡起来，将它放置在其中一个基座上。但是那座活的雕塑又一次出现。艺术家跑过去想抱住它。它消失了，它在房间里游荡，攀上第一个基座（那块行走的小头巾也消失了），变回了那具没什么特别的雏形。艺术家抱住头，倒在画廊的地上。

汉娜笑了。她拍起手来。

艺术家嫉妒缪斯，她说。

嫉妒什么？丹尼尔问。

这是皮格马利翁①的翻版，她说。

噢，丹尼尔说。

在这个故事里，缪斯和艺术作品都超越了艺术家本人，汉娜说。

不过你喜欢吗？丹尼尔问。

非常喜欢，她说。

他倒回胶片，拔下放映机的插头。

此刻他躺在床脚处，在黑暗中他转述了摄影店的维尔茨先生的话，他聊到了拍摄消失雕像这部影片的那位早年的摄制者。

有一天他在巴黎的街道上拍摄，丹尼尔说。摄影机里有东西卡住了，胶片卡住，器械无法工作，他打开盒子，修理好，继续摄影。他回到家后，观看了录下的胶片，他看见的

---

① 希腊神话中的塞浦路斯国王，据古罗马诗人奥维德《变形记》中记述，皮格马利翁根据自己心中理想的女性形象创作了一尊象牙雕塑，并爱上了这件作品。爱神阿芙洛狄忒非常同情他，将生命赋予了这尊雕像。

是满载乘客的公交车突然变成了一辆灵车，街上的人消失了，马匹消失了，原来没在那儿的人突然出现了，男人变成了女人，女人变成了男人，人变成了马，马变成了人。摄影师想，我发现了一种方法，我不再只能见证和记录时间，我还可以给时间变戏法。

汉娜惊醒了。

火车上坐在她身旁的女人轻推了一下她的胳膊。

（阿尔伯特，阿德里安娜，女裁缝）

火车到站。所有人下车。

因为这里靠近边境，检查站很混乱。不错。

她不出声地对着那个有一刻看起来有点像她哥哥的男人的背影告别。

她选择了一位穿着朴素的老妇人，她拎着一叠粗布和一个空柳条盒，那种装母鸡的盒子。她立刻跟在老妇人身后。

我母亲生病了。我不知道。那个刚刚过去的女人，她带着我，我姨母派她来车站接我，我从里昂来，我不知道这是哪里，她可能不会等我，她是聋子，看，她没带上我就走了，我都不知道要去哪里。

她张开双臂。她对着那个男人的制服露出最美丽最生气的表情。男人脸红了，没看她就把证件交还给她，点头示意她可以通过。

她深吸一口气又吐出。

她加快脚步，像是去追赶那个老妇人。她隔着一段距离跟在她身后，穿过熙攘的街道到不那么熙攘的街道，经过数座房屋，直到不再看得见房屋，只看得见连根挖出的草和干结的泥，卡车从此处的路延伸到镇子的边缘，再继续延伸到镇子之外的田地。

她可以看见军队的灰色和标志，路障围绕在边境附近。

她们走上一条地势较低的路，穿过四散的田地。

女人绕过小山，没有径直向上。这时汉娜停下脚步，她站在树下，脱下鞋，她对着鞋子里面看，仿佛在找小石子。她任凭那女人消失于一片房子之间。

她沿着草地的边缘走上相反的方向。

这是一个绝美的夏夜，星光璀璨。她走到原先插着村落指示牌的地方停下。她经过那些本应被指示的房屋，就好像知道她要去往哪里。劳作中的人们看见她，任由她去。在弥漫着草香的晚风中，她伴着鸟鸣在泥土路上走了一个多小时。

然后她遇见一座孤零零的房子，院子里满是休憩的鹅，房子后群山起伏。

她拉开大门。

一只狗吠叫。

一个女人走来，打开房门，揪住狗的脖颈。

你需要什么？女人问。

一个男人站在女人和狗身后，他们身处的玄关延伸进房子的深处。

如果不太麻烦您的话，不知能否讨杯水喝，汉娜说。

水，女人说。

我有一点钱，如果您愿意接受这份答谢作为您善意的回报，汉娜说。

她露出她特有的笑容。

女人转向男人看着他。

是啊，今晚挺暖和的，你走了很久吧，男人说。

我还有很长的路要走，汉娜说，不过天空还有光亮。

我们也可以给你点吃的，如果像你说的，可以付我们一点钱作为回报，男人说。

你们真好，汉娜说。

她在桌边坐下，男人对狗说了句什么。它不再恶狠狠的。女人在桌上正朝汉娜的地方放下一支勺子。

谢谢，汉娜说。

他们拿来了面包、一杯从水壶里倒出的水，以及一碗不知是什么的炖菜。味道不错。她告诉他们。女人自豪地挺直了身子。

汉娜告诉他们她的名字叫阿德里安娜，并报出了火车票目的站的名字。

从这儿走过去至少要一个小时，女人说。而且现在有宵禁。我们可以给你毯子，如果你愿意等到早上，我们乐意让你睡在谷仓里。

你们真是大好人，她说。我选择敲你们的门，可真是走了好运。

她在桌上放下两张纸币。

天一破晓我就走，她说，我不会打扰你们太久。

不打扰，女人说。

汉娜跟着男人走到谷仓，他抱着一卷毯子。狗安静地走在两人身旁。

山,她说,无论是白天还是黑夜,都那么美。

是啊,男人说,我们总把山当作我们自己家的。

他对她微笑。

法国、瑞士交界的地方在哪里?她问。

男人带她走到谷仓后面,指着房子后一处泥泞的小院子,暮色笼罩下的院子里满是山羊。他带她走到院子的边缘。他一只腿熟练地从栅栏的铁丝间穿过去。

我现在身处两个国家,他说。我的山羊,如果把头伸到栅栏外面去,就可以享用到不止一个国家的好草。它们一直这样吃草。我们能产出优质的奶。

他将腿缩回来。他站在自己的院子里,满脸真诚地看着她。

您可真幸运,她说。

他饱经日晒的脸泛起皱纹。

如果我时不时地,带一位家人,尤其是小孩子,我家有许多小孩,偶尔来拜访您,欣赏您家的美景,她说。也许我的某位家人会带来一位表亲。也许您也会像对我一样对他们好。当然,会给您一些报酬。

我们永远会乐于接待您的家人,男人说,还有那里,

(他指向栅栏那边,一片空旷的草地,它的尽头是一片森林)

林间小道从那里开始。只有一道高栅栏挡着,我的山羊如果想钻过去,轻易就能过去。美丽的野外生灵,那片树林。爬上那山很惬意。我在镇里也认识个人。是镇长。他也是个热爱家庭的人。我给你写张条子,告诉他我们是老朋

友。我早上把纸条放在门口台阶上，你带上就行了。男人回到屋里时，太阳已经落山。谷仓的角落里有一排高高的干草堆，她选在那里把毯子叠在一起，她挥手赶走鼻子旁的一只蚊子。她查看她带的现金。她查看她的证件。她将手插在口袋里，闭上眼睛。

好人。

幸运的停歇。

克劳德会搞定的。

克劳德曾搞定了她的证件，质量不错，逼真的手工活儿。当公园里的花朵四溢、城里的恶匪重出江湖那时，她拿着一本书坐在公园里，兰波，《彩画集》。他过来坐到她身边。他很帅气，神情严肃却面露微笑，说话轻声细语。噢，四季，他说，噢，庄园。① 哪有灵魂会不犯错？我做了一个很有意思的研究，关于幸福，它不会与我们擦身而过的，愿它长存，戴高乐会唤醒我们。

她转向他微笑，而他说了这个词：对吗？

对，她说。

他们注视着人们在公园里漫步，女人倚在德国空军的怀里，好像什么都未曾发生。他们坐在花丛中，花瓣飘落于他们的身体，而他以花瓣一般的轻柔告诉她，他见过的三样东西。

他在尼斯见过一家赌场，它已从赌场改成了床垫店铺，你在店里举步维艰，因为里面堆满了高高的床垫，都是居民

---

① 此句为法语。

捐给难民睡觉用的。

他在城外的路边见过被飞机射杀的死人。

他见过一对被执行了枪决的母子,两人倒进了同一个坟墓。母亲被逼着脱了衣服,孩子则穿着衣服埋了,被丢在母亲的尸体上。

不用再和我说了,她说。

但是他告诉了她他的名字,他现在寄居的名字。汉娜告诉他她的法语名字。她告诉他,她没有证件。

他告诉她,他曾在路上捡了一辆货真价实的宾利。什么?她不知道宾利是什么?他笑了。宾利是一种英国轿车,很昂贵的车,那辆车被丢弃在路边,门大开着,引擎仍在发动,丢下它的是赶去搭船回国的英国人。他在同一条路上捡了一辆自行车,也是因为一样的原因,他把自行车塞进后备厢,用绳子拴好厢盖,尽可能开到最远。车没油了以后,他骑上自行车一直到了土伦。他在那儿结识了一群园艺师。他们以园艺师的身份过了关卡。他们也是非常优秀的园艺师。他们在整个法国南部做园艺。

去过那儿吗?你会喜欢的。

他搞定了。他给她弄来证件。他帮她过了区域边界。用不了多久,这里就会被占领。意大利人想占领。德国人在决定自己占领之前,会让意大利人占领着。

他从没有问她什么。

她和他说了她母亲经历的,说这些也曾发生在别人的母亲身上。这些母亲生病了,他们却禁止送药,她逐渐逼近死亡,他们却不允许护士进入。与此同时,这群匪徒洗劫了公寓，拿走了所有东西。

你也不用再和 *我* 说什么了，他说。

他把自行车给了她。

他告诉她，最容易让人怀孕的是笑，因此，无论如何，最好不要笑。但接着他却让她捧腹大笑了。不笑太难了；他是位模仿高手。他模仿看门人。他模仿纳粹。他模仿法国元帅在蔚蓝海岸的自家花园里给红色、白色和蓝色的花浇水。他模仿任何一位她叫得上名字的电影明星，比如考尔白和嘉宝。他模仿面包店那个严肃的女人。他的一举一动都让她发笑，接着他搂住她的身体，那动作深谙她身体的喜好，再之后他与*她*做爱的方式也令她欢喜，这些则是另一种类型的模仿。

她醒了，她以为他离开了。但他依然在她身旁，正抽着烟。室外的光正渐亮。

新的一天，他说。

我梦见了一只毛毛虫，她说。它正沿着一把步枪爬行。这是一个预兆，你觉得呢？

毛毛虫向哪个方向爬？他问。

从枪柄爬向枪口，她说。

离扳机远去，他说。

是的，她说。

好事，他说。如果有天你要被射中，可别被毛毛虫射中。你等着，等到被蝴蝶射中。

就在这时，她告诉了他第一件有关她自己的真事，她不小心说漏嘴了。

（很危险。你得清空大脑。你得将思绪从自身脱离。命依托于此,而且不只是你自己的命。她父亲,她哥哥。她母亲沉睡在天堂里很安全,感谢上帝。

你必须 不知道,尽可能少知道。你得找到思考和说话的新方式,不要说出所有事,不要说任何真事。）

她一时轻率了,无所遮掩地说起她父亲,他有多喜欢捉蝴蝶,杀死它们,把它们钉在玻璃下。她一说出口就后悔了。她的胃开始下坠。她感到不舒服。她觉得任何一秒她都可能呕吐。

但是克劳德耸耸肩,将烟蒂弹进洗碗池中昨夜留下的脏水里。

人没法将夏天钉住,他说。

他们亲吻、起身,为白天活动做好准备。

她对于克劳德的了解仅限于,他是个能点燃湿报纸,燃起大火的男人。

有了他,她一整个寒冬都能暖和。

疯狗和英格兰人。我们在法国南部的阳光下。

汉娜的脸埋在包裹着孩子的披巾上,因此她说这句话时,嘴里含着一部分披巾,吐字含糊不清,不太可能有人听见或听清她说了什么。

鲜花之城——明亮的海滩位于明亮的天空之下,濒临蔚蓝的海。海滩后山上那片香水厂商种植的花海正肆意绽放——遍布衣衫褴褛的难民。

一些大酒店正在迎来旺季,因为一部分难民仍有钱。大多数小旅店则日落西山。

克劳德不在了以后,她必须搬家。她选择了这个城市。她选择了这家旅店,因为应门的女士看见婴儿时面露喜悦。

女人告诉她名字,但汉娜立刻就代以另一个名字。女人说出的名字消失。在汉娜的脑中,此刻她的名字是艾蒂安夫人。

这位是艾蒂安夫人,年轻可爱,极富热情,甚至赶在汉娜和孩子之前跑上了楼梯,在每层的平台上等她们赶上,在倾斜的屋顶下打开了一扇门,带她进入房间。

我知道,这间很破旧,艾蒂安夫人说着用脚尖踩了踩地毯上的一条裂缝。但是阿尔伯特夫人您应该能看见,这里有海景。

艾蒂安夫人对孩子很友善。她还满怀诚意地保证,总有一天正餐不会只有芜菁。她保证时眨了眨眼,以防日后食言。她告诉汉娜——她不断尊称汉娜为阿尔伯特夫人,就好像汉娜比她年长20岁一样,但显然不是,她们差不多同龄——昨晚,在镇上一座电影院里,当局强行进入,命令工作人员打开观众席的灯!这样一来,如果有人在元帅或希特勒或墨索里尼出现时喊叫或扔东西,他们就可以捉住他!

她说这些时,怀着一种漠不关心的欢欣,就好像说的是,看,在下雨呢!或者是,今天天气真不错!或者是,看那条狗的脸,古怪得让我发笑!或者是,你今天这件衬衫真好看!

她在将枕头拍成正形时,用同样的欢欣语气告诉汉娜,她丈夫昨晚在听广播时告诉她,如果有人被捉住收听《法国人对法国人说》①，要被罚款高至 10 000 法郎，而且会被关进监狱！坐两年牢！请问阿尔伯特夫人喜欢这间房间吗？

非常喜欢，汉娜说。

艾蒂安夫人打开橱柜最下面那个抽屉。她将它全部拉出。她从床上拿起一张毯子，跪在地上，将毯子当作床单一样在抽屉里叠好，然后将枕头塞入抽屉的顶端。她站起身来，却并没关上抽屉，她以芭蕾舞演员般的优雅姿态指向抽屉，却并未意识到自身的优雅。

这是孩子睡觉的地方，她说。阿尔伯特夫人您觉得这可以吗？这会太小吗？

我觉得这样应该很舒服，汉娜说。

艾蒂安夫人又亲了一下孩子，然后慌忙跑出门去，跑下楼梯。

汉娜坐在这间房的床上。

孩子踢了踢她的腿。

克劳德，不在了。

团队里的另外三个人，也不见了。

他们死了。

他死了。

她期望他是死了，这样对他是最好的。

她来这里是完成他的使命，明天在其中一座大酒店会见一位 表亲。

---

① *Les Français parlent aux Français*，BBC 的一档法语电台节目，1940 年开播。

她轻摇着孩子,唱着歌——马儿赶去市集,然后又回了家。孩子笑了。

这孩子已经能吐字,一有机会能倚靠在妈妈身上,就想试试看自己的腿力。

这孩子挺开心,而能开心是幸运的。

汉娜的日子在孩子和绝望之间摇摆度过。这种时期,生活里的一份幸福不足以抵消剩余的丑恶。

最初的几天,她怀抱着孩子沿着英格兰大道散步,路旁种着蔬菜的花园暴露在阳光之下。

几乎每天这时,她都会暗自思忖,孩子让人显眼,会让过多的人认得你。

她抱着孩子又回到旅店房间。

即便如此,有孩子后的日子如白驹过隙,就好像幸福遭人嫉妒。

她在一周中的第五天见中间人,总是在一个新的地方。目前的中间人是一个 14 岁的女学生,她自报的名字是西尔维。

西尔维像一扇木门一般普通;她质朴而优雅,封闭而坚实,并且上了锁。汉娜把自行车交给她,沉默地暗示她这是一份礼物。西尔维明白,以那样一扇门所能具有的表达能力,漠然地点头以表谢意。

别低估了一扇木门的表达能力。每件事物都有声音。西尔维的材质,经过足够的风干后有其独特的声音,即便这个女孩还很年轻。

西尔维进驻,成了固定联络人。一切进行得顺利。她们在约定好的时间在约定好的街道或广场擦身而过。在那一刻，汉娜将一包纸不着痕迹地塞入自行车的篮子里，上面罩着西尔维折起的雨衣，或者（非常）偶尔的，是一块包在棕色纸里的厚肉，或者是她要运送到大酒店的芜菁、甜菜。

一天，当汉娜正手法娴熟地将包裹塞进食物下面时，西尔维的小手拉住她的手腕。

女士，给你的，她说。

她递给汉娜一个折好的纸卷。她一只脚踏上脚踏板，顺势坐上座位，然后就骑走了。

汉娜打开纸卷。里面装满了野草莓。

这是锁上的木门会为你做的事。

白天有些时段，汉娜无所事事，只是坐在那里看孩子在抽屉里睡觉，孩子就像躺在一艘小船里漂浮。

汉娜自己呢，是一艘漂浮在大海上、船桨损坏的船，她知道在这惊涛骇浪中，任何一分钟，她都可能成为碎渣。

那么。

我要怎么对待这个破碎的、损坏的自己？

她看着孩子在睡眠中呼吸、转身。里尔克说过，单单因为你将孩子生下，你就已经将他的死亡交给了他，将其置于孩子的口中，如同一小块变灰的面包，最漂亮的苹果的果核。

她自己的父母，他们有过这感觉吗？他们的父母呢？他们父母的父母呢？不过至少他们没有过愤怒。

孩子吸气。

孩子呼气。

她的嘴那么小，那么近。

Wer den Dichter will versteh'n, muss in Dichters Lande geh'n.①翻译一下，给你哥哥听。

要想了解诗人，须到诗人的土地去。

我现在肯定是在诗人的土地。这是另一个平面的时间。

几周过去了。

(孩子长大到睡不下那抽屉了。)

汉娜继续传递着纸片。

(孩子吸气、呼气、吸气。)

她整理好去里昂的车票、一些食物和指令。

(孩子开始能将词连成句。)

要将一张丝质的地图交给在瑞士的一位联络人，他会将地图送至伦敦。

更多人会消失。

汉娜必须向北去。

(汉娜不在的日子里，艾夫人会照看孩子。汉娜回来时，孩子向她张开双臂。)

这一周，要见两组人。有一组是七个孩子。他们看起来像是来远足的。挑选好合适的衣服。

(不久汉娜就要把孩子丢在旅店好几天。)

这一周是五个成年人。确认身体健康，确认精力足够，整理文件。与成年人交接更可能出错。当地人见到成年人跨越国境会更不放心。他们不那么在意孩子。领队必须是那种

---

① 此句为德语。

看起来会想带其他年轻人出来玩的年轻人。

（艾蒂安夫人和她的丈夫——一个看起来思虑重重、沉默寡言、可以修理好任何损坏的东西的男人——喜欢现金。）

法规变了。你只有过了瑞士国境线十千米以上，瑞士人才让你留下。确认精力足够。

北方。

再回到南方。

北方。

再回到南方。

汉娜不与孩子在一起的夜晚如今变得如此之多。

在那样的夜晚，无论她身在何处，她睡前都会想象孩子正坐在她的腿上，她唱着那支马儿赶市集的歌给她听。

无论她是否与孩子在一起，她都要在睡前为孩子讲一个故事。

比如那个故事：夏天和众神吵架，希望自己永不终结。

我会绵延至永久！夏天说。夜晚永不会降临！冬天永不会到来！

众神哄堂大笑，就好像这是他们听过的最好笑的笑话，这是有史以来最滑稽的事。一有人或事物告诉众神，万物就是如此运作的，万物就是如此，众神就会汇聚于阳台，俯视着我们这个无足轻重的世界，我们如蝼蚁一般在地球表面四处乱跑。值得一提的是，他们，这些神，有时是残忍的。他们喜欢嘲笑，有时笑得过猛，得努力收住肋部，不让那里裂开,泄露了他们的神性。最好别剖开一个神吧。① 此时便是夏天,它要求延长生命。就好像夏天的白天还不够长似的。

其中一位神不再笑,丢出一记猝不及防的冰雪闪电,夏日那宜人的蓝天立刻不见踪影。取而代之的是一团硕大的乌云,黑灰交映。从这些云中落下的不是雨,而是雪。硕大的雪绒花在七月最热的天里从天而降。这些雪花体量巨大,在下落的过程中互相粘连起来,形成许多小雪球。夏天的白天感觉起来漫长,但实际上也并不比冬天的白天长一丁点,不过在那一天,日光直到深夜才退去,这其间下的雪多到如果你站在前门台阶上,积雪能到你的鼻子。

孩子伸手去摸鼻子。

雪覆盖了一切夏天绽放的花。花瓣颤动、蜷缩。

不要!孩子说。

她用手捂住嘴。

但是第二天,汉娜说。又发生了什么呢?

夏,孩子说。

是的,夏天的太阳。太阳融化了所有积雪。不过,少数不幸的花因寒冷枯萎了,因为寒冷可以像高温一样灼烧你。

不幸的发,孩子说。

但大多数花迎向太阳,汉娜说,它们做了什么呢?

喉渴,孩子说。

没错,它们口渴。它们喝干了所有消融的雪。片刻后,冒出了更多的花。还出现了蝴蝶、蜜蜂,它们拜访花,制造

---

① 此句呼应狄金森的那句诗:"剖开云雀——可寻获音乐——"

蜂蜜，让树上结满果子，让更多花绽放。

新的夏天低头鞠躬，对众神说，很抱歉我曾要求活得更久一点。阳台上的众神礼貌地向夏天回礼，花之城的民众目睹花在霜花突降后缓慢抬起头，花的归来让他们欣喜，即便一朵花存续的时间并不长。民众知道花只会开一个夏天，而夏天很快就要结束了。因此，他们说——他们说了什么？

我们四用，孩子说。

没错，她说，我们要怎么使用花呢，花能做成什么呢？

大瓶香。孩子说。

一大瓶香水。夏天结束后，秋天和冬天来临后呢？

鼻，孩子说。

没错，他们打开瓶子，把鼻子凑近瓶口，他们吸气，享受那美好的香水。他们想起什么？

发，孩子说。

花，汉娜说。

别的夜晚，她会给孩子讲睡在集市的孩子的故事，那些孩子盖着帆布，整晚睡在城里集市的星空下，这样他们才能抢到第二天早晨的蔬菜。

他们怎么样？她问孩子。

粗明，孩子答。

没错，他们聪明，她说。

她讲了另一个故事，母亲不得不离开孩子，但这不意味着母亲不爱孩子，而意味着……？

热别，孩子说。

没错，汉娜说，意味着她特别爱她的孩子。

田地变暗时,你的眼睛会变亮,汉娜有天晚上说。不久,一颗星星便闪烁起来,昆虫伴着夜色歌唱。每一种声响都成为一幅画,你以为你熟知的所有事物,在苍白的天空下变得深沉诡谲,不过树木的顶端也变亮了。你经过时不会注意到黑暗会让光亮增长,除非光从黑暗中释放自己,在你走动时罩着你。

一位伐木人的儿子写的旧诗。当诗念到光触及树的顶端时,孩子颤动了一下,合上双眼。

汉娜用手捂住自己的眼睛。

意大利人走了。

纳粹遍布小镇。

她把孩子塞到床下面,悄悄溜下楼,想与艾蒂安夫人说句话。

艾蒂安夫人倒了三杯饮料,它看起来、闻起来都像是货真价实的白兰地。她安排他们坐在桌边。

这是真家伙,阿尔伯特夫人,她说。

她以她那优雅的姿态示意汉娜坐下。

汉娜依然站着告诉她,工作越来越紧迫了。

好的,艾蒂安夫人说。

汉娜询问如果自己出远门很长一段时间,艾蒂安夫妇是否愿意长期让孩子与他们同住。

当然是作为付费的客人,她说。您对我们照顾有加,我知道她在这里会很安全。但是我有可能出去很久。

皱纹越上艾蒂安夫人的漂亮额头。

我们不收钱,阿尔伯特夫人,她说。我们从来不为照看孩子收钱。

我坚持，汉娜说。

她将一卷钞票放进艾蒂安夫人围裙的口袋。

您会教她识字吧，她说。

艾蒂安夫人点了点头。

谢谢您，汉娜说。

艾蒂安夫人打电话给丈夫。他一边擦手一边从厨房穿过来，他与她们一同站在桌边。

他妻子告诉他，给他看这钱。

我会尽量多回来，汉娜说。如果事情看起来有变，我会直接回来，把她接走。

亲爱的保罗，艾蒂安夫人说。

汉娜直到现在才知道他的名字。

她不能知道他的名字。

她不能在脑中记住他的名字。

她删去了这个名字。

她不能在脑中记住她自己孩子的名字。当然她知道那个名字，它写满了她的全身。但是她受过训练。她准备好了。她一直在消除那个名字。

为了做到这点，她想象有一块墓碑，一块碑牌，上面什么也没写。

那是她的孩子。

我们要为什么祝词呢？妻子问丈夫。

兄弟情义，他说。

他们碰了杯。

我亲爱的老（衰老的）（哈哈）夏天哥哥（我永远会比你年轻，你对此毫无办法）

这算是一幅肖像画，这是我正在走向你。

认得我吗？

看得出我有多久没画画了。相当生疏。但这就是我。亲爱的丹尼。过去很久了。为了抵消那漫长的世界，我写下其中一些时间，我写字的纸——你会有兴趣知道的——来自纪德的《普罗米修斯》的封底，我很仔细地撕下纸，没有伤及书本身。

丹尼，当我想起你，我想到的是我们俩坐在阳光下，像我们习惯的那样说着点什么，或不说什么，我的胳膊总是挂在你的肩上，如果现实不会有这样的场景，至少我在脑海里是这样想象的，因为我知道如果我真这样做，你会多用劲揍我的胳膊。

我时常想起你对我的照顾。你能宽宏大量忍受我的直言、我的自负，你承受了这种确凿的痛苦，我敢肯定，倾听和尝试理解我，是一种巨大的痛苦！但是你总是愿意，你总是在尝试，以良好的修养包容我对你提出的甚至是最费解的、最挑衅的、最愚钝的要求。

我们说过，我们会写信，我们会烧掉写下的信。你记得吗？

我烧掉这张纸条散发的热量，会以其自身的方式改变这个世界的冷热平衡。

我将能量向你的方向送去。

看看我。无可救药。仿佛我忍不住要在使用英语时夸耀辞藻。

那么下面我就直白地说了。

我想你。

我想父亲。

我希望他没有病得太重,他的精神没有太差,你也不要消沉下去呀。

我会在这一切结束后去看你。

我很期待。

下面是我的新消息。

我有了一个孩子。

!

她看起来像她父亲,我们是好朋友。

在某些光线下,她也看起来挺像你。

对我来说这是个好迹象!我在她身上看见哥哥的日子里,她让我疯了似的幸福。

我不知道我对神的信仰是不是足够去请求什么。但如果神存在,我可能会十分大胆地说,抱歉,如果您听得见我说话,能否请您延长日光充盈的夏日白昼,缩短这些黑暗的日子?——记得母亲曾经和我们说的那个故事吗?她肯定至少和我说过,那个关于夏天和众神的故事,她还报了每一个神的名字,记得吗?我现在意识到,她那不过是<u>在教我神的名字</u>,因为我们可爱的母亲所做的任何事都带点儿普鲁士风范,总是以这样或那样的方式具有教育意义。好吧。

那些善良的神,我询问了他们全部的名字,他们以各种样貌示人，潘、宙斯、狄安娜、芙罗拉、波塞冬和珀耳塞福涅、布丽姬和梅芙、阿波罗、雅典娜、密涅瓦、玛尔斯、奥丁和索尔、墨丘利、赫尔墨斯、巴德尔、普路托、德墨忒尔、涅普顿和维纳斯、巴克斯、本田、科勒和迦梨、伽马、阿尔忒弥斯、上帝、安拉和佛祖，其余那些古老的神，我现在记不起名字了，希望他们会原谅我，名字太多了——最重要的是朱庇特，

在所有神中我请求朱庇特

保佑我的女儿会长大

时间会待她好。

那些该死的神已经在发笑了。我能听见他们的笑声。

神的笑声，就像，嗯，此刻像，子弹击中石头。

不过他们最好别在这件事上惹我。

你知道吗，她身上显露出我们两个各自的样子。

她那么小巧，出世不久，却已经行动敏捷、感官敏锐、喜爱争论（我），很难生气（你），她睡觉的样子就像冬眠中的熊崽（你），她不喜欢芜菁的味道（如果我没记错，我们俩都是，大多数时候没有别的吃，所以这还挺让人每天都有那么点小失落的），她喜欢听故事（我），她充满热情，这源自某种内心的宁静，我从未有过这种感觉，公正待人（你），举止得体、礼貌待人（绝对是你），她还很忠诚（我们都是），很深情（你），能因为任何事情发笑，不好笑的事她也觉得好笑（大概是我吧）。

有一天，她把脚藏进床上的一个枕头下，叫我过来，就好像要宣布什么举世重大的事务。她的手臂在一条腿的上方

挥舞着（那条腿的脚藏在枕头下），像小马戏团魔术师似的说，脚没了！然后她把脚从枕头下拿出来，手臂依然挥舞着，她说，看！脚！

不过最重要的是，我从未遇见过像她这样的人。

她是她自己。

一个几乎未成型、几乎不会说话的孩子，但在某些方面，她已经拥有一个如此笃定、完整的自我，以至于我时常对她感到困惑，我显然也让她困惑，有时她怀疑地注视着我。

一天，她注视我时我对她说，<u>你以为你在看谁呢？</u>她非常严肃地回答，<u>你</u>。

还有一件事。她已经会唱歌了，能唱出曲调，而且没人教她就知道怎么创造和声，她很自然地就唱出和声。她会坐着，自顾自地哼唱，我也听见过她与打扫房间的女士一同唱歌。这一天赋肯定不是我们俩拥有的。

这一定来自她的父亲。

其实，亲爱的丹尼，今晚我在她身旁看她睡着时，心想我欠她一份和声①。

每日身边发生的丑恶就像无根生长的植物。善更像是芜菁！

那丑恶只想要达成一件事，那就是繁衍出越来越多的自我。它想要自我自我自我，只想要自我，一遍又一遍复制。我开始认识到，这就像在风中四散的苔藓，很快遍布周遭一切，但又很容易清除，因为它只攀附在表面。

---

① harmony，具有"和声""和谐"两重含义。

单纯只是思考本身，就已经令它松动，将它吹走。

重要的想法。你知道我的。我不会放过与你分享它们的机会。

当我还是一个满脑子自己小聪明的稚嫩女学生时（好吧亲爱的丹尼，<u>我现在依然是</u>——如果说已不再是女学生的年纪，至少依然满脑子小聪明），我对世界有过一堆愚蠢的想法。

我真的曾经相信我可以将所有知识掌握在体内，所有的叙事，所有的诗歌，所有的艺术，所有的学问——我收集了、掌握了它们，这意味着我现在拥有了它们，这便是活着的理由。

如今我又知道些什么呢？

几乎一无所知。

但是现在我知道一件事，我以为拥有的东西，实际上我<u>一点都无法掌握</u>。

正相反，这些东西掌握了我。它们掌握了我们所有这些共享一片天空的人。

我即将烧毁这封信。如我们约定的。

我不知道你还记不记得？

不是我怀疑你。我从不。

这封信的温暖终会以某种方式抵达你

我很确定

你的秋天妹妹

满怀爱意致以

她的夏天哥哥。

2020 年 6 月 15 日

亲爱的希罗，

  我们未曾见过，如果你没收到我的上一封信，你恐怕会想这个陌生人为什么要写信给我。暂且可以说我是你的朋友，我写信是想送上诚挚的祝福。

  你还好吗？

  我真心希望你一切安好。

  这次我通过共同的朋友的邮箱来寄送这封信，这样无论你身处何处，都能收到了。

  我在网上对你的名字做了一点小调查。这个名字对你来说稀松平常，但是相信我，对于我们其他人来说，能叫这个名字是相当奇妙的。我首先去了解了那位希腊发明家、数学天才希罗，可以说是他发明了风电场，他属于认识到人类可以利用风来发电的第一批人，另外他还发明了第一台由热水驱动的引擎，以及一种早期形式的自驱动喷泉。他显然是一位原子论者。我刚刚朝着隔壁房间的弟弟大喊了一声，他以为他在自学小提琴,但其实他在制造可怕的噪音,我问他原子论者的观点是什么,他告诉我原子论者认为个体是不可分割的完整原子,彼此离散,如果你秉持原子论,你看待观点或对象时会关注其离散的各部分,而不是构成其的整体。我问他问题有一点好处,他停下了小提琴的噪音。但他现在又开始拉了。

我也在传说里发现了一位叫希罗①的女性人物——这个名字也可以做女性的名,这让我欣喜。那个叫希罗的女孩,是神话故事中的人物,她爱上了利安德,她在塔中为利安德点亮灯光,将塔扮作灯塔,利安德每晚都会游至塔边。不过这个故事毫不意外以悲剧结尾。他们热恋于一个夏日,夏末的一晚,一场风暴吹灭了希罗塔的灯光,利安德在海浪中迷失了方向,溺水而亡。

哼,有的老故事就是会这样写!

我猜想,这些故事这样写是为了帮助我们能应对生活中的悲伤。

总之,诗人约翰·济慈在他的一首诗中描绘了这个故事,他写道,利安德可以说是因希罗的美貌之光而沉溺的。就仿佛她是那座灯塔。这个版本对我来说过于色情了,因此我自己写了一首诗:

>海浪中的利安德
>随波逐流很自得
>撞上一块拦路石

---

① 通常译作"海洛"。

>   顷刻化为陌路魂
>
>   苍天啊大地哟
>
>   别担心希罗
>
>   希罗，别哭
>
>   爱永不靡枯

希望你不会觉得这首诗太油腻。我是想把这则无望的老故事改编得风趣一点。我已经受够了悲伤。这一年悲伤过载。我们算幸运的。我们中没有人患病。但是街对面一位去年住进养老院的老太太——我不想打出"死去"这个词，但是她确实——死去了。一周内，她所在的养老院还有十二个人死去，再加上一位护理工，以及给这位护理工看过病的医务人员，护理工有过症状。还有我这条路尽头那所小学的一位老师。还有我母亲认识的一位 NHS 护士。

太悲伤了。

我们的邮递员很机灵。他叫山姆，工作很卖力，他就像一台小型发电机。他觉得自己在 3 月得过了，但他没去做过检测，到现在也没排上。这意味着他不能去看望家人。他的父母年岁已大，住在数英里之外的黑潭。我们还认识五十多个声称曾有类似症状的人，但他们都没机会在任何地方做上检测，所以他们不知道自己得没得。他们当时在家病得不轻，比如山姆，心里害怕，但又没人能帮助他们，没有任何官方机构将他们列入任何数据中。我的许多朋友都认识许多有类似经历的人。现在政府想从他们身上获取抗体和血浆，但是<u>那时</u>没有人想知道，他们被丢在一边，孤身一人思忖着自己是要死了。他们中一些人的确死了。

我父亲的生意被搅黄了。要不是父亲的伴侣阿什莉，现在我们全家没钱买任何东西，她慷慨地支付账单、为食物买单，不只是为他，也是为了我们，在我爸能从政府那里拿到钱之前只能这样，但政府一直答复说他没有资格领取任何钱。

对我个人来讲，我原先有许多计划，现在只能不去想了，我决定要更好地利用这段时间。这段青少年的时光应该无比璀璨。我 16 岁，过去三个月里我生活的闪光时刻是和朋友约一场网飞派对，看垃圾电影。

但是我相信这会造就一个好的结果，已经被践踏的我们这一代将会变得比以往更具韧性。我们会意识到我们能与朋友一起度过时光是多么幸运，因为我们知道没有朋友的日子会是怎样。在上帝的照拂下，我们会珍惜我们的自由，我们会以善之名为自由奋斗。

我也感到，我们亏待了那数以万计死去的人——只因为我们还活着。

我的弟弟罗伯特呼吁让医学天才去发明疫苗。我呼吁让这些发明疫苗的天才也去改善气候变化。

这样我们也许就有未来了。

因此，希罗，你和 NHS 的所有核心人员，以及维持日常秩序的人，比如山姆，都是我的英雄，还有那些为气候保护做出努力的人，每一个为乔治·弗洛伊德①的遭遇发声抗议的人。

---

① George Floyd，2020 年 5 月 25 日美国警察暴力执法事件遇难者。——编者注

在我的概念中,现代意义上的成为英雄,意味着将明亮的光照向需要被看见的事物,我想,如果有人这样做,也将承担其后果。比如,如果你是社交网络上一束明亮的光,网民可能会愤而攻击你,飞蛾般地被引至你的火焰。

但是现在也许我们应该认识到,需要停止对彼此、对世界做出恶毒的攻击。我知道这样的想法很天真,因为恶毒的事从未消停。举个例子,我们在 Zoom① 上历史课时,遭到了色情图片的攻击,我们所有人都看到了那张图。不过我猜想,世界上将永远会有色情制品和恶毒事件,人类将永远需要去抉择是否要彼此恶毒相向,我们是否正身处一场大流行之中。

我想,这里以及全世界在过去几个月封禁期里发生的事,只是让我们略微体验到了你的日常生活。我知道两者完全不可类比,没有什么能等同于被关在监狱里——而且你甚至都不是个罪犯。

你可能已不在拘留中,可能正无家可归,没有人知道你在哪儿,想到这里我也会大感惊奇。我们的朋友写信告诉我们,拘留中的人最近被悄悄释放了,但是无处可去,无处居住,并且身无分文。

亲爱的希罗,我希望你还好。我得说,这让我大感惊奇,最终让人从无限期非法拘留中被释放的——而他们本就是无罪的——是病毒,不是人性中更温暖的那一面,不是理解,不是优秀的律法。我也在担心我认识的另一个人,他无家可归。新闻上说流浪群体被安排进了旅馆。我不知道他有

---

① 一款多人手机云视频会议软件。——编者注

没有分到房间。为什么只有在病毒侵袭时，才为民众做这些事？为什么这不是常态？

但以上不是我写信的全部缘由。

我再次去信是因为楼燕回来了！我在街上看见它们翱翔于天空中，不禁发出欢呼。显然它们的数量没有去年多，但至少它们回来了。

我刚刚意识到，如果你没有收到我的上一封信，你会不知道我在说什么。在上封信中，我花费许多篇幅描述了我最喜爱的鸟——楼燕。只要条件允许，它们总会回到前一年筑巢的地方，只要那地方没有被翻新成 AirBnB 公寓——不过因为病毒，现在也只有楼燕能待在那地方！虽然我知道很多人为此郁闷，但我忍不住觉得这事儿很有意思。

楼燕们独自穿梭于世界，不携带伴侣。它们会在过去的巢会合。如果它们在巢里生了孩子，它们就会终生在一起。它们育雏完毕后会分开，直到来年再次会合交配。在我看来，如果人类一年 3/4 的时间按这样生活，能有一部分婚姻得到拯救。

这些巢就像平整的小光环，由羽毛、纸或它们在空中收集的物体建造。它们用自己的唾液将其黏合，塑造成小环形或浅碗或杯子的形状，以搂住蛋。然后它们轮流孵蛋，让蛋保持温暖。每只小楼燕孵化出的日子中间会间隔一天，这样楼燕家长的工作量就不会太大。大自然富有智慧。

我正在看着小楼燕的照片，它们还一点不像楼燕，更像是可怕的无毛粉肤小袋子，沉重的大脑袋看起来很难撑起，眼睛还无法睁开。

但是大自然很聪明，如果父母因为某种原因无法带回食物，小楼燕会进入某种昏迷状态。如果其中一位家长运气不好，或它们遭遇坏天气，小楼燕可以存活相当久的时间。

即使没有遭遇厄运，这些大楼燕也得相当努力，它们每次出门都须收集约 1 000 只蚊子和昆虫，它们将这些储存在喉咙里的小袋子中，卷成一个小球，回到小楼燕身边后喂给它们。

因此，如果你在天空中看见或听见楼燕，你基本可以确定它们在收集食物。很快，这些小楼燕就会在巢中尝试撑起翅膀，为能够长途飞回非洲积蓄力量。令人震惊的是，当它们羽翼丰满、离开巢穴时，那实际上是它们第一次飞行，而它们一旦投入空中，它们至少一年都不会落地，更常见的是几年都不落地。

从现在开始六周左右，那会是他们离开的时候。

"这意味着夏天结束了。"我们抬头看着没有楼燕身影的天空时，我母亲会说。

但还没结束！

还有几周。

每当你听见它们的叫声从上方传来，请记住它们也带来了我的友好祝福。

献上最诚挚的祝福，祝身体康健。

希望你能收到这封信，

献上温暖的祝愿

来自你的朋友

萨 莎

（格林劳）

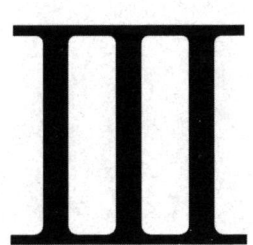

II

于是，洛伦扎·玛泽蒂在步入二十几岁时，即20世纪50年代初，同一群学生抵达了英格兰，他们来自佛罗伦萨大学，作为欧陆援助英国农场计划的一部分受邀来这里。

我之前描述的那些画面就是她拍摄的，两个不能听或说的男人，一边对话一边穿过碎石，还有那个提着两个行李箱在高楼边缘行走的男人。

意大利学生在多佛上岸，他们的头一个遭遇是挨个接受警察全面的贴身安检和行李检查。警察拿走玛蒂泽的护照。她拿回护照时，震惊地发现盖的章上写着"不受欢迎"和"外国人"。

说起来也巧，玛蒂泽生得孱弱，又易神经质，在农场上将帮不上什么忙。其实如果事后领悟，很明显能明白那是因为她经历了一场严酷的战争：1944年，她还是青少年时，一群纳粹军官到达托斯卡纳的房子，她和双胞胎姐妹保拉是在姑母妮娜的家庭中长大的：玛蒂泽姐妹的母亲在生产后不久便离世了，在此之前她们寄人篱下，从这家搬到那家，监护人从一人换为另一人。但是此刻她们终于回家了，与妮娜及她的丈夫罗伯特·爱因斯坦住在一起，罗伯特与阿尔伯特·爱因斯坦是表亲，他们还有较年长的表亲露丝和安娜·马里亚。

那年夏天，因盟军即将来袭，意大利的德国人正在撤回。美丽晴朗的一天，国防军军官们来到他们的住所，他们无法找到罗伯特——罗伯特逃进了树林，他知道他们要逮捕他——于是他们做了两件事。

他们毁坏了房子。

他们杀害了所有*能*找到的爱因斯坦家的人——妮娜和她的女儿们。

他们决定不杀洛伦扎·玛泽蒂姐妹俩，因为她们不姓爱因斯坦。

屠杀进行时，姐妹俩与其他村民一同关在别处，之后她们回到房子去找表亲和姑母的尸体。

姑父也回到尸体身边。不久之后，他便自杀了。

此刻在英格兰，鉴于玛泽蒂有那样一段历史，你能料想到她与精神崩溃之间隔着多么微妙的距离。她被分配到了农场，因为以下这些事惹恼了农场主：无力扛起重袋子、不擅长拣出传送带上的坏土豆、烧煳了给其他学生做的晚饭、打扫粪堆不够迅速。

他把她赶出了农场。

因此她独自前往伦敦找工作和住处。

但是她的心灵深处是破碎的，这意味着每一份工作，都会以一种超现实情景结束。

一个女人雇她做郊区住宅的住家帮佣，最终却把她所有家什扔到了大马路上，叫来警察，控诉她偷窃。（后来玛泽蒂发现是那个女人在从她那儿偷窃。)

城里一户住在温馨漂亮的房子里的友好美满的家庭，给她提供了女佣的职位，温暖地欢迎她进入她们美好的生活。但是在这个友好美满的家庭里，她赫然发现她身边的鬼甚至更多，它们站着、坐着、在她身边走动，沉默、微笑，血从弹孔中流出，弹孔的位置与玛泽蒂年轻时目睹的相同。

我拿着我的行李箱远走高飞，寻找一些不幸福。

她独自一人在街上游荡。

男人们尾随她，试图侵犯她。

但是后来，她发现伦敦警察对她格外友善。他们带她到避雨处，为她端上一杯杯茶，始终允许她在温暖的警察局度过一个个冬夜。一天，她在街上迷路了，一家人见她迷路，于是邀请她去他们家吃饭。那是她第一次尝到咖喱。

她最终得到一份工作，在查令十字街的一家饭店做服务员、洗盘子，这家店只卖煎蛋卷和汤。

她成功保住了这份工作。

但这并不是她真正的工作。自她小时起，她就一直是个艺术家。在她漫长的一生的末期（她将在2020年初逝世于罗马，终年92岁），她的朋友鲁杰罗会回忆起童年时，他与家人午睡后大吃一惊，发现花园里到处是姐妹俩的画，倚靠在所有树上。

因此，她在雾都伦敦勉强维生的这些年里，她也一直在画油画和素描。

一天，她自己将作品送至斯莱德美术学院。

她站在入口大厅里，希望在学院里寻求一个名额。

他们礼貌地拒绝了。他们解释道,名额这东西不是你从街上走进来就能直接要到的。

她站在前厅内,不愿意走。她又一次请求。她希望能在美术学院得到一个名额。

他们坚决地告诉她,这里的规矩不是这样的,他们执意要她离开。

她大喊大叫,希望能面见学院的院长。

一个男人听闻这场骚动,从房间里走出来。他询问她见院长要做什么。她告诉他她想在学院里获得一个名额。她说自己是个天才。

他看了她的素描。

他说,*好的,明天开始你就是我们的学生了。*

(他是院长。)

她开始上学后不久,一次她路过一间储藏间,看见上面贴着说明。**电影社团**。她打开门。里面满是电影器材。

她从未制作过电影。但是她召集朋友一起把能搬走的器材都搬走,放进她的住处。

依靠这些朋友和一些热心陌生人的帮助,她基于自己非常喜欢的一个故事,弗朗茨·卡夫卡的《变形记》,制作了一个短片。《变形记》,很多年后她说,*像是一场对日常苦难的有力控诉,这些苦难让我们对过去、现在和未来的不公正心生冷漠*。她给这部影片起名"K"。

她向学校提交报销申请,希望他们能支付一些相当复杂的工序产生的费用,如冲洗、配音等。

一些天后,她再次被叫去面见院长。

他询问她那笔没有经过任何人的许可、以大学名义提交的账单是怎么回事。

他警告道,如果她伪造财务签章,是有可能坐牢的。

她开始颤抖。但是她告诉他,她拍了一部影片。

好的,他说。我们接下来这样做。我们会向其他学生放映这部影片,然后宣布我准备怎么处理你,看他们是否乐意,我再来决定。

首映时,他将她引见给一位他邀请来的男人,那是英国电影学会的会长。

影片放映结束后,英国电影学会会长、美术学院院长和学生都鼓掌、欢呼。

电影学会授予她一份实验电影资助。

她利用这笔钱开始拍摄一部新电影。

这部影片讲述了两个在碎石堆里居住和工作的聋哑人的故事,他们在伦敦东区高耸的旧建筑背景下,一边走路一边用手语互相讲话,谈论爱、在后战争时期如何保持干净得体,以及他们觉得奇怪或美丽的事物。他们的身后经常跟随着一群嬉笑、残忍的孩童。

这部电影叫"一起"。

这部电影和《K》一样短小、浅显,有着巨大的冲击力,它既日常,又有着一种近乎末世感的氛围,它与那个时代电影人拍摄的任何电影都不同。

她会见了电影人林赛·安德森。

他帮助她剪辑了《一起》。

她与安德森、卡雷尔·赖兹和托尼·理查德森一起成为了"自由电影运动"的发起人。他们的电影作品和编排素材的方式革新了英国影业的可能性。1956年,《一起》还在戛纳电影节收获了评论家和观众的掌声和喜爱。

在这一时期,洛伦扎·玛泽蒂回到意大利与她的双胞胎姐妹住了一段时间。别以为在上文描述的这段时间里,那些鬼魂就让她安生了;鲜血淋漓的鬼魂依然陪伴着她,无论她身处何处,无论她在做什么。*它们在我的潜意识里太久了。*

因此,她写了一部小说《天空坠落》(*Il Cielo Cade*)。天空坠落[①]。这部影片讲述了她的家人被谋杀的故事,试图表达分隔和统领人们的宗教和政治分歧,且是从一个小孩子的视角讲述的。

之后,她又写了一部,《满腔怒火》(*Con Rabbia*),该书名的字面翻译是"愤怒地"(With Rage 或者 Angrily)。这部作品是《天空坠落》的续篇,叙事者是一个有着反骨精神的青少年,即便许多人都在战争中经历了残酷之事,但冷漠依然无处不在,这让她愤怒。*我无法继续生活在冷静和单调中。我的手已经沾上了鲜血和悲剧,我知道当单调在打瞌睡时,现实正在酝酿一场大灾难。*

玛泽蒂的一生中,绘画、参展、写作,出版了多种形式的作品,也拍摄了一些零星的电影短片;和她其他作品表现的主题一样,她的电影刻画当纯真和知识碰撞时产生的裂缝,以及内核已粉碎的成年人该如何保持纯真。她在罗马市中心的鲜花广场建造了一座木偶剧院,在多年里向无数观众

---

① The Sky Falls。

表演她的版本的《潘趣与朱迪》。

她最后一个伟大的项目是《家庭影集》(*Album di Famiglia*)——这是一系列绘画,包含描绘谋杀发生时她家人样貌的肖像画、托斯卡纳明媚的夏日乡间景象,在后者中,纳粹站在树下,法西斯主义者在给学生上课——这些画的风格让人想起亨利·马蒂斯和夏洛特·萨洛蒙的作品,因为他们对光的呈现有相似的理解,不在意光落在不同物体上的变化,而且这些画都看起来色彩绚丽。

生命会在死亡处结束吗?
我们如何定义生命?
我们怎样去理解时间是什么,我们对待它的方式,以及它对待我们的方式?
每个人的生命线都在某处存在断裂。
我在这里告诉你们的大部分信息可以在洛伦扎·玛泽蒂的小说和回忆录《伦敦日记》(*Dairo Londinese*) 中找到,英文版名为"London Diaries"。

夏天一词的英语形式,来自古英语 *sumor*,源于原始印欧语词根 *sam*,意思是"一"和"一起"。

我不记得下面我要引用的这段话来自哪里。它与玛泽蒂无关,虽然它又与她息息相关,与我们都息息相关。总之,几年前我在笔记本里抄下了它,此刻我找不到出处。

> 创造力是文化的,不是因为它衍生于文化,而是因为它旨在治愈文化。艺术中充满了无意识的行为,就像

人会将所愿托入梦中:它试图让深层次的问题重获平衡、得到解决。

玛泽蒂说,那年夏天,她的家人被杀害之后不久,一支盟军的前头部队抵达了意大利的屠杀发生的那座房子。英格兰和苏格兰士兵在一些刚填上不久的坟旁发现了几个患上弹震症的孩子。

他们做的第一件事是教这些孩子唱英语歌。

他们教的第一首歌是什么呢?

《你是我的阳光》[①]。

[①] *You Are My Sunshine*。

两个小时整后在这等我,格蕾丝说。我去散个步。

那是周六早晨。他们还在萨福克。他们在晴朗的冷天里站在咖啡馆外的人行道上。

散步？她女儿问。

是的,格蕾丝说。

你自己吗？她女儿问。

我自己,格蕾丝说。

你一般不散步的,她女儿说,我不记得你有散过步。

你又不是对我了如指掌,格蕾丝说。

我们不能一起散步吗？她女儿问。

不能,格蕾丝说。

为什么呢？她女儿问。

你会无聊的,格蕾丝说。*我不会*,她女儿说,*他*可能会。

你得给我点钱,她儿子说。

做什么？格蕾丝问。

如果我们在这儿等两个小时,什么都不吃不喝,店里的人会不高兴的,她儿子说。

你才吃过一顿丰盛的早餐,格蕾丝说。

没错,但是如果我们不买东西,我们就不能一直在咖啡馆里等,她儿子说。

你不用一直待在这里,格蕾丝说。你可以到别处去做点事,任何事。去探索吧。今天天儿不错。

冷死了,她女儿说。

往南去海边,格蕾丝说。那里有个小高尔夫球场。去球场。

那里不会开门的,她儿子说,现在是二月。

你为什么不需要我们跟着?她女儿问。

女儿并不真的想和她一起去。她掺和这事儿只是因为她感觉到,格蕾丝想自己待一会儿是因为有事。

因为我想自己待一会儿,不管你们信不信。我有我自己的理由,格蕾丝说。

你要去哪里?她女儿问。

去参观一座老教堂,格蕾丝说。

才不是,她女儿说。

要不然你们俩去游戏厅,格蕾丝说。那里会开的,去长堤。

我才不要去游戏厅,她女儿说。

如果我们要在游戏厅待着,我需要一点钱,她儿子说。

格蕾丝打开钱包,给了他20镑的纸币。

这完全不够,他说,只够玩十把《终结者》。

完全够用,而且你还得把一半分给萨莎,格蕾丝说。

我已经把萨莎算在那十把里了,她儿子说。

我们可以去收银台让他们换点钱,她女儿说,我去吧。

不,我去,她儿子说,我去游戏厅换。

我不去游戏厅,她女儿说,现在就给我,我找收银台那个男人换。

不要,她儿子说。

好吧,格蕾丝说,随便吧。你们想去做什么都行,我不在意你们做什么,只要你们就在咖啡馆外这儿跟我会合就行了,十二点,我已经叫了一辆出租车,两点半会有趟从伊普斯维奇去伦敦的火车。

她想自己独处,原因是个秘密,她女儿说。

没错,格蕾丝说,再见。

她向她以为的方向走去。也许方向完全是错的。三十年了。她不记得那座教堂的名字,又或者她从来都不知道。她只记得她曾意外地发现了它,在镇子外,也许一英里以外?沿着一条荆棘丛生的单行道路。

镇子边缘有一处从前不曾有的住宅区。

如果教堂不再在那里也是完全有可能的,又或者被改造成了一处小巧的度假别墅,又或者已经沉入海底。如果她的记忆正确,应该没有离镇子很远。

在她身后,她的孩子依然在街上争吵。她甚至没有回头。她径直向前走,就好像他们不在那里,就好像她从未生过他们,他们是其他人的责任,与她无关。她穿过镇子和湿地之间的桥,前往小坡上的那处住宅区。

然后在湿地处右转。

然后寻找小路。

她看见如果她在此处左转,面前那条路会通向昨天遇见老人的那座房子,他把她儿子当作了他的妹妹。

可怜的罗伯特!

但是他*可开心了*,以为自己遇见了她,夏洛特昨晚晚饭时说。

他们在旅馆的一间有嵌木墙的餐厅里吃了饭。餐厅里点了蜡烛。其实氛围相当不错。

就只是因为他以为他*看见了*她这么个想法,他就喜出望外,夏洛特说。发现罗伯特不是她,没有让他恼火或沮丧。

我不是女生,她儿子说,我看起来不像女生。

但是你身上的某种东西,你作为人的特质,让那个男人很高兴,夏洛特说。你身上的某种东西让*他*想起了家。这无关乎你是不是女生。

但是我不像,他说,不像女生。

男生看起来像女生没有什么不好的,夏洛特说。实际上人们普遍认为真正的美的一个核心特征是具有那么一点横跨两性的共生性①。

一点什么?她儿子问道。

共生性,亚瑟说。

生物学上的那种?她儿子问。

他们遇见的那个老人有104岁。104岁!他们在晚饭时谈论了这点。他们说到照顾他的那位女士竟然与他无亲无

---

① symbiosis。

故，倍感惊奇，他们只是朋友，他在晚年的这些日子受她照拂，或者说受她家庭的照拂，只是因为她小时他们曾是邻居。他们说到，那位女士称这是自认识他以来，他第一次说他*有*个妹妹。

他简直是欣喜若狂啊，夏洛特说，他妹妹，就在他面前。哪怕那不是。

*这就是共生性吗？*她儿子问。

遇见他，就像遇见一段历史的化身，格蕾丝说。真是个不错的故事。在"一战"中出生，在"二战"中被拘留。

你真傲慢，她儿子说。他是人，不是历史。

*我们家*也有一则战争故事，她女儿说。我们爸的妈妈——我的名字是按她的名字起的——名叫萨莎·阿尔伯特。你听说过这个名字吗？她是一位曾在音乐会演奏的小提琴演奏家。

杰夫坚持要用这个名字，格蕾丝说，我本来想用我妈的名字。

谢天谢地没有叫那个，她女儿说，不然你们所有在说话的人就叫西波尔了。

整桌人都笑了。

格蕾丝没有笑。

她女儿满怀愧疚地看了一眼格蕾丝。她女儿知道这是一件微妙的家事。

但是格蕾丝此时正与人在外就餐，他们友好和善，也可以说依然几乎是陌生人，因此她决定表现得彬彬有礼，她向女儿点了点头，允许她去谈论她父亲家那边。

她女儿用眼神表示感谢,继续谈论杰夫的家庭。

她是法国人,她女儿说,在我 10 岁时去世的。

那时我 7 岁,她儿子说。

*她的*母亲是在战时去世的,那时她才 3 岁,萨莎说。将外婆养大的那家人,知道她本来是要死的,因为战时一个女孩来过他们家,告诉了他们发生的事。她说,有人看见她中枪身亡了,因为她想去帮助一位在集市广场被纳粹击倒的人站起来。

我们不知道孩子爸的这则旧故事是否有任何真实成分,格蕾丝说。

这 *是* 真的,她女儿说,外婆告诉我们的。

那也不意味着这是真的,格蕾丝说。或者至少不会让它比家里大多数的传说更真实。总之孩子爸在她出生时坚持要用他母亲的名,我的意见能有什么用呢。那是一个不错的故事。也意味着我有机会给罗伯特起名了。

而我的名字不是为了纪念任何人,她儿子说。

那是因为我希望你不受任何推断的束缚,格蕾丝说。

那不只是个故事,她女儿说,那是真的。

我们留着她所有的小提琴,她儿子说。全部放在一个储藏间里。没有人拉。没有人知道怎么拉小提琴。有五把,放在小提琴的盒子里。它们就像小提琴的棺材。没有人把琴拿出来。甚至没有人再看它们一眼。

只有那么一把非常小,她女儿说。我们认为那是她在 20 世纪 40 年代幼年时拥有的第一把琴,这种尺寸叫作 1/4 尺寸。只有这么大。

比这还小，她儿子说。

格蕾丝换了话题，她说起那个女孩，开始取笑亚瑟。

我以为你这么老远过来是为了见一个曾认识你母亲的男人，结果是来见女孩儿了，格蕾丝说。

直到最后，那位老人似乎都没记起亚瑟的母亲。但是他拉过亚瑟的手，握住了就不愿放开，就这样睡着了，一个半小时前他们会合一同吃饭时，夏洛特告诉他们，亚瑟就留在他身边，这让他们的会合推迟了几个小时。

我不想吵醒他，亚瑟说。

你不想离开那个叫伊丽莎白的女孩，格蕾丝说。

夏洛特揽住他的肩膀，亲吻他的脸颊。

太对了，她说。

那么我说的是事实，格蕾丝问。你真的 *不在乎*他那样看另一个女人。你们俩真的 *没在一起*？

他们没有，她儿子说。

在一起过，亚瑟说，但现在这样好多了。

并不是说如果我们在一起我会在意他看谁，夏洛特说，爱意无法避免。

是啊，她儿子说，的确如此。

人无法否认爱意，夏洛特说，而且大约也不该否认。

真希望我能再年轻一次，格蕾丝说。

总之，亚特现在就像我的哥哥，夏洛特说。

真可怜，她女儿说。

的确如此，她现在就像我的妹妹，亚瑟说。

真可怜，她儿子说。

时光飞逝，格蕾丝说，青春难存。真不错，我羡慕你，在你面前还有大把的人生。你要珍惜每一刻，因为一转眼的工夫，它就会与你擦肩而过，你将永远不会再迎来你的时代。

对不起，格蕾丝，夏洛特笑着说，但我觉得那是一派胡言。我认为，当我们自身完满、充裕时，我们就会迎来我们的时代，这与身处怎样的年龄无关。这样想才对。

啊呀，格蕾丝说，天真。我也曾经年轻，也曾经笃信这些话。

你现在还不老，格蕾丝，夏洛特说。

但是不停地以那种烦人的方式念着格蕾丝名字的夏洛特，逐渐让格蕾丝感到有些自以为是了。

谁知道上一场战争中会有人被拘留在英格兰呢？她换了个话题。

我知道，她儿子说。

你不知道，她女儿说。

我知道，她儿子说，我*确实*知道。

我猜如果他是个德国人，格蕾丝说，他不得不被关起来。这样其他人才安全。

爸爸的战争收藏里有这些邮票，她儿子说。画着马恩岛。

罗伯特，你怎么不吃饭？格蕾丝问。

我不饿，他回道。

那你想吃点别的什么吗？夏洛特问，我们给你点什么好吗？

夏洛特高举起手，招呼服务员。

我想要共生性，罗伯特说。

我不觉得他们的菜单上有这个，萨莎说。

第二天，正在横穿过镇子的格蕾丝笑了。她的女儿真聪明。

她聪明的女儿注意到老人房间角落里的石头与亚瑟带来的石头惊人地相似。亚瑟打开包，拿出石头交给老人，说这是他的母亲在遗嘱中嘱托他交给老人的，便将石头放在床上。老人看着石头，说了一句不寻常的话，

这块石头是孩子——，格蕾丝昨晚晚饭时说，多奇怪呀——

不，她女儿打断她。这不是他的原话。他说的是*你带回了孩子*。

那位名叫伊丽莎白的女士请亚瑟将石头递给她。她将它放置在老人卧室那块雕塑的弧形中。

它放在那儿正好，她女儿说。

这座雕塑是一件真品，老人打盹时女人说，是艺术家芭芭拉·赫普沃斯的作品。格蕾丝觉得不太可能。一位老人如果拥有一件芭芭拉·赫普沃斯的雕塑，怎么会就这么随意放在房间里？

但是，她上床后依然无法将那块石头从脑海中抹去。好吧，也许这就是艺术。以神秘的方式印在你的心中，而你也不知道为何。那两块石头，放在一起的确正好，一块呈弧形，中间有个洞，另一块是规整的球形。

她此刻沿着一条人行道走着，她的脑海正中萦绕着一幅

图像。

　　这幅图像是她母亲的脸，但是看起来像一副面具。是死去的面容还是生前的面容？都不是。这张母亲的面具超越了生与死、幸福与悲伤，它同时是活着的也是死去的——不，一点也没有死去，它没有显露出一丁点死气。骨架、轮廓是纯净的。皮肤呈现出生者的光彩，头发向后拢去，露出平静休憩中的额头，它是石头做的。它旁边有一副小一些的石头面具，那是格蕾丝自己 14 岁的脸，那一年她母亲去世了，那张面具的表情来自她点火去烧会客室里的扶手椅的那一刻，那是刚刚去世的母亲的扶手椅。她沿着人行道走时，她脑海中的两张脸漠然地互望着。

　　格蕾丝摇了摇头，鼓动自己去回到她能有掌控力的故事里去。

　　她正在去找墓地的路上。有一年夏天她去过那里。

　　她经过了一处外墙贴着一张电影海报的建筑。

　　《光荣之路》。

　　这座建筑吸引了她的目光，因为这是一家旧电影院。是*那家*旧电影院——

　　就在这一刻，一段记忆，一段她自己都不知道她拥有的记忆，在她的脑中迸绽开，就像种子的小绿芽冲破包裹在外的皮——

　　在小镇电影院的后场，

　　精巧的小地方，这地方是不是挺精巧讲究的

　　（那是克莱尔·邓恩在拿腔拿调地说这话，就好像她在

演桑德海姆①的剧似的），

1989，

不满意的夏天，

他们要在这里连演两个晚上，今晚是莎士比亚，明晚是狄更斯。亲爱的，这几乎不能算作一个剧场，调整你的期待，他们抵达时弗兰克说，而且他说的是实情。他们要在一面亮白的电影幕布前演剧，因为这里没有任何类似窗帘、幕帘的东西，灯光操作台很糟糕，更不要说舞台了，只不过是一块狭窄的平台，他们也没见过这样的后台，一个储藏间，此刻只不过是进去了整个剧组就塞满了，十四个人全部在背台词，也没有镜子可以用于上妆。

因此，格蕾丝独自坐在后门室外的水泥台阶上。她已经演完了开头的戏份，等到再次提示出场的时候，她的角色早已成故人。头顶的天空是初入夜的那种蓝色，鸟儿在高空中，是母亲目击到的会说那些话的那种鸟，看，格蕾丝，夏天来了。它们离开后，看，格蕾丝，夏天离开了——

然后有人在她身后压着声音喊，

我的天啊格蕾丝，你该上了，你已经晚了，你该上了——

该死！

她起来飞奔回屋内，跑上楼，穿过曲折的走廊，尽全力飞驰至外面的舞台上，去摆起姿势扮演第五场故去王后的

---

① 史蒂芬·桑德海姆（Stephen Sondheim，1930—2021），美国音乐剧和电影作曲家，曾获得奥斯卡最佳原创歌曲奖、托尼奖等，代表作有《理发师陶德》。

雕像。

然后她看见加里和奈吉还在台上,仍在和观众讲述着台下的奇闻异事。

因此他们还在第二幕。

几页纸之后才是她上场的时间。

啊。

呃,噢。

于是她就那么站在那儿,在舞台的中央,在一场奔跑中凝固,不知道怎么去安放她的手,现在全体观众都看见了(而且今晚这座偏僻的小镇倒是献上了满座的宾客),一位理应死去的王后,像一位少女般奔跑——重点是,她必须得先死了,才能在合适的时机复活,将情节推动下去。

她后退三步。

现在她差不多站在了幕布本应藏住她的地方。

她挺直腰板,举起手,摆起雕像的姿势。

一两位观众发出迟疑的笑声。

那两个男孩困惑地看着她。

然后加里继续念他的台词。他们就当她不在台上,念着他们的台词。奈吉下台,拉尔夫和艾德上台念他们的台词。拉尔夫惊恐地盯着她。他几乎没来得及想起他该说的台词。意志坚定的艾德继续用他那笛声般的声音说着话。他们演完了这一幕,然后弗兰克、乔伊、珍、蒂姆、托尼、汤姆等人一同上场演第三幕,他们看见她在那里,全部惊骇地后退一步。

尤其是乔伊,她正在将幕布拉向格蕾丝应该躲藏的位置，她会念出好几句台词，告诉观众他们将会看见一件奇妙的事物，它此刻就藏在这幕布后面。

格蕾丝保持着她的姿势。

她就那样举着手。她锐利的目光直射向乔伊。乔伊终于明白了意思，不再像住院护士那样在舞台上来来回回、毫无目的地拉扯着幕布，而是将幕布留在格蕾丝的前方。

好险。

他们开始演这一幕。

观众中了解这个故事情节的人，在刚刚几分钟内不断哄笑。至于那些不了解的人，愿上帝保佑*他们*吧。既然她现在在幕布后面，她摇晃手臂想甩掉大头针和缝衣针。留给她的时间还有25句台词，最后一句是*瞧着赞美吧*①。接着幕布就会被拉扯到一旁，她则必须在众人注视之下保持雕像的姿势，最初还是一座雕像，继而变身为一具活的身体，120句台词之后，会出现提示她该讲话的那一句：*转过身来，娘娘，我们的潘迪塔已经找到了*。她在脑中准备好她的台词。

神们

请下视人间

降福于我的女儿！

神们

请下视人间

降福于——

---

① "behold and say' tis well" 出自莎士比亚的《冬天的故事》第五幕第三场，此句译文引自朱生豪译本。以下引文同出自该译本。

但是——

啊。

弗兰克说一位正在此处度假的伦敦西区的选角经纪人今晚会来。

幕布后面的格蕾丝冷汗直下。

说出提示的是克莱尔·邓恩。

是她吗？是她。

她99%确定。

克莱尔·邓恩摧毁了目前为止格蕾丝接近西区等的唯一机会。

神们

请下视人间

她是故意的吗？

她知道她在做什么吗？

神们

请下视人间

第二天STD（崇高压力剧团）（懒得抖包袱了，STD里的每个人都听过了①）的女性成员在电影院碰面——这气氛就像点燃的煤气灶上一口盖了盖子的锅——排练《世界在展开》里棘手的一段。男性成员（哈，哈），除了正在指导《世界在展开》的艾德，都在当地旅馆一座相当不错的花园里喝着啤酒，吃着酒吧午餐。他们都是幸运的讨厌鬼。

---

① STD也是性传播疾病（sexually transmitted disease）的简写。

艾德让所有人围坐在电影幕布前的舞台上。他说他准备了一项练习给她们做。他说，希望她们想一想"漫步"① 这个词。

我②，他说，他人③。

她们都一脸茫然。

也就是，让自身成为他人，艾德说。让*你自己*成为*另一个人*。去领略一番多重自我的概念。因为这就是大卫·科波菲尔的故事最核心的内涵。想一想他一生中被叫过的各种名字，托特，托特伍德，戴西，戴维。但他依然是同一个人。不是吗？因此我希望你们做一项练习，我们要在众目睽睽之下彻底*变成另一个人*。但是我们依然是我们自己。我们按逆时针方向进行。乔伊，你先开始。

按逆时针方向进行什么？乔伊问。

乔伊是弗兰克的姐妹，她最后一刻被招募进来演《冬天的故事》里的宝丽娜，因为有人退出了。她不太是演戏剧的料，不过对于一个没有严肃追求的、并不是正经演员的人，她演的宝丽娜已经相当不错了；她平时在房屋中介上班，这个夏天请假来演戏，是因为弗兰克正在执导莎士比亚的剧，并希望她来演。

我希望你成为自己之外的人，艾德说。

逆时针？乔伊问。

我希望你念这句台词：*钟声敲响，此刻我开始哭*，艾德

---

① meander。

② me。

③ ander。

说。在你念之前，我希望你回到出生的那一刻——那是在你*之中*的某个人，但又在你自己*之外*。

好吧，但只要我在演戏，我就是在做这件事呀，乔伊问，不是吗？那么有什么必要呢？

艾德看起来被这句话冒犯到了。

他是个可爱的小伙子，同性恋。他在和奈吉睡觉，所有人都知道，不过他们都装作这是个大秘密。格蕾丝自己也有一些秘密。她和汤姆和珍（弗洛里泽尔*和*潘迪塔）都睡觉，汤姆和珍都不知道另一个人的存在。整个剧组没有人知道这件事，这需要费点组织的力气，不过目前都很成功。珍和汤姆都认为她只在与自己交往，至少夏天期间会是如此。并且，她也向两个人都说明了，她并不能真的与对方发展关系，关系在夏天之后便不能维持；她和他们说她在家那边有个长期男友戈登·斯通①。

（实际上，她没有家，也不存在这么一个人。高登斯顿②是她母亲在遇见她父亲之前工作的一所苏格兰贵族学校的名字。查尔斯王子③曾经在那里就读。）

在剧组其他人有机会去连接内在的其他自我之前，一场争论爆发了。

他们之前就一直在重演这一争论。这已然让人厌烦。争论是关于为什么《冬天的故事》里的里昂提斯在剧开始没多久就发狂了。

---

① Gordon Stone。
② Gordonstoun。
③ 已于 2022 年登基为查理三世，于 2023 年 5 月加冕。

争论是关于女权主义。还是这一话题。

格蕾丝叹了口气。

但是这剧不是*关于性别*①,她说。一切只是因为一场疫病。一场疫病毫无来由地降临于他,于他的头脑,于他的国家。这是不合理性的。没有源头。就这样发生了。就像所有世事那般,就突然发生了改变,这是要教导我们,一切事物都是脆弱的,我们以为获得的、以为可以永远持有的幸福,会在眨眼间被夺走。你在把1989年的政治带进1623年的剧。

1611年,艾德说。

好吧,格蕾丝说,但不影响论点成立。总之是17世纪的某个十年间。

是啊,但是你说的也不会绝对正确,格蕾丝,除非你是研究1611到1623年间的历史专家,吉内特说。

管他呢,格蕾丝说。

他们又一次提起所有那些涉及女性的言谈、女性的说话风格的台词,里昂提斯对妻子产生的嫉妒之情——因为妻子比他更擅长语言。

你们说的有道理,但是这就像是纸页边缘的注释,格蕾丝说。我不知道怎么说,真正发生的事就像一场瘟疫那样随机。就像落在花上的霜。一场疫病。它完全毫无缘由。莎士比亚通过里昂提斯之口说出这点。他的头脑遭受了感染。

没错,但是感染也是来自某个东西或某个地方,吉内

---

① gender。

特说。

而且这部剧里的其他主题暗示,需要治愈的是两性之间的关系,珍说。

甚至最近在和她悄悄睡觉的珍,也站在了她的对立面。

格蕾丝摇摇头。

他们完全不懂真正的失去。他们谁也不懂。

这种事*就那样发生了*,她说。一个悲伤的故事最适合冬天了。因此莎士比亚在其中注入了悲伤,就像把它当作一个手法,剧作家的一个手法,莎士比亚让冬天染上疫病,就是为了可以*创造出*夏天,让一个悲伤的故事中诞生出一个愉快的故事。

艾德开始像老师一样说话。

我们可不可以,稍微看一下,最开始,他说。最开始的那一幕。卡密罗说的是*他是个了不得的孩子,受到全国人民的爱慕*①。

格蕾丝懒得再争辩。

物理②从来不是我擅长的科目③,她说。

不是的,格蕾丝,艾德说,这里的 physic 不是*物理*的意思。

别再纠正我了。

它的意思是疗愈,而 subject 指王国中的人。这里讲的是让王国中的人生病或健康的东西。

---

① It is a gallant child that physics the subject。
② physics。
③ subject。

这决定了掌权的人是否是个厌女的暴虐的糟糕的领导人，一个固执狭隘、毫无用处的国王或统治者，让所有人知道除非遵循他的路线，不然就是叛徒、背信弃义者，吉内特说。

是啊，这些都与剧中的性别二分紧紧联系在一起。格蕾丝，我们没法否定这点，另一人说。

然后克莱尔说：

真希望汤姆也在这里是吧，格蕾丝，嗯？然后我们所有人就可以敞开心扉地谈论莎士比亚使用"感染"①"爱意"②这些词的意图，人们没有对彼此公开透明，哪怕理应这样。

你在说什么呀，克莱蕾③？珍问。

我在说我们这群人里有谁 *蒙受了格蕾丝天大的恩宠*④，克莱尔说。

我受够了，格蕾丝说，我出去抽个烟。

克莱尔向她眨眼睛。

回来会是一个新的格蕾丝，带来新的好事⑤，对吧？克莱尔说。

哇噢，克莱尔，整部剧里，那么多出现 grace 一词的地

---

① infection。
② affection。
③ 克莱尔的昵称。
④ "a surplus of grace"（天大的恩宠）引自《冬天的故事》第五幕第三场，grace 与格蕾丝的名为同一个词，在此处意为恩宠，译法参照了朱生豪译本。
⑤ "Come back a new Grace, yeah?" 此处拿台词揶揄格蕾丝，《冬天的故事》第五幕第二场："霎一霎眼睛便有新的好事出来"（Every wink of an eye some new grace will be born）。

方,你能都记住,真不可思议,艾德说。

过目不忘,克莱尔说。快点回来,格蕾丝。珍和汤姆会等你,我们都会等你。希望能看见更清白的格蕾丝。①

我不懂为什么她能演赫米温妮演得那么像,却又对文本一窍不通,格蕾丝推开防火门时,有人在她身后说。

你为什么总想把汤姆扯进去?门在格蕾丝身后关上时,她听见珍说。

放松。

黑暗之后是闪耀的光。

室外阳光普照,热气逼人。格蕾丝感到寒冷彻骨,打着哆嗦。她站了一分钟后,点燃了香烟。

她走到角落去,眺望着镇子之外那广阔的平原。房屋群落边缘的柏油碎石路上蒸腾起一片朦胧热气。

报纸上一直在说,今年夏天是一个世纪以来最好的夏天,甚至好过 1976 年、1940 年、1914 年的夏天。

她丢掉吸了一半的香烟,在人行道上碾碎了。

去他们的,还有那些主题。

她直接向远处走去。

她不在乎世界展开时她要去哪里,她会去某个地方,任何一个能远离这个世界的地方,远离克莱尔那自带小型热蒸汽的嫉妒心,她可能在追汤姆或珍,但最重要的是,她目睹了当雕像变成活人时,毫无准备的观众一个个被这一着实奇

---

① "better grace" 出自《冬天的故事》第二幕第一场的 "this action I now go on is for my better grace"(我现在去受鞫的结果,一定会证明我的清白),原指 "证明清白",译文摘自朱生豪译本。

妙的效果打动，因此，她想要演格蕾丝的角色。

又或者她只是喜欢找茬。

很多人觉得找茬挺带劲。

格蕾丝沿街走着，耸了耸肩。

和汤姆做爱不太出乎意料，就只是完成而已。和珍做爱倒是感觉很不错，珍的手法出乎意料地急迫、坚决。不得不稍微听听她倾吐情绪的困扰，她的兄弟是个瘾君子。但是格蕾丝具备这份耐心，以及正确的（或者说轻而易举的）面部表情；她是个演员。无论如何，能有空间远离汤姆都是值得的，他还不敢相信自己睡到了在剧里扮演这么一个大主角的人。上次做爱，他对她说他爱她，他有多么的爱她，格蕾丝每次想到都字面意义地想吐。

她经过一座房子，一些邻居正在争执着什么。一个女人站在人行道上，手臂揽着一个看起来很羞愧的男孩。她的儿子吗？他的母亲吗？

母亲紧紧抓住男孩，如一只充满爱意的铁钳，并对门口一个极为丰满的女人大喊，她叫喊的内容是，

就是个妓院，你家就是个妓院。

门口的女人，脸的半边正向上提拉露出笑容，另一边则保持沉着端正，这让她看起来有些像个虐待狂。她用充满被动攻击情绪的冷静声音说话，格蕾丝听见后决定记下来，如果哪天她要演这样的一个人，这是一个不错的范本。

孩子只是享受一下，马拉德夫人。他只是想找点乐子。

他才12岁，人行道上的女人大喊着回应。

他又没有伤害谁，马拉德夫人，格蕾丝经过时，门口那

个扬扬得意的女人说。

格蕾丝经过时,男孩看了她一眼。

她对他眨了眨眼。他看向别处。

他有母亲。

他不知道他有多他妈的幸运。

她穿过一块干透的湿地,那草晒得焦黄,萦绕着昆虫的噪音。她走上右手边一条单行道路,因为那边风景不错。这条路显然没什么人走。路中央生了一片草丛,树枝从上与其相接,悬钩子丛的触须从两边伸进来,彼此相抵。

真美,她想。

她驱走一些小蠓虫。

一只很小的鸟——鹪鹩?飞过她的去路。你好,小鸟。

树篱。

绿意。

绿地,树叶,青草,种子穗很长的草。

草地的淡金色和深金色从远处的海边蔓延至此处,眼前遍布的绿色,绿、深绿,路前方的树投下狭长的英式阴影,就是闭上眼想象夏日会出现的那种场景。

斑驳的阳光一直投向路的尽头,路面闪耀,如同雨后的阳光反射。

她心中的语言能力瓦解了。不一定非要去形容出来。真美。

那些树丰腴地摇曳着。

就只是在英格兰的夏日阳光下漫步了二十分钟,看看她的变化。

她出来时思虑重重。

但夏天在为你绽放。夏天就像沿着一条路一直走下去，就像此刻一样，向着光明和黑暗前行。因为夏天不单纯是愉快的故事。因为如果没有黑暗，也就没有愉快的故事。

而且夏天必然纯粹代表着一个想象出来的终结。我们向它前行，本能地喜欢它，必然意味着什么。我们全年一直在寻找它，期望它，向它前行，就像地平线承诺着一场日落。我们总是在寻找一片成熟的展开的树叶，一片展开的温暖，一份承诺，很快有一天我们肯定能够放松休息，享受夏天的滋养；很快有一天我们会得到这个世界的善待。就好像真的会有一个更友善的结局，不只是一个可能性，而是确凿无疑的，你的脚下将自然会铺上一片和谐，仿佛一片阳光灿烂、独独为你展示的风景。就好像一直以来，你在地球上的时间，都是为了能在一块温暖的草地上愉快地舒展全身的肌肉，嘴里叼着一根甜甜的长草茎。

无忧无虑。

不错的想法。

夏天。

《夏天的故事》①。

没有这样一出戏，格蕾丝。

别被耍了。

这是最短暂、最狡猾的季节，不会被记录在案的季节——因为夏天 根本不会被捉住，你只能捉住一点点、一片

---

① *The Summer's Tale*。对应《冬天的故事》(*The Winter's Tale*)。

片、片刻和闪回,那众人口中的、想象出的完美夏天,那从不曾存在的夏天。

甚至她现在*身处*的夏天也不存在。哪怕这显然是一个世纪来最好的夏天。哪怕她确实在这个现实中的完美夏日午后,正沿着这样一条优美又标致的路漫步。

因此,我们还身处其中时就为其哀悼。

瞧瞧我,在夏天沿着一条路漫步,想着夏天的转瞬即逝。

哪怕我正处于它的中心,我也无法接近它的心。

十分钟后,路到了尽头,前方是一片林间空地,留有一些车位。它的一侧是一座老教堂,一座石头建的小教堂,周边是墓地,在葱郁的老树下,石碑歪歪斜斜。院门是开的。小径尽头的教堂门也开着。音乐从门里传出。

谁在教堂里弹尼克·德雷克①?《光明会到来》(*Bryter Layter*),那首笛声优美的曲子,典型的 20 世纪 70 年代风格。

是哪位时髦的牧师觉得尼克·德雷克适合做教堂音乐?

他是对的。这是一首关于永恒的忧郁的赞美诗。这是对英格兰夏天的赞美诗。

墓地里植被蔓生,满是蜜蜂和花。格蕾丝走上小径,两边伸来点头的花脑袋。她站在教堂门外。

---

① 尼克·德雷克(Nick Drake,1948—1974),英国民谣歌手,创作的歌曲多使用原声吉他。

教堂里正有人跟着这曲子吹口哨。有一种轻微的剐蹭的噪音。噪音停止。又开始。停止。怪不得停车场里有工人的面包车。

她的头顶上,墙里有一块浅色的石头。上面刻着字:

黑夜已深,
白昼将近。
我们就当
脱去暗昧的行为,
带上光明的兵器。
圣保罗:罗马书
13:12
1 8 7 9

在古老的年代,她想起,骑士勇猛剽悍。女人还未发明出来。他们会环抱树干。那肯定有满足感。

那首以前的打油诗,她甚至不知道自己还记得。想起她的父母,她的父亲当时正在把新车开进来,一个周日的下午,8岁的她坐在后座大笑,因为他们都在笑,那首打油诗的确挺有意思。

你得想出一件在骑士勇猛剽悍的年代不存在的事物,然后写成诗。她父亲很擅长编打油诗,虽然大部分都是关于男女之事,格蕾丝并不真的听得懂,但她知道那应该是有趣的事。

在古老的年代,骑士勇猛剽悍,胸罩还不用焚烧。他们在夜晚脱掉女孩的胸罩,与她们左拥右抱。

笑声。

在古老的年代,骑士勇猛剽悍,女人不用工作。

母亲用"暴怒"这个词填完了那首诗。

在古老的年代,骑士勇猛剽悍,姑娘从不心思外露。

别说了,她母亲笑着说,你敢。

怎么了?我只是要说*打赌下注*,她父亲说。

笑声。

后座的格蕾丝也笑了。他们都回头看她笑,互相交换了个眼神,然后再次笑出声,不过是一种不同的笑声。

在古老的年代,骑士勇猛剽悍,女人说你敢。他们看上哪个女人就扯着头发进屋干。

笑声,笑声。

很久之前的笑声。

骑士曾经勇猛剽悍吗?格蕾丝,22岁,她的背靠在石教堂的墙上,感到一股冰凉。

教堂里的一个男人正俯身在长椅区的一条长椅上。他似乎正在抛光。也许他在给长椅保洁。他听见身后有人,停下动作,抬头看,他看见她正在门口读着石头上的字。

他关掉磁带录音机。

你好,他说。

噢,你好,她说。

他大约30岁,相当帅气,有点像《甜心詹姆斯》(*Sweet Baby James*)封面上的詹姆斯·泰勒,但是头发向后扎成了一个马尾辫。

您请便，不用在意我，她说。

我正想说一样的话呢，他说。抱歉我刚刚在放音乐，我没想到会有人进来。一般没人会来。

他放下打磨机，指着他身后的小礼拜堂。

请便吧，您想在这里待多久都可以，他说。

不，我不是来这，她说，我不是因为这是一座教堂才进来的。

啊，他说，好的。

我只是路过，她说，门开着，我听见音乐，我喜欢尼克·德雷克。

你挺有品位，他说。

你在做什么？她问。

我在翻新长椅，他说。

他告诉她，他正在更换一块断裂的座板，清洁、打磨新座板与旧座板的衔接处。他抹去少许抛出的木屑。座板上有一个窄条的颜色与其他部分不一样。

甚至看不到衔接处，她说。只看得见颜色的不同。做工相当不错。

最重要的就是融为一体，他说。

那如何让它与周围看起来一样呢？她问，还是说就这样放着，它会随着时间褪色？

小小的奇迹，他说。

他拿出一罐木材着色剂。

他放下罐子，从耳朵后拿出一支烟，递给她。

我不用，你只剩这一根了，她说。

我这口袋里开了一家烟草店，他说。

他打开一个罐子，卷了一支新的烟递给她。

噢，那好吧，谢谢啊，她说。能把座板做得这样贴合，一定感觉很好。

让人感觉最好的是，这东西能长久使用，他说，几十年吧，很朴素的快乐。

朴素的快乐，她说，我刚刚走过来的时候正在想这件事。我在想，多么希望快乐之后的结局能简单许多。

他笑了。

他沿着卷烟纸的边缘舔了一遍。

哈？他说。

噢，怎么说呢，她说。哪怕事物都还很美好的时候，我们依然无法避免将它与自己隔离。现在我们正身处美好的夏天，但是这感觉就好像无论我们做什么，我们都无法接近它的美好。

他示意她到敞开的教堂门口这来，他点燃了他们的烟。

他们站在石教堂投下的凉爽阴影中。

夏天，他说。

夏天，她说。

你知道吗，建筑里的大梁也叫这个，他说。

叫什么？她问。

summer，大梁。最重要的一根梁，从结构上说，他说。同时撑起地板、天花板。那里就有一根，你看。

他指着他们身后的一座小阳台，它就像悬在半空中。

这是我眼中美好的 summer，他说。

通常身边有这么一个帅哥时,格蕾丝会全神贯注地盯着他,假装在听他讲话,但心里琢磨着自己的事儿。不过她意外地发现她对他说的很感兴趣。

我还真不知道这个,她说。

一根大梁/一个夏天,可以承载巨大的重量,他说。能荷重的马,也是因为类似的理由会被称作 summer。

真的吗?她问。

他挑了挑眉毛,耸耸肩。

这是你瞎编的吗?她问,糊弄城里人?

不是啊,他说,我自己就是城里人。

有意思,她说着,靠在教堂门槛的一块石头上,却意外发现那处很暖和,她喜欢从胳膊传来的那种温热。就好像,我们在所有季节里对夏天赋予最过载的意义,我是说,我们对夏天期待最高。

不是吧,他说着,用手指去捏卷烟的末端,直至火灭了。夏天可以承载的。所以它叫夏天。

他将他那根烟塞到耳朵后面,对她微笑。

灭了吗?他问,我不止一次烧到过自己。

灭了,她说,我想是吧。

想来杯咖啡吗?他问。后面有雀巢,还有烧水壶。

可以啊,她说。

我叫约翰,他说。

格蕾丝,她说。

格蕾丝,到像桌子的那座老墓那去等我。只有一座墓是那样的,不会找不到的,在后面那块,他说。

好的,她说。

上面有个骷髅,他说,但是它看起来挺友善的。只是先提醒下你。以防你是大惊小怪的那种人。

我不害怕骷髅头,她说。

那么在那儿见,他说。

他的名字叫约翰·密森。他是一位工匠,专攻木工。大门旁停着的面包车上这么写的;她从这边就可以看见。她从角落拐过来,在青草的曲线间行走,坐在斑驳树影下那座有平面的老墓上。

他两只手各拿着一个马克杯走出来。他的手很漂亮。手艺人的手。她拿过他递来的杯子,在手中转了个边。这杯子上印着一根红色的吸管,这是一个亨弗莱马克杯。*亨弗莱好滑溜,一口气来空悠悠*。他注意到她转动杯子,读上面的文字。

给了你最好的杯子,他说,希望你能接受无糖。

我可以喝无糖的,她说。

太好了,他说。

一只蝴蝶飞了过去,一只白蝴蝶。然后又飞过去一只。

这相当于一处蝴蝶保护区,她说。

不好意思,你说的是?他问。

一处蝴蝶保护区,她说。它们只活一天。至少我妈以前是这么说的。

相当于一处……他说。

那是我演的剧里的一句台词,她说。

很巧妙,既要保护又只活一天,他说。

你该夸的是查尔斯·狄更斯,她说。这是他说的话,不是我。他所写的那处蝴蝶保护区,在他的书《大卫·科波菲尔》里保护了蝴蝶约,呃,一百四十年。

你是做这个的?他问,学生?

毕业了,她说,我是个正经的①演员。

不好意思,没听懂你说的是?他问。

她说自己正在这一地区巡演。

你自己一个人吗?他问。

她笑了。

真希望是,她说,不是的,我们是一个剧团。我跟着一个剧团来的。

他背靠着墓坐在草地里,眯着眼睛看她。

真好,有同伴,他说。

有时候还不错,她说。

演什么样的剧呢?他问。

她说起了科波菲尔和莎士比亚。

在莎士比亚的剧里,我是一位王后,她的丈夫疯了,他坚信我出轨他的一个童年好友,但是我没有,但因为他是国王,他驱逐了他的朋友,把我打进大牢,把我们出生不久的女儿扔了,在怨恨中不小心杀死了自己的儿子,后来我也死了,她说。

我的天哪,他说。

在最后,十六年之后,我扮作自己的雕像被推出来,然

---

① bona fide,拉丁语。

后，噔噔，我复活了，我根本就没死，她说。

那那些死去的孩子呢？他问。他们也复活了吗？

只有一个复活了，她说。这确实是一部很沉重的剧。装作是一部喜剧。

所以你是一直都活着，只是假装死了？他问。

剧本没完全明示，她说。有可能。但也可能是那种难得一见的奇迹，一尊按照我的样貌雕刻的雕像，在后来焕发了生命，它在此后的一生就*是*我了，即使我已经死了很多年。相比欺骗更像是魔法。

相比欺骗更像是魔法，他说，我喜欢这点。

我也是，她说，演起来很有感觉，很有力量。

我喜欢那个故事，一个男人制作陶土人形，赋予他们生命，传授他们知识、记忆等等，教会他们律法，教他们对彼此公平，他说。

我没听过这个故事，她说。

是这样的，他算是个盗火人，用陶土捏出人，然后他从掌管的神那里偷了某种神力，给了陶人，那些神因为他把神力仅仅给了他的造物，生他的气，因此他们把他拴在一块石头上，每天他都被鹰嘴啄食，这里，他说。①

他摸了摸一侧的胸腹。

又或者是这里，他说。

他摸另一侧。

你的肝是在哪一侧？他问。

---

① 指普罗米修斯盗火的故事。

不知道，她说。

以防万一，两边都啄，他说。

我现在两侧都在被啄，她唱起来。从上到下，但不知怎的还是老样子。

他们大笑。

声音不错，他说。

谢谢，她说。

我以为夏天演莎士比亚会是有仙子的那出，《仲夏夜之梦》，他说。

噢，仙子，她说。《冬天的故事》其实整出戏都是关于夏天的。就像里面说的，别担心，另一个世界是可能的。当你被困在一个最糟的世界时，能说出这句话很重要。至少能让氛围转向喜剧。

他向树叶和天空张开双臂。

此刻甚至无法想象冬天的样子，他说。

那我很可以啊，她说。每轮演出的第二个夜晚，我就要度过漫长的岁月，冬天夏天冬天夏天。等我完成巡演，我都要成百岁老人了。

我爸发誓说，如果你在仲夏夜不把外套反穿以对仙子表示尊敬，仙子就会一整年给你捣乱，他说。

啊哈，她说，好吧。

他每年都说，说他爸曾这样做，他的爸曾这样做，还有他的爸，说我们要尊重传说，他说。

哎，这就是为什么我理解不了老规矩那些东西，她说。仙子哪会*想要*任何人把外套反穿？有什么区别吗？

这样他们就可以更容易摸走你的钱包,他说。他在镇上市集里有一个货铺,他以前会对我说,*约翰,如果你看见任何人做那事,赶紧到那下面去,推自行车一把,把自行车推倒*。然后他会对那个人说,*看看,这是仙子在告诉你不要把自行车靠在别人的铺子上*。他现在有个伙计做这事,从箱子后面爬到防水布下面,推自行车一把。就是这么回事。*仙子*。他的伙计有 70 岁了。

一位老仙子,她说。

他笑了。

那些仙子啊,他们要偷我的钱包的话,尽管偷,他说,我不在乎。

真不在乎?她问。

如今所有人都盯着钱,他说。

他摇了摇头。

你想过的人生是把新木头做旧,她说。你是个圣人,或者傻子。

都不是,他说。钱总会有的。钱不是最重要的。

非常不合潮流,她说,一个活在时代之外的男人。

关于时代,我知道我所需要知道的,他说。

他指了指上面。

什么?她问。

听,他说。

就在这时,教堂塔楼的钟敲响三声。

你怎么做到的?她问。

心里的钟,他说。

他开始哼唱,是一首她听过的老曲子:

阳光会出现。阳光普照。北极的冰盖。在融化。

她笑了。

唱得挺不错,她说。

涂上防晒霜,他唱着。那里是海洋。我们不需要去西班牙就可以晒黑。

你可以加入我们的剧团,她说。

不了谢谢,他说,我喜欢做自己。

他的头枕在墓的凸起处,身子在草地上伸展开。

不知道埋在这下面的是谁,希望他们不要介意,他说。无论是谁,希望他们曾有过几个不错的夏天。这块石头不怎么样。或者他们本来就不需要,也许吧。在以前,不需要墓碑的。因为——谁会忘记你的所爱埋葬的地点呢?没人会忘,当人还在意时就不会忘。还有,在你说的那个——他叫什么来着——狄更斯的时代。在他的时代,有一年夏天,19世纪头十年那中间的样子,那年夏天的美好与今年是一样的。但是因为伦敦刚装上排水系统,人们的家里第一次有厕所了,那时候叫作抽水马桶①,这个系统把所有污物直接排进河流,污染了河水,于是,成千上万的人死去了。

他们都笑了。

他们想努力忍住但还是在笑。

他们放肆大胆地笑,最后都叫出声来。

他们的气息逐渐平稳。她躺在墓的上方伸展身体。她用

---

① water closets。

手敲敲墓。

不好意思我们刚刚笑了，她像是在对着里面的人说话。忍不住啊。

不知道怎么会这么好笑。但就是挺好笑的，他说。

谁看管这个地方呢？她问。蔷薇的香味很奇妙。

不知道，他说。不过这里挺舒心的。不得不说这是一个工作的好地方。

然后躺在草地上的约翰·密森突然像在念诗或念咒语一样念出一串话，仔细一听才知只是一串花名。一种花接另一种花。一种植物接另一种。

狗舌草。熊丛。草地毛茛。鸡草。繁缕。老鹳草。巢菜。荨麻。柔毛牦牛儿苗。常春藤。滇丁香。香堇菜。绣线菊。柳叶菜。峨参。樱草。报春花。牛筋草。勿忘我。黄花野芝麻。婆婆纳。缬草。雏菊。臭甘菊。斑叶疆南星。千里光。蒲公英。不能忘了蒲公英球儿。

黄花野芝麻，她说，漂亮，滇丁香。

野芝麻在墙那边，他说。春天开花，现在看起来就像荨麻。但它不会刺痛你。它也被称作铝花、大炮，因为叶子是银色的。滇丁香也在那儿。美丽的小花，红色，粉色，老鹳草。这是种草药，对皮肤和伤口好，在有辐射的地区显然是有用处的，应该种在切尔诺贝利附近，滇丁香，有助于净化土壤、空气。不过气味很难闻。因此它另外的名字是臭鲍勃、乌鸦脚。

你很懂花呀，她说。

我喜欢花，他说。

然后，他们不再说话。

他们躺了一会儿，她在墓的上面，他在下面的地上。

斑鸠在他们上方的树里偶尔扑腾、鸣叫。

她闭上双眼。

他们有一会儿、好几分钟没说话。

她从未像此刻这般快乐。

然后她听见他翻身，站起来。

嘿，他说，跟我来。我前天发现了一样非常厉害的小东西，在一块老石头上，当时我正在休息。

她跟着他绕到教堂后面，他俯身。

在这片土地后方的一片悬钩子丛里有一块被侵蚀的石头。上面写了字。

他们都需要俯很低才能看清字，字上覆盖着绿色、黄色的苔藓。

听这段，约翰·密森说。

我心中的树将永不会死去。即便我化为尘与土。那是通向天空的树。通向大地与我们的树。我心中的树将永不会死去。爱侣安眠的呼吸也无法比拟。她害羞的音乐飘荡在空中。树叶与空气的音乐。

他们都向后坐下。

真美，她说。

害羞的音乐，他说。

多可爱的诗，她说，曾有人如此爱另一个人。有名字吗？有日期吗？

只有这些话，他说。有这些可以被铭记的东西，还需要名字或日期吗？真希望我走后，也会被记住。

你不能走，你不能去任何地方，她说，不允许。

他笑了。

你不允许的话，我就不走，他说。

他跳起身来。

我得做完那块坐垫，他说。如果你想，可以帮我上着色剂。这样我们就一同改变了历史的进程。

他们原路走回去，经过那座墓桌子时，顺手拿上了上面的咖啡杯。

告诉你一声，我可是做出了牺牲的哦，他说。工作里我最喜欢的部分，就是上着色剂。

那我受宠若惊了，她说。

你该受宠若惊，他说。

三十年后的格蕾丝记得的是，她二十多岁时曾度过了一个美好的夏日，当时她正参加《冬天的故事》／《展开的世界》的东部巡演，散步时路过一座教堂，邂逅了一位在教堂里工作的男人，她在那个夏天度过了一个不复杂的美好的下午，而当时的她已经让生活变得太过复杂了，自暴自弃地与过多的人睡觉，不好好吃饭，不好好照顾自己。当她离开那座教堂墓地时，她感到更自由，更回归自我，更心怀希望，她已经很久没有这种感觉了。

以下是关于那个夏天她忘记的事：

她不记得她走回电影院后的事。

排练已结束。电影院没有人。

她不得不出来找人,她发现所有人都在酒吧花园,她在那里吃了一份淋上豆子和奶酪的烤土豆,一道不复杂的菜,离美味差得挺远,不过对于处于那个人生阶段的她来说,这已经是相当精致的一餐了。《世界在展开》剧组对她的缺席愤愤不满。她嘲笑他们的怒气,和每个人拥抱,珍、汤姆、艾德,等等。她甚至拥抱了克莱尔·邓恩,其他人都看起来很震惊。生命短暂,她对克莱尔说。别说了。生命短暂,她对珍和汤姆同时说。如果你们想要我,你们俩都已经拥有我了,至少目前是这样,这也就够了吧。如果这对你们来说太复杂,那就难办了。

那个夏天后,珍和汤姆都从她的生活里消失了。甚至可能是他们走到了一起。

这也算是一种解脱。

她也不记得那晚在电影院,她站在舞台的前侧,说出想起母亲的面容那段台词,她说的方式,让那几句话成为全剧的焦点,让《世界在展开》在那一刻拥有了它未曾有过的真正的深度。观众向剧组起立喝彩,之后,几乎全组人都满眼喜悦地走向她,和她拥抱,因为她创造了一个重大的时刻,第二天,陌生人,镇上的人,或者在镇上度假的人,在街上一次次拦住她,向她表示感谢,他们的眼睛里闪烁着的喜悦与前一晚剧组成员眼中的一样。

就好像你真的*是*另一个人,那晚艾德说。

但是三十年后呢?她已彻底忘了自己曾成为另一个人。她也忘了第二天在街上拦住她的人中,有一位是西区的选角经纪人,他握着她的手说,你今晚演母亲演得真好,你演

《冬天的故事》里的母亲演得真好，我这里一个即将开拍的广告里有个角色完全适合你，如果你有意，可以拨这个号码联系我，约个试镜。

在未来里，她沿路走着，寻找一座她三十年前曾来过的英式老教堂，她模糊地记得那是一处特别的地方，但她来到的地方却是铁丝网绵延，这里似乎不让大多数普通人进去。

铁丝网有两层。两层网之间有一条新建的柏油碎石路。外层铁丝网上有一块告示：

该场地由

SA4A

光荣守护

24 小时巡逻

小心

铁网通电

警报系统

闭路电视

正在运行

以预防和监察

非法闯入和

犯罪行为

她在铁丝网旁走了一会儿，暗自希望自己走对了方向。

她遇见一个遛着一条脏兮兮的小狗的女人，问她附近是否有一座被老墓地环绕的教堂。

女人摇摇头。

然后问，

噢，也许你说的是"护甲"①？

很可能是，格蕾丝说。

那地方已经废弃了，我的意思是那教堂已经停止使用了，那词叫什么来着？女人说。被废除了②。你从这条路走不过去的。以前可以。

为什么铁丝网这么高？格蕾丝问，这是座监狱吗？

这片土地归政府，不属于这个国家的人被送到这里，女人说。但是如果你原路返回，你可以走到教堂墓地。沿着尽头那里的路走，走到死路尽头，走上人行道，走到尽头穿过草地，沿着悬崖走。

女人弯下腰去，将狗屎拾进袋中，格蕾丝问她要走多久能到那儿。

最多半小时，女人说。

然后女人把装了狗屎的袋子扔了出去，像是想扔到铁丝网那边去。袋子挂在了外层铁丝网上，撕破了吊在那里。

正中靶心，女人说。

格蕾丝惊讶地看着她。

她想问女人为什么这么做。

她决定还是不要——最好不要——掺和这事。

她转身，沿着来的路走回去。

---

① The Armour。

② disestablished。

她向海岸走去。

当下的英国是个令人困惑的地方。

也许,靶心是那个女人的狗的名字?

又或者她将狗屎投向铁丝网是正中了她期待的靶心?就好像小孩子喜欢把别的孩子的运动鞋扔上电力线?

那么她这么做是因为她不喜欢移民吗?

又或者是不喜欢 SA4A?

她这么做是因为好玩吗?又或者根本没有理由?

她看起来是个体面人。

别想了。

格蕾丝不去想了。

看看此刻的她,沿着英格兰东部正被逐渐侵蚀的海边悬崖漫步着,同时处于未来、现在和过去三点。她走在新造的小道上,远离所有指示牌警告她远离的危险边缘。在她走路的过程中,那年他们巡演时的狄更斯剧目的更多细节完整地在她的脑中呈现,她根本不知这些细节原先深埋在哪里。

哪怕她已容颜大变,我记得是如此,已形容枯槁,如我所知那般——但就在此时此刻,那容颜就在我的眼前,如我在熙攘的大街上选择注视的任何一张容颜一般清晰,我又怎能说她的容颜已逝去了呢?[①]

格蕾丝记不得,完全忘记了,自己站在电影院的舞台上,站在光影的交界中,说出这段大卫·科波菲尔谈论死去

[①] 此段译文参考了宋兆霖的译本,稍有修改。查尔斯·狄更斯:《大卫·科波菲尔》,宋兆霖译,译林出版社,2017 年版。

的母亲的话。

但是许多年前的那一晚,她说出这些台词的那一刻,她久未忆起的自己母亲的脸通灵般地进入她的脑海,以至于观众中有几人顷刻间泪流满面,他们因那股灿烂与鲜活,因那些他们早以为失去和忘记的东西回归至*他们*体内而突破了心里的防线。

她不记得了。

当过去的台词逐渐消散,她继续走着,她想的反而是人与人之间的结合到底意味着什么。

人到底想从彼此身上获得什么?

她的父母想从彼此身上获得什么?最终结果那么糟糕。

她曾想从杰夫身上获得什么呢?

他曾想从她身上获得什么,或者曾为了她想要什么吗——曾有过吗?

阿什莉给到他,而格蕾丝没曾或没能给到他的是什么呢?

他们所有人在那场投票中都想从彼此身上获得的是什么呢?说的就是那场分裂了全国、分裂了她的家庭的投票,像切片刀切奶酪一样,从日常正中间切下去,切出所有人都不知道如何处理的一股苦涩恨意,曾有许多人在此恨意中互相伤害,无论人们投的结果是什么,都可能让她的一个孩子在此刻咬牙切齿,这就像一张通行证,允许一个人为了另一个人而对其他人作恶,她投的那一票对她很关键,但对像那个女孩夏洛特之类的聪明年轻人来说,它所代表的一切却早就过于陈腐了,她甚至用了*尸体上的苍蝇*这个形容。

她想，如果这一切终将从我们这里被夺走。想想萨莎的末世预感，因为这东西，两座房子的每个人在大半夜被吵醒了——萨莎再次在睡梦中大叫着，她看见全球燃烧着熊熊大火，她的女儿的大脑染了疫病——如果说这最终证实是真的。

呃，别傻了。不是真的。

那样的事一丁点儿都不会发生。

真正危害生命的事不会真的发生，他们确信。

疫病只存在于脑子里，不存在于真实的世界。

但假设，就只是假设，一切将被夺走。

那么所有事的意义在哪里呢？

我们为了什么而存在呢？

为了尽量多赚钱？

为了能有许多人朝着你大喊你的名字，或者甚至*不是*你本名的名字？就像电视上假装是其他人的著名的克莱尔·邓恩？

存在于这个地球上，是否真的只是关乎谁拥有花园里的一棵树？关乎当你注视着一棵树时，仅*因为它属于你*，它就给予你满足感、愉悦感和成就感，而当你认为它*不属于你*时，你就想铲除它？

她看见一座教堂塔楼，在左边不远处。

她向内陆走去。她沿着一条树篱间的狗道滑下去，向着那座塔周围稀疏的树木走去。

但是当她到达后，她却并没认出这是她去过的任何地方。

这是那个地方吗？

她有点失望。

哎，那是很久之前的事了。

那是个夏天。

光之护甲教堂。多奇怪的名字。

在古老的年代，骑士勇猛剽悍。

她母亲转身看她，她虽笑着，但露出受伤的神情。

教堂墓地的门锁上了。于是她翻过小石墙。她在冬天的阳光下穿过墓地，惊起树梢上零散几只鸟儿。这里很美，哪怕这不是她记得的任何一处。所以来到这儿也是值得的，非常漂亮，即便在冬天，即便这里什么都没有，只有许多老旧的墓和凋零的叶子。

她试着拧了一下教堂的门。

锁上了。

她站在放着电工器械的一个金属箱子上，从一扇有格栅的窗子的底部向里张望。

教堂里什么都没有。只是一块空无一物的石头空间。

那些座椅去了哪里，她想。

就在她疑惑时，鲜活的场景闯进她的脑海，在其他事之外，她当时真的曾帮着修理了里面的一把教堂长椅。

我真的做了这件事！

他替换了座板上的一小块木头，那个男人，他让我帮他刷着色剂。

（她从金属箱上走下来。

她因为这个想法笑起来。）

他当时在翻新。他让我刷上着色剂,这样那一块区域就会变成和周围部分一样的颜色。

她靠在教堂的墙上,看着周围所有这些凹陷的石块、树木光秃秃的骨架。

曾经那个地方有一座墓像是棺状,对吧?我坐在上面,或者躺在上面。

我是不是还在温暖中躺在上面睡着了?

她抵住教堂墙壁,站直身子,然后绕到墓地的侧面。更多的墓,更多的树篱和草。但是在数个石棺中,有一座位于树荫下,像桌子或高脚的单人床一般大的墓。

她走上前去,念出墓上的字。

这是托马斯·拉米斯、他的妻子安娜和拉米斯家族的其他成员的墓,葬在其中的还有一个婴儿玛乔丽·拉米斯,它只活了八个月。

日期。一块骷髅浮雕,上方布置着像是垂褶帘、剧院幕布的装饰。

她不记得有这样的细节。

不过是不是应该有一首诗?

她环绕这些厚石棺一圈。

没有,这里没有刻着诗。

她倚靠在坟墓上,用双手捂住眼睛。

一块漂亮的小石头,上面写着诗。在后侧的某处,肥料堆旁。我记得正确吗?

但是光之护甲教堂的后面全部围了起来。

不过,铁丝网被扯开了一个口,有狗那么高,狐狸那么高。她努力钻过这空隙。她将手指戳进一丛繁茂的植物。她能感觉到深处有东西。她折断几根小树枝。她将其余部分的植被向后推,但植被又向她弹回来。

但那个时候,那里绝对有一块石头,上面刻着一首诗。我身边有一位极友善的男人,我遇见他才有,多少来着,两三个小时,他是一位工匠,我记不得他的名字。詹姆斯?约翰?我们聊天,我们单纯在聊天,也没聊什么,也没做什么,我们只是像朋友一样一起消磨时光,躺在墓地里,哪怕我们不认识彼此,我们只是刚刚相遇,我们甚至没想过以后要保持联系,他让我帮忙,帮他为一块在维修的教堂椅座板上着色剂,好让插入的那块看起来不像新的。做旧了会更好。他向我展示了他发现的一块老墓,上面没有名字,没有日期,显然已有一百年或几百年的历史。我们都蹲伏在地上才能看清字。

她记得的就这些。

石碑就在这儿。依然在这儿。古老,呈弧形,被风雨和植被侵蚀。它将挡在中间的植物拉开。她蹲伏在地上以便看清那首诗。她的手指顺着字句走下来。

多美的诗句。

她将手机放到同样低,拍了一张照片准备给孩子看。

她站起来。她要迟到了。

她要赶一辆火车。十分钟后,将会有两个怒气冲冲的小孩站在人行道上。

她从围栏的洞里钻回去。她赶紧出发。

还有一半路程就到悬崖小路旁的那座镇上了,她走在海风中，四周是广阔的天空，直到这时她才看了一眼她刚刚拍摄的照片，才发现虽然照片很美，但无法看清石碑上的任何一个字，她记录下的只是一片模糊不清的树枝，一块旧石碑的正面，一些鲜艳的青苔。

那么，亚特说，我们就要这样度过这段时间了。

时间临近三月末。夏洛特和亚特身处同一个国家的不同海岸线上。他在东部，她在西部。

他们从未与对方相隔这么远，也从未分开过这么久，时间已达几年，两人都开始觉得不对劲。

又或者只是她觉得不对劲。

鉴于亚特寻获的是爱情，继而发生种种。*伴侣*。亚特不喜欢女朋友、男朋友这类词。亚特和夏洛特成为*非伴侣*已有三年多。决定做*非伴侣*是他们一起做过的最开心的事之一。

但事情依然有些诡异，至少对夏洛特来说是如此。一伙他上个月才认识的陌生人，变魔术般地成了他的家人。同样诡异的是，*她*正在和*他*年迈的姨妈一起住在*他*故去的母亲的康沃尔老房子里，这房子大到让人难以理解。还有一件事，让她感到既富有意义又感到毫无意义，就是他人不在这里，但是他的大部分东西在。他的书、笔记本，摊开着即将露出下一页，散落在房子各处，就好像他一分钟前才离开房间。他最喜欢的马克杯依然倒放在厨房的沥水板上。一件留有他的气味的T恤依然在她房间里他的椅子背上。在他自己的卧室里,他总是放在床边、以防半夜醒来没水喝的旧塑料水瓶,依然留有他上次倒的水。他床上的枕头依然有一个凹陷,那是他的头上次躺过的地方,他的被子折了一道,仿佛他十分钟前才起的床,因为上一次他在这个房间里时,他一丝也没曾料想,在他们去沃辛出差、去萨福克拜访那位老人的几天后,还会发生别的事。

世事更迭迅猛。世界就是如此。

此刻整个世界都在以某种方式一同学习这一课。

其中一个变化是,这是他们两周来第一次讲话。

夏洛特努力克制自己的怨气。但一见钟情是*如此*神魂颠倒,以至于在那初见后,他就再也没回家。最初的几周,他旅居伦敦,陪伴他的新爱侣,那时大学老师还在上课;周末,他同她一起回她母亲家。居家开始后,他做出了决定。

你在听?他问。

我们在打电话,夏洛特说,你怎么就能知道我没在听?

确实不太能知道,亚特说,不过既然你用的是你那台詹姆斯·邦德老年机,你也*只能*在听我说话,所以我猜你肯定在听。

亚特发脾气,因为今年年初,夏洛特换回了一台2008年的索尼C902,这台手机附带着一套特殊套装:十年前的《007:大破量子危机》待装产品,一些预览剧照、屏幕保护程序,一段她从未听过的铃声。夏洛特在圣诞节前买下了这台手机,为的是让网络不再占有她,阻止网络想成为她的新幻肢或幻脑的计划。

她*可以*用它上网的。

但是她告诉亚特上不了,这台机子太老了。

夏洛特是个网络无感人士,夏洛特告诉亚特时,他这样说。

如果你用智能手机,他此刻说,我们就可以看见彼此了。我就可以看见你所在的地方。你在哪儿呢?

坐在台阶上,她说。

说谎。

如果你用智能手机,我就能看见你坐在哪里的台阶上,他说。

你为什么想要看呢?她问。

(你这台比*我的*贵,eBay 的快递盒送达,她拆开,组装,第一次打给亚特时,他说。

她当时正在卧室里,望着窗外的花园。他正站在花园里改造出的一块小菜地。他们说话时,互相招手。

我不敢相信你为了一台不会有什么用处的手机花了那么多钱,他说。

那是一种延疑力①,她说。我不希望所有那些蜕去的旧自我的皮四处跟随,在我生命里美好干净的新雪中踩上满满的脚印。

再次证明了你是很冷感,亚特说。

---

① negative capability,也译作"负能力"或"消极感受力",该词出自英国浪漫主义诗人济慈,该概念最初在一封信中提及,他认为莎士比亚具有这种能力——"能够处于不确定、神秘、疑虑中,不去急迫地探寻事实和原因"。

我想你的意思是我很酷,夏洛特说。

不,我说的就是冷,他说。

然后他告诉她,对于一位互联网艺术家、作家和出版人来说,这样的态度太乖悖违戾①了。

乖悖违戾?她问。

性情乖戾②,他说。

乖戾——?她说。

一点就着③,他说,见人就咬④。

我们说话时,你是在手机上查形容词呢吧?她说。

也许,他说。

看吧,她说,*所以我才买这手机。*)

总之,他说。我会打电话给你,是因为我们肯定只能通过倾听、交流、与彼此保持联系这样的方式度过这段时期。

*这段时期*对我们中的谁来说都不会很快结束,她说。我有一个预感,这段时期会以某种方式留在生活中。

她坐在床上,椅子随意倚靠在门上,她凝望着椅子上的小光点。

不,亚特说,时间会过去的。时间总是会过去。但我们必须选择尽可能小心地度过这些时期。

嗜,夏洛特说。

所以我想来和你聊聊怎样安排我们的一天,他说。

---

① dyspeptic。
② ornery。
③ irascible。
④ waspish。

*我们的*一天,夏洛特说。

好吧,是你的一天,亚特说。以及我的一天。从某种角度说,也是所有人的一天。

如果你要说的是,夏洛特说,我一天该怎么过,哪怕你离我四百英里远,而且名义上是别人的男朋友——

伴侣,亚特说。

指导我,夏洛特说,怎么用规律的进餐安排一天,早上八点起床,不让时光虚度,要锻炼,等等。那么,我从里到外早就对这一套吃得透透的了。要和你一样自我充实。我们要适应居家生活,我没说错吧?

她希望她的语气足够轻松愉快。

但我不只是想说你和我。我是指我们*所有*人,亚特说。呃,全体人类。

你想和全体人类说说怎么安排一天的生活?她说,野心可真大。

我们现在都在同一艘船上,他说。

是啊,只是还有一大把人依然关在,那个,二等舱里,她说。

那么,他说,我们可以渡过这一切的一个方法便是我和你每天问好,只是问个好。就像我们现在这样,我的意思是,就我们两人之间,私人性质的,在电话上问好。

我们互相打电话,她说,这是你的特大发现?

每天专门给对方打个电话,他说,只聊几分钟,不用有压力。但是,也请明白其中的意图。我们是在创造一种审美的实践。我们专门地、有意识地和对方说说我们碰巧目睹或经历的事。

专门地。

是的，亚特说。

如果 不用说的方式，她问，还能怎么交流呢？

呃，亚特说。

如果照你说的，夏洛特说，那么你的伊丽莎白知道吗，你正在给我打电话，请我每天和你共度一些两人之间、私人性质的时间？

我不是在——，亚特说。

对了，伊丽莎白怎么样？夏洛特说。

她挺好的。我不是那个意思，你知道的，亚特说。

那位老人呢？她问。

他挺好的，亚特说。谢天谢地。谢天谢地他住在这儿，因为他去年此刻住的那家疗养院里好多人病了。没有人得到检测。他的护工告诉我们的。他的护工每天都来，她一天要照料好些人，不只是他。

她有口罩和手套吗？夏洛特问，似乎没人有。

她自己在亚马逊上买到一些口罩，亚特说。她不得不在进前门时偷偷戴上，公司禁止护工使用任何防护，因为还没有正式发放过，他们的直属领导被命令要避免惹上不平等和不上报物资短缺的控诉。

天哪，夏洛特说，我的老天哪。

是吧，亚特说，出于某种考虑，这个政府是想让他们所有人都平等地处于危险中。还有他们探访和照护的人。

伊丽莎白的家人怎么样？夏洛特问。

大家都好，亚特说，伊丽莎白的母亲很好。还有她的伴侣，她也很好。只是这座房子现在对我们几个人来说太小了。所以我和伊丽莎白把会客厅改成了卧室。我不好聊太久。总之，我想说的是，我们可以，我指我和你，夏洛特和亚特，可以每天像这样聊一会儿，当作一种象征，为对方的生活敞开一扇小门。

我明白了，她说，你的意思是我是一个象征。

不，我不是这个意思，亚特说。

你在问我，我是否同意你给我或我给你每天打一个电话，她问，是这样吗？

是的，亚特说。但不只是，我们可以听听对方说的事，然后我们挂电话*记下来*对方说的事。我告诉*你*我想到或看见的事或任何事，然后你告诉*我*你想到或看见的事或任何事。接下来*我挂*电话，记下我记得的，或直接摘录你的话，*你*也对我的话做同样的事。我们将这些话发在网上，人们，任何人，如果想，都可以以评论或随想的方式加入。这就像每天在居家中向世界的其他角落送去一份礼物。让日子继续过下去。去记录下这些日子，为了我和你，*也*不只是为了我和你。

夏洛特望着从遮光帘边缘射入的那条光线。

夏洛特？亚特问，你在听吗？在吗？

那么你今天想从你的居家中给我送来什么礼物？夏洛特说。

好吧，比如，他说。我刚刚看见一只鸽子从窗边飞过，它的嘴里衔着一条长树枝，那条树枝好长呀，比鸟长多了，以至于它飞行的姿态都有些笨拙。但是鸽子依然在衔着它飞行。它需要不断调整平衡，避免被拉向一侧。但它依然在飞行。

沉默。

然后：

就*这些*？夏洛特问。

是啊，亚特说。

你一整天看到的就这些？夏洛特问。你看见并想要告诉我的那件迫切的事就是这个吗？

是的，亚特说，但是。显然。因为，因为看见了这一场景，我知道了，我本来也知道不是吗，鸽子会用那根树枝搭巢。而此刻这非常有意义，此刻这个世界的一切对于许多人来说都是如此魔幻，似乎在分崩离析，特别是对于那些困在家中的人来说。相比之下，在大自然中，生物们正急切地为自己*建立家园*。这*有*意义。有意义。这孕育着希望，这是自然本性。你无可否认。

好吧，夏洛特说。你觉得这值得告诉整个居家中的世界，是*因为*？

为什么你要阻挠我善意地分析我的经历，阻挠我与他人联结、让他人与你我联结的决心？亚特问。

我没有，夏洛特说。

你太咄咄逼人了，亚特说，我都忘了你有多不浪漫。

不浪漫好过每天都做个单调的、沉迷爱情的浪漫派，夏洛特说。

你在吃醋吗？亚特问。

没有,夏洛特说。

我感觉好点了,亚特说。你这样闷闷不乐,感觉就好像我与你正待在一处。总之。现在。你告诉我一件你想到或见到的事吧。然后我们挂电话,写下对彼此时刻的捕捉,我们交出我们各自的版本,我们自己和对方的版本。还有一件事——你觉得我们应该通过"艺术自然"博客发在网上吗?

夏洛特将睡裤的抽绳一圈圈地紧紧缠绕在手指上,她逐渐感觉到手指的跳动。然后她瞬间抽走绳子。

我在想一件事,她说,我有点不想继续参与"艺术自然"的运营了。

沉默。

这是我一直想说的,她说。

好吧,他说,好的。很好。没错。你是对的。得变一变了。网站得直面新的形势。那么。我们,我们要不然再起个名字,起个新名字?比如,后天艺术①?

惰性艺术②如何?夏洛特问。

啊,亚特说,我想想。

我的意思是,整个"艺术自然"项目我都不想再参与了,她说。

你是说你要撤出这个项目?他问。

(此刻他的语气听起来挺受伤。

不错。)

---

① Art in Nurture。这里的灵感来自 the nature & nurture debate,人类的性格、发展有多少来自先天、多少来自后天的争论。
② Art Inertia。

而且,她说,如果你打算按刚刚说的那样操作,那也不完全算艺术,不是吗?艺术不是那样。

为什么这么说?亚特说。

艺术——不是说你亚特——就不是关于这些的,她说。

夏洛特坐在黑暗中,用大拇指的指甲摆弄着另一块指甲上剥落了一半的红色指甲油。

那不如你像以前那样,再告诉我一次,艺术是关于什么的吧。好像我不能靠我自己去分辨或断定一样,只有你是唯一的权威。亚特说。

艺术,她说,是,是,呃,关于你偶然遭遇某件事物并被它深深改变的时刻,它带领你进入自我、超越自我,重新释放你的感官。它是一次,一次触电,将我们引回我们自身。

如果你的答案是正确的,那么此刻全世界范围内都在上演着高强度的触电,这整个世界就是有史以来最盛大的一场艺术项目,他说。

呃,她说,呃。呃,艺术*以前*向来是关于我们试图抓住死亡、无常这些概念——

我们真的要在居家期间争论艺术吗?在这种时候?他问。

无常,她说,还有偶发事件,还有——

她又开始抠手指上的那地方,那地方现在似乎在流血。

嗯哼,他说,好的。你不断为发生在我们所有人身上的事配上高级的大词,这样你就不用去思考发生在我们身上的事了,是不是?而我坐在这儿,思索着为什么我所说的衔着树枝的鸽子不足够震撼人心,我就在这儿错误地相信着艺术关乎的是我们依托它的帮助妥协于或理解所有我们不能言说、解释或精确表达的事物,我们都清楚它会帮助我们感觉和思考继而精确表达,哪怕是在此时此刻,当感觉、思考和言说任何事任何一点,都面临难以想象的压力。

只不过,她说,艺术从来不关乎助人。

噢是吗?他说,你的道德感被谁截去了?

艺术*所做的*,是存在,夏洛特。然后因为我们遭遇它,我们也记起我们的存在,以及有一天我们会不再存在。

电话的另一头,亚特打了个哈欠。

他在特别生气的时候容易打哈欠,她在与他同居的几年了解到这点。

夏洛特也打了个哈欠。

我刚刚听见你打哈欠了,她说,居家日常就到这里吧。

嗯,他说。你知道吗?我现在火气上来了,也许我们改天再聊这个更好。

好的,她说。

好的,他说。

谢谢来电,她说,原谅我的……你懂的。

如果你在这通电话的最后告诉我一件你看见或听说的事,我就原谅你,他说。

没办法,她说。我得挂了。我想,呃,去帮艾瑞丝整理房间。不然就只有她一人干活了。

我正准备问这个呢,亚特说,她怎么样?

很好,夏洛特说。

(其实她已经三天没见过艾瑞丝了。)

她真不可思议,她说。她一直在骑车往返于镇子,把一包包的食物和日用品递送给比她年轻三十岁的人,对途中遇见的所有人大声问好,询问他们是否需要任何东西或她能帮到什么。我之前和现在都没法说服她不再出门。我试过了。没法阻止她。

没人能教老艾瑞丝做事,他说。没人可以。你们真像。

夏洛特的心有种折叠成两半的感觉。她的心底感到刺痛。

我从花园回家,发现她正拖着一张床垫去三楼,你知道的,家里是螺旋楼梯,她说。我说,我要帮你搬其余的床垫吗?她说,不用,亲爱的,这是最后一张了。也就是说她已经把其他六张床垫搬上去了。自己一个人。全凭她自己一个人的力气。甚至没告诉我。她其实身体健壮得很。

健壮,亚特说。现在我想到一个名字可以用于我刚说的那个网站。明日再叙?人何时到齐?

就在这一刻,夏洛特将手机从耳边拿走,并按键挂断。

她将手机放在睡衣的口袋里。

她几乎要哭出来。

为什么她要哭?

因为某些事猝不及防地闪现。阳光照射着满是涂鸦的火车,鼻子贴上火车和汽车的窗户内侧留下痕迹。

她此刻在哭,因为她太想念这些了。

只是想到。想到一只鸽子。而亚特刚刚看见它衔着一根树枝,只是想到不久前火车窗户上的那一抹痕迹,虽然生活已彻底物是人非。还有途经车站时看见的站在侧线上的橘衣工人。她将爱倾注至万物，每一个人，任何一个人类，老老少少，所有人，无论他们是否想到过目睹一只鸽子飞过，或在公共交通工具的窗户上留下过鼻子、嘴或手指的油渍。

这感受填满了她，不得不从眼睛流出。没有别处可去。

她因对亚特的爱而哭。

她为他们无畏的自我而哭，他们曾四处旅行，火车和交车上，亚特会坐在她的身边，他们会一同关上那辆新车的门，向世界出发，她坐在驾驶座上，亚特横躺在后座上，他喜欢这样，这让他想起小时候。

这份爱进一步蔓延，堵住了她的鼻子。

她坐在床单上，通过嘴呼吸，她想念她的母亲，她死于2012年，还有她的父亲，他于一年后去世。

亲爱的上帝。

她现在已彻底没有了家人。

她正住在另一个人的家人的家，而不是她的家。

她捂住脸，无声地在双手后哭泣。

好了好了。

振作起来。

谢天谢地他们去世了，不用经历这些，你也不用坐在此处担心他们。

起来。下楼去。

给艾瑞丝帮忙。

她没有动。

窗外一切照常，满天的鸟在空中做着它们的事。

夏洛特坐在黑暗中。

她看向手指的侧面，但这里太黑，看不见哪里在流血哪里没有。

她看向那束依然在从遮光帘边缘透入的光线。

如果她手边有防水胶带，她会把遮光帘贴在窗框上，不让光漏进来。

楼下应该有防水胶带。

但这就要下楼了。

这样吧。有两把椅子。一把正抵在门上。她可以用另一把，把枕头压在椅背后面，让枕头压住遮光帘，这样它就可以紧贴住窗户。然后那束光线就会消失了。

她起床，从椅背上拿起亚特的猫咪伸爪图案的T恤，丢进房间的角落。她提起椅子。她将椅子搬到窗户边。她拿起枕头，放好。

光减弱了。

夏洛特。不错。*夏洛特*。

她曾自认为有变革精神。

一切都得改变。一切。

现在呢？一切都改变了。

虽然艾瑞丝不一定这么想。

天啊，有那么多事你应该去博客上发出来，艾瑞丝每次看见夏洛特坐在哪儿的电脑边就会找机会说上这句话。

在管控之前，夏洛特让"艺术自然"团队中的其余三人都回家了。

为什么这么做？艾瑞丝说。

他们该和家人在一起，夏洛特说，而且我们也不该和这么多人同住在一起。

我们需要他们，艾瑞丝说。他们能在家远程工作吗？你们都应该写写防护用品的短缺。写写无能的、手足无措的政府，他们给予的回应延迟太久了，他们从没有想过有一天他们真的会需要做管理。他们唯一对国家的思考是怎么尽快解体。他们想着这一波过去就没了，只想着获得权力，为自己和同僚挣得盆满钵满。

嗯哼，夏洛特说。

你应该写写这个国家有多少人死了，还有多少人即将死去，就因为这个政府的组织疏忽，艾瑞丝说。他们说两万人的死亡数据会是不错的数据。不错！

（艾瑞丝有朋友在意大利，他们会向她汇报这场灾难行进的速度。）

联系上团队，艾瑞丝说。催他们去写。写有的人已经靠对冲基金从当下的局势赚了数十亿的钱。数十亿的其他人的损失进入了这些人的账户，而护士、医生和清洁工不得不穿上垃圾袋。垃圾袋啊。政府把他们当作垃圾。NHS 不希望看见人死。这是他们与这个政府的区别，政府喜欢数人头，用形容牛群的词来形容人群，就好像我们是牛，就好像他们以为他们是我们的所有者，有权力将数千人送去屠宰，这样钱就可以一直流进口袋了。满腹牢骚。过于执迷于那幼稚的脱欧强迫症，而不去接受来自邻国的帮助和器械。我跟你打赌，他们在给那些他们出卖的民众灌输一堆狗屁敦刻尔克精神时,肯定在唆使关系好的数据科学家和顾问和在谷歌的朋友去*给大流行数据建模*。

嗯哼,夏洛特说。

写写那些从未被真正重视的民众,他们正在如何将这个国家凝聚在一起,艾瑞丝说。医疗工作者们和每天要接触的人,快递员,邮递员,在工厂、超市工作的人,那些把我们的生命握在手中的人。写写这些。掌握特权的伊顿人又一次跌落,顺民最终显露为真正的强者。因为,相信我,由这点开始,可能会有两种发展趋势,我们需要思考这件事,尽快,我们需要尽快联合起来,因为根据我的经验,特权阶级不希望看见顺民跃升。

不过,联合起来做什么呢?

联合应对管控?

夏洛特摇摇头。

想想。夏洛特,她曾自称网络活动家,她此刻认识到她从来都没有什么真正的身份,只不过是个叛逆精英,《美好生活》《保佑这家》之类的情景喜剧里那种反骨青年,一个怀旧式的反骨青年。她,哪怕出生于20世纪70年代的二十年后,哪怕那个年代——她阅读了无数本书、看了无数部电影后知道——是历史上政局波动最大、最充满远见、最支离破碎的年代之一,但她在讨论文化和70年代的论文中花了大量篇幅探讨的却是为什么吉尔伯特·奥沙利文这样一位已成年的大人,选择穿上20世纪40年代的学生装在流行文化中发行他的首批歌曲,以及这对随后的歌词、排行榜名次和文化遗产有什么意义。

夏洛特。只不过是那种唱着"无论我怎么努力都自然还是会落单为什么噢为什么噢为什么噢"①的反骨青年。

比如,在艾瑞丝那一段典型的倾吐中,她唯一真正听见的、识别出的词是"*波*"。她识别出这个词,因为它发出的那一刻,她的头脑像遭受了一场炸弹冲击波,它冲击了她的知觉和她所有的感知,令她难以维持平衡,不知怎么地聋了,无话可说。

很抱歉,艾瑞丝,她说,我现在有点跟不上你。

不需要跟得上,艾瑞丝说。

艾瑞丝是亚特的姨妈。夏洛特和她没有血缘关系。她是一位斗争经验丰富的左翼活动家。她不告诉夏洛特自己的年龄,但是她肯定有80岁了。格林汉,波顿唐;听说她在多年前曾在这栋房子里参与经营一个公社。后来有人把公社的人赶走了,这栋房子就空下来了,日渐败落。

再后来,亚特那位有经商头脑的母亲,也就是艾瑞丝的妹妹,喜欢这里,自己买下了这座空荡荡的危房,并做了翻新。艾瑞丝不时会撞进她原来住在这里时不存在的墙,大呼小叫。

后来,亚特的母亲去世了,将房子和其中的财产留给了亚特,附带一项限制条款,艾瑞丝余生都可以来这里居住。

于是亚特和夏洛特将"艺术自然"整个团队迁到了此处。免费住宿。

现在一切都变了,她和另一个人的姨妈是这座空旷大宅

---

① 吉尔伯特·奥沙利文歌曲中的歌词。

的唯一住客。她们一人占据一层。夏洛特房间所在的那层还有六个卧室。三天来,夏洛特没有去看过这座房子的其余空间,也没见过这层楼的其他房间,她只去自己的房间和隔壁的盥洗室。*我一会儿回来*,夏洛特对艾瑞丝说。那是三天前。

每一晚,艾瑞丝会敲响她的门,在门外放上一盘食物和一壶水。

第一晚她说,

你发烧了吗?

没有,夏洛特在门的另一边说。

那咳嗽吗?艾瑞丝问。

没有,我没事,夏洛特说。我真的没事,我没生病。

所以你把自己隔离起来不是因为病了?艾瑞丝问。

不是,夏洛特说,我隔离只是因为我很想自己待着。

好的,艾瑞丝说。如果你不舒服,或者有任何新冠症状,要告诉我。有任何症状都要。以及如果你需要任何东西,也告诉我。我会每天来看看你的情况。你慢慢来。

夏洛特想,如果一位动画制作人要画一个树篱的拟人形象,那它就该长成艾瑞丝那样。她的头发狂乱。她的眼睛明亮如鸟目,从乱发中探出。根据夏洛特了解的信息,她帮忙带过亚特。

她从不谈论自己的事。她会说的事是这样的:

是啊,现在这形势真够离谱的。但是世界上总有地方正处于紧急局势中。要是以为地球上他妈的勉强糊口的大多数人,他们平常的生活没有这么离谱,就太天真了。

夏洛特现在没法应对这样的话。

而且一个老年人这样骂脏话,也挺让人震惊的,它向夏洛特揭示了她本人的低级口癖。夏洛特直到此刻之前,一直也自认为是位活动家。直到她遇见了真格的,那就是。

叫我艾瑞。这名字是我仅存的愤怒。我早就超脱愤怒了。①

是不是艾瑞丝的经验丰富、实际肯干、组织得当,击垮了、惊吓了夏洛特心中那个僵死的镇静的活动家?

夏洛特第一次从萨福克回来时,告诉艾瑞丝亚特坠入爱河了。

她和艾瑞丝都笑了,她们都觉得有意思。就好像她们彼此相似。

然后她告诉艾瑞丝——这很愚蠢,她自私的自我此刻知道了这点——亚特和她将去采访SA4A移民安置中心的被拘留者,一位聪明的有思想的年轻病毒学家被无限期地关在那里,早在二月初英格兰还没什么人把病毒当回事的时候,他曾煞费苦心地解释,那种开始在多个国家蔓延的名字可怕的病毒已经由移民安置中心附近的机场传染至英格兰了,当时他们就坐在这个中心里,从那个机场起飞、从他们头顶飞过的飞机每几分钟就会令他们身处的房间产生能感觉到的摇晃,显然那病毒目前也出现在了路尽头的镇子上,他们晚上就要去那里过夜。

他说,如果这种病毒碰巧进入了他被关押的中心,所有

---

① Ire(艾瑞),是 Iris(艾瑞丝)的昵称,意为愤怒。

被拘留者都会感染上，因为这里的窗户由有机玻璃和金属条制成，没有一扇可以向室外打开，室内的空气只有这里的通风系统过滤后的内循环空气。

艾瑞丝的眼睛突然放光。

他们会悄悄放那些人走的，她说。他们不会希望被拘留的人死在里面，这被报道出来影响不好。

再之后，也就是一周前，一篇新闻报道披露，政府释放了几百名被认定身体素质最无力抵抗这场病毒暴发的非法移民。

还释放了更多，艾瑞丝说。报道出的只是冰山一角。释放了又安置在哪里呢？是什么样的机构呢？他们会去哪里呢？

我不知道，夏洛特说。

很多无抵抗力的无辜的人很快都会无家可归，艾瑞丝说，没有钱，没有家，他们会走投无路，需要找个安身之地。

我也这么猜想，夏洛特说。

我们现在有十三个空房间，你的"艺术自然"团队已经离开了，艾瑞丝说，还有三个大的公共房间。这里可以为十六个人提供独居的空间。我来问问亚蒂能不能这样做。我来问问他我们能不能也占用他的房间。加上那间就是十七间了。

（这是亚特身在远方和别人居住的头几天。）

占用他的房间做什么？夏洛特问。

有两件事我们必须解决，艾瑞丝说，我是说在人到来之前。

什么人？夏洛特问。

因为我觉得食物够所有人吃几个月，艾瑞丝说。

（艾瑞丝依然每周三次去当地一个绿色食品批发市场打工，谷仓已经堆满了一袋袋兵豆和米之类的，艾瑞丝习惯有危机意识。）

不对，真正的问题是，艾瑞丝说，排泄物增多，该怎么处理这个问题。

排泄物？夏洛特问。

对切布雷斯来说，下水道一直有问题，艾瑞丝说，如果住的人多的话。

切布雷斯是什么？夏洛特问。

（她猜也许是七八十年代与艾瑞丝同住于此的那个革命组织。）

切布雷斯是这座房子以前的名字，艾瑞丝说，是康沃尔本地话，意思是心灵之屋、孕育之屋。是心灵的房子，又是子宫的房子。我妹妹翻新的时候，却忘记翻新下水道系统。我不是想说逝去的亲人的坏话。不过她虽然聪慧，却怕麻烦，从不会多做一点不必要的事。包括这座房子的硬装。只有我们俩住在这里的时候，我们都有过管道堵塞的问题。所以，我们需要的第一样东西是一个更大的化粪池。

夏洛特平静地依着艾瑞丝的每句话点头。与此同时，她在脑中看见自己正以最快速度开车去镇上的阿斯达超市，把汽车后备厢塞满能买到的无论什么罐头和能买到的所有卷纸，然后打电话给她之前的房东询问是否可以再次租那间房子,哪怕租不了了,她也会超速开回伦敦去尽快找个类似的住处。

为什么是卷纸?

因为澳大利亚所有人将卷纸哄抢一空了。

所以以此类推,第一种被抢空的东西就会是卷纸。

人总是需要卷纸。

那么为什么要租她以前的房子或是类似的公寓呢?

因为她的旧公寓是单人间,没有空间可以容纳其他人。以及他们的排泄物。

她起身伸展了一下。

一分钟后回来,她这么说,就好像是去上个厕所。

她飞速上楼去拿了外套和钱包、手提电脑、牙刷等物。

她蹑手蹑脚地溜出后门。

她绕到谷仓后从另一边出来,这样房子里的人就看不见她了,她打开车门。

她坐进驾驶座,没有关上门。

但这时她打开了电脑,输入 *化粪池 供应商 康沃尔*。

然后她回到房子里,给了艾瑞丝一个电话号码去叫一个人开挖掘机来。

至少她做了这件事。

此刻她的体内还残留了一些生命力。

这就是艾瑞丝。她总是一贯可靠且令人生畏地正确。

我希望他们不要再使用战时的表述和意象。这不是一场战争。如今所上演的与战争正相反。大流行正在让墙壁、国界和护照失去意义,这些在大自然眼中本就毫无意义。

那天晚上,她们看了半个小时无休无止的新闻快讯。

艾瑞丝,夏洛特说,你是高危年纪的人,你需要居家。

不会的,艾瑞丝说。居家对我来说写作 Sǐ Wáng。别担心,我没想这么早死。也不存在高危年龄的说法。我们现在都是高危年龄。

你在犯傻,夏洛特说,你的好意没有任何意义。抵抗不了一个病毒。

拜托请和我讲点常识,艾瑞丝说。我们现在都站在时代的分界线上,两个时代分处这条线的两边。你知道有首老歌怎么唱的吗?

哪首老歌呢?夏洛特问。

从一个时代进入另一个时代时,世界各地的人都会隆重合唱的那首歌?艾瑞丝说。

她唱了一小段,是那首过新年时人们会握住彼此的手、揽住彼此的肩时唱的歌。

我伸出手,我可靠的朋友,她唱,你也伸出你的手。

我可靠的恐惧①?夏洛特问。

那个词不是恐惧的意思,是朋友。艾瑞丝说。我也知道,很清楚,我们并不能在字面意义上伸出手帮上忙。我们要做的是以最有可能的方式去提供尽量多的帮助。

我可靠的恐惧。

一位朋友。

夏洛特走出这间有电视的房间。她坐在楼梯上,内心有

---

① fiere(朋友)与 fear(恐惧)发音相近。

种麻木、死去的感觉,如同,如同什么呢?

一卷厕纸。

她用自己的手,自己的拳头,狠狠打了胸口一拳。

痛。

不错。

她又打了一拳。

如何唤醒死去的自我,让它重生?

她听见艾瑞丝在走过来。艾瑞丝经过她时,充满爱意地轻抚了她的额头。她的一只胳膊提着几件脏衣服,嘴里叼着一把螺丝刀。

她把衣物丢在大厅里,走向前门,开始忙活内门的锁。

夏洛特看见,艾瑞丝实际上在拆锁。

她将耶鲁锁的组件从凹槽中滑出,放手让它落在地上。然后她又去忙活外门。

你在换锁吗?夏洛特问。

我们不在这里锁住任何人,艾瑞丝说。我们不再锁已经被锁了很久的人。

夏洛特内心的卷纸甚至又白了几度。

我帮你把衣服拿到附楼去吧?她问。

衣服是干净的,艾瑞丝说。不过如果你想帮忙,可以帮我把房子里的所有 T 恤找出来。

做什么呢?夏洛特问。

做口罩,艾瑞丝说。我有十二件。我们需要三十六至四十件。至少三十六件,每人两件,每人都有一件备用。包括你和我。帮我拿来厨房的剪刀。我来教你。

夏洛特上楼,她上楼的样子就像是去找 T 恤。

马上回来,她说。

她走进自己的房间。

那是三天前。

她关上门。她搬起一把椅子,将椅背卡在门把手下面,防止别人从外面打开。

她拉下遮光帘。

然后她走到床边,坐在床上。

她爬上床。

她将被子拉到头顶,因为有束光线依然从遮光帘的边缘射了进来。

她抱紧自己。

一条信息发送到夏洛特断网的手机上。

是亚特传来的。

那天晚些时候,他最终打来电话,他们吵了一架。

短信写道:

忘记告诉你这个故事。还记得我们载去萨福克的布莱顿的格林劳一家吗?今天来了个包裹,收件人是丹尼尔。包裹里有一个非常小的小提琴盒,里面有一把非常小的小提琴。

记得那两个孩子吗?那个特别迷恋你的男孩?

他写了一张字条。亲爱的格卢克先生,我想也许你会喜欢一件来自过去的小礼物。来自你妹妹的诚挚祝愿,罗伯特·格林劳。那把小提琴非常漂亮。丹尼尔不记得那件事了,但是他很喜欢这把小提琴,他很高兴。他把它放在床上，放在身边。不过我敢打赌男孩的爸妈不知道这件事。你有电子邮箱或地址吗？我们需要和他们确认一下。

夏洛特又读了一遍。

来自你妹妹的诚挚祝福，罗伯特·格林劳。

她笑了。

她伸手去开床边的灯。

她记得拜访完格卢克先生，她开车送那家人去旅馆的路上，发生了这些事。

男孩：他为什么把那块石头叫作孩子？

他们的母亲：他老了。老年人会犯糊涂。

男孩：我觉得他看起来并不糊涂。

他们的母亲：他都老糊涂了，以为你是个女孩。

女孩：*你看起来是像 女孩*。

男孩：他只是一时以为我是他认识的一个人，只是这样罢了。跟女孩还是男孩没关系。我们聊爱因斯坦的时候，他一点不糊涂。

夏洛特：你什么时候和他聊爱因斯坦了？

男孩：他对爱因斯坦了如指掌。他知道爱因斯坦小时候拉过小提琴，他知道爱因斯坦有多喜欢莫扎特。他还告诉我"爱因斯坦"这个词在德语中的意思。这不仅是一个名字，它还是两个词。直译是一块石头。于是我们又聊了爱因斯坦的石头理论，他也知道那个。

夏洛特：什么是石头理论？

男孩：大概是说现实不是我们看到的或表面呈现的样子，这是可以证明的，思维有多容易受影响，我们总是在编造现实，将不同颜色的石头排列成几何形态，再数数。然后你再加入更多的石头，但是你再次数石头的时候，会发现你好像没加入*任何东西*，因为总数似乎没变。

他们的母亲：现在我是那个老糊涂了。

男孩：我们也聊了粒子相遇的状况，当一个粒子遇见*另一个粒子*，两者都会产生变化。之后，即便两个粒子并不相邻，其中一个变化时，另一个也会变化。

女孩：是啊，就像亚瑟遇见伊丽莎白。我的天哪，你们有人也看见了吗？

他们的母亲：噢，我看见了。

女孩：夏洛特，你看见了吗？

那天下午在那间屋子里，老人躺在床上，他是一位富有魅力的老人，似乎并不记得亚特的母亲了，但他握住亚特的手不放开，夏洛特看见那个叫伊丽莎白的女人望着亚特。

她看见亚特回望那个女人。

啊呃，亚特那天晚上在萨福克说，因为我们，我们有很多共同点。

他做了这句解释，但她并未提问。夏洛特没有说什么。继而亚特直接开始大声地解释或表达某件事，更多是自言自语，而不是对她说。但是她感觉到，他知道，她打算问，打算介入他表现出的忙乱。于是她问了。

比如呢？她问。

呃，比如，我们都成长在父亲缺席的家庭，他说。

夏洛特躺着，望着顶灯周围的石膏装饰。水果和花围绕着光的源头。

那是什么感觉？她问。

就是，感觉，呃，挺对的，他说。

对，夏洛特说。

就像一道狭长的视野在我们面前展开，天空绵延数英里，下方是某种假日景色，他说。

嗯哼，她说，挺对的。

就像，我就，知道，他说。

你就知道什么？夏洛特说。

我就应该与她在一起，亚特说。

就像你曾经对我说的那样？夏洛特说。

噢，亚特说。我一直知道，我们一直都知道，我对自己承认这点的时候是勉强的。

没错，夏洛特说。

但对她，我没有勉强，他说。这感觉很不一样。不可思议。令我震惊。舒心愉悦。就像，呃。你要去哪儿？现在十一点半了。为什么你在穿衣服？

我只是想出去走走，或者做点什么，她说。

你要我陪着吗？他问。

不，不，没事，她说，我只是想呼吸点新鲜空气。

你要带车钥匙？他问。

我可能兜个风，她说。

你会去很久吗？他问。

就一会儿，她说。

她兜风回来后，床上是空的。她上床后发现还有他留下的温度。

他在她的包上放了一张字条。

我在伊丽莎白家。车明天你用。想清楚我在哪里以及我在做什么之后，我会回家的。

六周后，像是一辈子后，夏洛特坐在一团光中，再次读了那条关于小提琴的短信。

她想起来了，放声大笑。

那个男孩。那个男孩把玻璃粘在了他姐姐的手上，玻璃碎了，划伤了她。

她想起他们去旅馆的路上经过一座灯塔时他说，阿尔伯特·爱因斯坦曾想象世界上能有一种施加强制独处的咒语——就像灯塔守望者每日在工作中所须忍受的那般——这对有科学或数学志向的年轻人有好处，因为这会让他们有机会不受打扰，持续创造。

别信他的任何话，他姐姐萨莎说。

这是真的，男孩说。爱因斯坦*真的*说过。他在皇家阿尔伯特大厅发表了一场演说，他是在那场演说里说到了这个想法。

是啊，他肯定说过，他姐姐说，夏洛特，罗伯特想要把*爱因斯坦*的一切都告诉你。

1933 年 10 月，男孩说。我能证明。我能。书里写了。我带了那本书。

她记得他是带了那本书。实际上他只带了那本书。

那晚，他们在旅馆酒吧吃晚饭时，他的母亲告诉大家，她儿子的过夜行李里没装睡衣、牙刷。只装了一本关于阿尔伯特·爱因斯坦的书。

是啊，因为他在光速运动，他姐姐说，字面意义的，以"光"的速度。

这时，这两个一直在为各种事情拌嘴的孩子，都禁不住为这个笑话开心地笑了，这是一种有传染性的欢乐，它让饭店里的每个人都看向这桌人，他们的神情传达出的不是希望他们安静点，或是感到被打扰，而是一件温暖的事感染了一屋的陌生人。

夏洛特坐起来。

她起床。

她把压在椅背和窗户间的枕头取下来，放在地上。她将椅子搬到桌子边。她打开另一盏灯。

天，这个房间需要打扫和新鲜空气。

她走回到窗户边，打开窗。

好点了。

她捡起亚特的T恤。她把它放回椅背上。她坐下。

她坐在桌边，开始用她的詹姆斯·邦德手机给亚特回信息。

我刚在想我们初次相遇不久后，在国王十字车站北的附近的那次散步，夏天的下午，我们看见公寓楼外的墙上挂着一些东西，旁边写着打折的字样，你买了一只陶狗，上面写着3.5英镑你记得吗，你给了那个男人一张5英镑的纸币，让他不用找了。

当时她想的是，这个男人真蠢。他买了个废物。做了这只狗的人要不是很年轻就是很没用，一块白黄色的软陶，身体向中间弯曲，爪子看不出形状，狗头的耳朵上则能看见指印。

但她逐渐爱上那只陶狗。

她可从没对亚特坦承过这点。

我想在你买那只狗的那刻,我也知道了我们并不真的会成为爱侣,而我又还是爱你,她想道。

她没有写下这句。她删除了她已输入的一部分信息。

我很害怕。而且我不停地做怪梦。我梦到我全身的疼痛变成了满身的颜料。

这些她都没保留。

取而代之的是:

我在某处记过格林劳一家的电子邮箱。我等会儿去找找。我在想阿什莉有没有开始说话。现在我更加想给她发去那部洛伦扎·玛泽蒂电影的链接。我现在就发。

谢谢你的鸽子故事。我会为它写一篇推送,我明天发给你。另外,我要告诉你的故事是我今天的所见,我上网搜寻了我们在一起时去过的一些地方,照片里这些地方全部在管控中,就像有一只手从天空伸向了每一处,将所有人聚拢并关起来,或是所有活人都被修图修没了,这让我想起在摄影刚发明的时候,照片中所有移动的物体都会消失,如马、车辆和行人,因为照相机的曝光时间太长。他们转瞬即逝,完全消失,或者变成模糊的鬼影。然后我看见了我们在巴黎蒙马特入住的那条街也处于管控中,你还记得吗?那张床吱吱作响,我们谁也没睡着,于是我们干脆坐起来,等着看黎明的到来。总之,我看到那条街的时候抽了一大口气,因为那条街本是40年代电影的取景地,而管控开始后,没有人去那里拍电影了,那地方被弃置,所有楼的正立面留着被占领时期巴黎的那种棕色样式。照片里少数几个人看起来像是从现代回访过去的鬼魂,他们穿着蓬松的外套,戴着口罩,难得出现一对21世纪的情侣,正在遛一只巴黎小狗。于是我检索了一下因为疫情而停止拍摄的电影。片名叫《再见哈夫曼先生》。故事似乎是关于一个犹太珠宝商为了躲藏逃命,而将他的店交给了一个年轻的助手。助手请求珠宝商帮助他和爱人生一个孩子。它最开始是舞台剧,在法国评价颇高,然后我发现这么个巧合,太意外了。舞台剧的作者叫让-菲利普·达盖尔。所以,我开始想,说不定这位当代的剧作家达盖尔与路易·达盖尔是亲戚,就是那位银版摄影的发明者,他创造了世界上最初的摄影图像,其中许多张都出现了物体消失的效果。他最有名的照片之一,拍摄于圣殿大道19世纪30年代末的繁忙时间段,照片中几乎每一个活动的物体或生命都没了,只有一个男人站着擦鞋。所有其他人都消失了!网上说这是有史以来被拍摄到的第一个活人。只因为他静止不动。是啊,不过我想所有那些消失的人也曾在那儿。我们只是看不见他们。这是我今天想要告诉你的事。你知道的,人们不停这么说我们现在所处的时期,还能怎么样呢,我们在这儿就是在这儿了。这更像是说<u>我们在这儿却不在这儿</u>。

  她花了一个小时用"大破量子危机"手机写这条信息。
  她按下发送。
  她手中的手机黑屏了,随后自动关机。
  哈?

我去?

她重启手机。

那条信息消失了。

没有被保存。

她查看了已发送文件夹。

也没有。

她大笑一声。

它不在它该在的地方。

她开始重新写。

刚刚本想发你一条非常长的信息,但是这台詹姆斯·邦德手机查抄了它。我只能回上这条简短点的。我在*某处*存过格林劳家的邮箱。我们也联系写过信箱话题的那位阿什莉吧,问问她能否让我们使用她的文章。我们可以启动个出版项目。惰性艺术。哈哈。我是说纸质书和电子书同时出版。我们可以用她的文字来反映语言曾经和现在对我们造成的影响,从急剧增长的阶段到现在它的影响,我们所有人现在经历的事中它的作用。*聊聊挺开心的。我已经崩溃了好些天,但现在好了。*谢谢你分享了那只笨拙地衔着树枝的鸽子,谢谢你努力维持日常的运转。我明天会说说我对此的想法,也许再说说那个寄了小提琴的男孩。这是个可爱的故事。另外我想就电影人玛泽蒂写一两篇文章发在网上,你觉得呢?另外我们必须开始游说了。艾瑞丝说她认识的一位德国艺术家告诉她,他查银行账户时发现了9 000欧。9 000欧!这是从哪儿来的呢?是德国政府向德国所有艺术家和艺术从业者发放的,无限制条件。我想这也是自然中的一件艺术。

就这样吧。

她按下发送。

送出了。

似乎安全送出了。

在已发送文件夹里。

她拿起椅背上的T恤,放在鼻子下。有亚特的气味,木香的剃须水,醋。

她笑了。

来自你妹妹的诚挚祝愿。

想象一下,打开一个包裹,里面是一个小提琴盒,但是是非常小的盒子。就好像是小提琴盒的孩子。里面,是一把很小的小提琴。就好像是小提琴的孩子。盒内有着柔软的垫衬,以贴合的形状固定、保护着小提琴。一股浓郁的松香味,还有木头味,以及两者混合的气味。

她翻身下床。她将椅子从门边拿开。她打开门。她向下看。

脚边有一碗汤。

艾瑞丝留在这儿的,一定有两个小时了。

但依然留有些许温热。

她坐在门槛上。

味道的确还行。

那天晚上她从旅馆下楼,她不知道自己要做什么,不知要去哪里,抑或她无所谓目的地会停留在哪里,只知道她必须自己走上一条小路，不然就不会有路了。她看见格林劳一家依然坐在餐馆的酒吧区。

格蕾丝正在给人发信息，或者在手机上看书。孩子们，没错，在争吵。

预示着美德，男孩说。

总比预示着腐败要好，女孩反击。我有多少个自我，就想要和需要多少种语言。你也是。

我只需要英语，男孩说，需要或知道任何多余的东西都是不爱国。

看门狗，女孩说，你不过是看门狗。

我是什么？男孩说。你才是狗。你是抠女。你是伪君子。闭嘴。

弱智，女孩说。你以为你的想法是你自己的，你以为这些能保证你安全。噢，嗨，夏洛特。

噢，男孩说，嗨。

夏洛特坐在桌边。格蕾丝点头致意，并向她示意那半空的瓶子。

想喝就喝，她说。

如果你不喝，她能把一整瓶都喝完，女孩说。

我在度假，格蕾丝说，成年人度假就要喝酒。

是啊，一部分成年人，女孩说。

我不喝，不过谢谢，夏洛特说。

她摇了摇车钥匙。

你要走吗？男孩问。

也许，夏洛特说，看情况。你们俩在吵什么？

什么都吵,男孩说。

没错,女孩说。他先是告诉我蛆可以跳进空中,快把我听吐了。

是可以的,男孩说。它们在空中翻腾的距离可以达到自身体长的三十倍。它们就像小杂技演员。

然后他说再也没有必要学习其他国家的语言,女孩说。

哪些,法语和德语吗?夏洛特问。

甚至我们自己国家中的语言,女孩说。比如威尔士语,阿什莉说的那种。

语言,夏洛特说,不是单独存在的。它们像一个家庭。它们不断互相补充。不存在孤立的语言这种东西。

男孩脸红了。

噢,我刚刚只是故意唱反调,他说,我并没有真这么想。准确地说,我认为其他语言很酷,我只是不想她一直掌握主导,一直,一直,

主导什么?女孩问。

主导我,他说。

他盯着酒吧桌台上的车钥匙。

明早我们很早就要出发,夏洛特说。在你起床之前。六点左右。

那肯定早于我起床,格蕾丝说。

噢,男孩说。

所以我准备去睡了,夏洛特说,但我突然想起,罗伯特,我们还没有去你说过想去的地方。

那个爱因斯坦去过的地方?罗伯特问,真的要去吗?

这取决于,夏洛特说,一,哦不,两点。第一,你们的妈妈是否同意你们一起来,因为现在已经十点十分了,现在出门太晚了。第二,那个地方离这里有多远。

你真要圆他的心愿?萨莎问。

如果不远的话,夏洛特说,谁想一起就来。

罗伯特跳起来,差点将椅子掀翻。他跑出酒吧,他们听见他跑进房间时撞在木椅子上,发出咔啦咔啦声。

我不来,格蕾丝说,别算上我。我正在这里全心全意地与瓦尔亲密交谈。

线上朋友?夏洛特问。

瓦尔波利切拉酒,格蕾丝说,萨莎,你的手怎么样了?

和你上次问时一样,萨莎说。

我们换了绷带,格蕾丝说,脏了。

萨莎伸出手让夏洛特看。

痛吗?夏洛特问。

只有罗伯特问我时痛,萨莎说,他问就真的真的很痛。

如果你陪着,他可以去,格蕾丝说。

我不可能去的,萨莎说。

罗伯特重新闯入房间,挥舞着一本打开的书。他将书一把拍在桌子上,震得酒瓶直晃。

罗顿希思①,夏洛特说,我念得对吗?

拉夫顿,萨莎说,落顿。可惜这里没人讲英语。

但是我们去那儿并不需要知道这词怎么读吧?罗伯

---

① Roughton Heath。

特说。

如果我不去你也去不了,妈妈说的,而我不可能去的,萨莎说。

罗伯特,你知道那里是荒野,格蕾丝说。你知道那边没什么可看的。会很黑的。黑暗中有很多树篱和树。

但至少,夏洛特说,去过和没去过不一样。

除非我去,萨莎说,但我不去。

你知道吧,我的小弟弟彻底迷上你了?半小时后,她在夏洛特身后的座位上说,那时他们将车停在悬崖边,好让罗伯特去树篱里清空膀胱,车灯将草照成银色。

她的声音很严肃。

他很容易受伤,她说。

夏洛特打开后视镜上方的小灯,转头看萨莎。

我比你还小一些的时候,夏洛特说,有个美国表亲过来和我们住。我想,她依然在世界的某处,但我不知道在哪里,我们从那以后再也没见过。她来住了一个夏天,她比我大七岁,我那时十岁。当时我觉得她是我生命中自出生以来最美好的事物,我这辈子遇到过的最有意思的人。她知道我这样想。而且她对我很好。

我父亲和母亲后来回想她暂住的那段时间,都称作那段可怕的时期,他们眼中的她令人咋舌,是个麻烦,凌晨四点回家,皮肤上覆盖着从镇上夜店收获的草莓痕,是一个他们不敢担责任的野孩子。好些年了,我听他们谈起某人和那段某人带来的可怕时期,我一直都不知道他们指的就是那位表姐。后来我才意识到他们说那些事的时候指的是她。我那魅力四射的友善风趣的表姐。我现在认为,她对我很好这件事很大程度上改变了我的人生。

嗯哼,萨莎这样说就好像在说*我听着呢*。

如果别人觉得你喜欢他,夏洛特说,那会有两种发展。在喜欢和被喜欢之中存在着许多角力。非常强有力的一种联结,这是一个为对方打开世界的机会。也可以是压缩他的世界的机会。我们总要做这个选择。

嗯哼,萨莎说。

这就是为什么我们在周五的夜晚十一点钟正在前往探索爱因斯坦的路线上,夏洛特说。

我弟弟很被网络暴力困扰,萨莎说。

啊,夏洛特说。

很可悲,真的,萨莎说。他学校的某个恶霸发现他小时候得过唱歌比赛的奖。他确实得过奖,他的音域惊人地高,他因此算是成了本地的小名人。他们发现以后,开始取笑他。又开始因为他聪明而捉弄他,接着社交媒体上的所有孩子以及一群以此为乐的人不断叫他去自杀。

天哪,夏洛特说。

所以家里让他转学了,萨莎说。

谢天谢地,夏洛特说。

但是前一所学校的一个人写信给新学校的人,萨莎说,然后同样的事又开始了。

跟你说,夏洛特说,我真希望有个像你一样的姐姐。

你呢?萨莎问,你有兄弟吗?

夏洛特笑了。

我有亚瑟,她说。

不过你与他没有亲缘关系,萨莎说,他不是你真正的家人。

你觉得人必须有亲缘关系才能成为家人吗?夏洛特问。

我觉得会更容易,萨莎说,也会更不容易。

罗伯特回到车里。

嗯?他说,你们在聊什么?你们在说我吗?

和夏洛特说说你在面部识别项目里的工作进展,萨莎说。

不要,罗伯特说。

说说吧,萨莎说。真的很厉害的。他做了一个项目叫F-ART,他在学校办了一个丝网印刷系列海报展,用面部识别技术的面纹绘制出像夜空繁星一样的面容,像是星座的连线素描,你明白吧,用线将星星连起来形成图像,这样你就能看出那是一头熊还是一只犁还是俄里翁①。只不过,他的星座描绘的都是脸,他为我做了一幅,为妈妈做了一幅,为爸爸做了一幅,他在每一个图案下写上了我们的名字。

但是没有阿什莉,罗伯特说。

——在整个系列的底部,他写了这样一句标语,将面部识别技术变革为艺术②,萨莎说。

太棒了,夏洛特说。为什么没有阿什莉?我以为你和阿什莉是朋友。

---

① 古希腊神话中一位英俊年轻的巨人,海神波塞冬之子,喜欢在丛林中打猎,死后化作猎户座。
② CHANGE FRT TO ART。

是啊，是朋友，和阿什莉可是很好的朋友，萨莎说。

阿什莉和我在最近这段友谊轨道上的当前这点上不能互相好好说话，罗伯特说。

总之，重点是他在学校惹上了麻烦，萨莎说。他们说他做这个丝网系列只是为了把脏话钉满美术教室的墙。但是要我说，这些图真美。让人眼前一亮。我想这是他们不愿意展出的原因。

夏洛特告诉两个孩子她曾有过一个主意，她想黑进脸书的系统，将所有人头像里的脸和身体替换成宝可梦精灵的脸和身体。他们听了放声大笑，从后座前倾着身子挂在前座上，就像小小孩。萨莎说她的圣诞周斗争计划曾是把市里所有办公楼的玻璃门砸碎，让无家可归的人有地方取暖和遮风避雨。

那是因为她对镇上的一个流浪汉上头了，很老的老家伙，三四十岁了，罗伯特说。噫。

不是上头了，萨莎说。

只是上心了？夏洛特问。

她想温暖他的心，罗伯特说。① 或者他的哪里。噫。她给他的肯定不只是钱。噫。

你呢，罗伯特？夏洛特说，你有改变世界的计划吗？

我是个现实主义者，罗伯特说。

---

① 原文是：That's because she's got the hots for a homeless guy in town, and he's a really old guy, in his thirties or forties, Robert said. OW. // It's not the hots, Sacha said. //Just the warms? Charlotte said. //She wants to warm his heart, Robert said.

这意味着什么？夏洛特问。

改变不可能实现，罗伯特说。

失败主义者，萨莎说。

是啊，你畅想着未来的世界*那天会到来，我们都会穿着树叶，不再穿衣服*，罗伯特说。

会来的，萨莎说，我们必须改变一切。树叶真的重要。我们通过它获得氧气。

傲慢的荣耀感，罗伯特说。

你指的是？

认为个体可以改变世界，罗伯特说。

在一趟爱因斯坦主题的旅途中说这样的话还真是傲慢呀，夏洛特说。

没错，但那是，我是说，他可是阿尔伯特·爱因斯坦，罗伯特说。

而你是罗伯特·格林劳，夏洛特说。

这里躺着的是罗伯特·格林劳，伟大的萨莎·格林劳的兄弟，萨莎说。

是啊，我的墓碑上就会这么写，罗伯特说。罗伯特·格林劳。怜悯他。他曾经是某个人的兄弟。

罗伯特·格林劳，萨莎说，他曾经是某个人的兄弟。怜悯她。

罗伯特·格林劳，罗伯特说，以发了点偏财闻名于世。他的姐姐，萨莎·格林劳，以施予小财给流浪汉买靴子闻名于世。

我*说过*，他的靴子被*偷*了，萨莎说。

那是借口，罗伯特说。

流浪汉的靴子总是被偷，萨莎说，这是流浪汉经常遇到的一个残酷现实。

也可能是流浪汉骗你给更多钱的说辞，罗伯特说。

什么是偏财？夏洛特问。

偏门的钱财？罗伯特说，我们到了吗？

夏洛特已经在四周无物的一片黑暗中停下了车。

看，她说。

她指着导航。

在代表这辆车的光标左侧，屏幕上写着**罗顿希思**。

她关掉车灯。

他们全部下车。

他们站在车的四周。

月光明亮。

他们能在月光中看见的是一片没有分别的黑暗。

再问一次，他为什么来这里？萨莎问。

书里说，罗伯特说，纳粹当时在散发印有他照片的传单，照片下写着未执行绞刑。他在比利时，有人告诉他纳粹知道他在哪里，正在去抓他的路上。所以他接受了英国政坛一位上层人士的好意，住进了这片荒野上的一座小屋里，这位政客最初思想极右，支持希特勒，之后他改变了想法，邀请爱因斯坦与他同住，一起住在荒野上的小屋里。所以爱因斯坦在这里住了，大概，一个月，猎场看守保护着他，这段时间里，他独自钻研理论，一两个月后，他去了美国。他住在这里的那段时间里，曾去过村子里的邮局买糖果。我们可以去那家邮局吗?

他们回到车里。

他们开车去了卫星导航上显示的罗顿邮局所在处。

他们透过车窗审视着邮局。

你觉得这就是1933年时的那家吗?罗伯特问。

不好说,夏洛特说。

他们沿着路向前稍开了一段,在一座已关门的酒吧前停下。

看,夏洛特说,罗伯特。

她是轻声说的,因为萨莎已睡着,她蜷缩起身子,缠着绷带的手弯曲着从身体伸出。

在这座"新旅店"紧闭的前门附近,有一块圆形的牌匾,像是蓝色的。上面写着爱因斯坦的名字。

她下车。罗伯特也下车。他们不想惊醒萨莎,都让门留了点缝。

阿尔伯特·爱因斯坦
在躲避纳粹的迫害时
曾在前往美国的途中短暂停留
于罗顿希思的一间小屋中居住,
1933年9月

牌匾下的文字说明了这块牌匾由东部日报社和诺福克美术设计学校制作。

美术设计与第四阶级①,夏洛特说。这说的就是他们。

你觉得他来过这地方吗?来喝啤酒?罗伯特问。

我觉得,如果他来过,夏洛特说,这家酒吧就会竖立起一块标牌说阿尔伯特·爱因斯坦在躲避纳粹的迫害时曾在前往美国的途中短暂停留在这间酒吧喝啤酒,1933年9月。

但是他可能来过,罗伯特说。书上说村子里没人知道他在这里。他可能来过这里喝啤酒,只是其他人没认出他。

也有可能,夏洛特说。

可能,罗伯特说。可能,可能,可能。

他有意地在紧闭的前门口来回踱步,嘴里说着可能这个词。

你觉得有没有可能我脚下的土地就是他曾经踩过的?他问。

你为什么这么喜欢爱因斯坦?夏洛特问。

如果不算上他是这个星球上真正思考过点什么的人里最富有智慧的那一位?罗伯特问。因为他的脸像小羊羔。

啊,夏洛特说。

因为他真的热爱这个宇宙,罗伯特说。

是的,夏洛特说。

因为他想理解光的结构设计,罗伯特说。

光的结构设计,夏洛特说,我喜欢这句。就好像一首诗的名字。

---

① 指媒体、公众试听。"第四阶级"引申自欧洲传统观念中的三个"王国国民阶级",即在法国大革命之前一段时期,社会分为神职人员、贵族及平民三种阶级。

是吗？罗伯特问。

是的，夏洛特说。这个形容是你自己想出来的吗？

我不知道，罗伯特说，也许我从哪里读到的。不像是我会说出来的词。如果我和你，我是说如果，站在一个黑洞的边缘。而实际上我们并没有。但*如果*我们站在一个黑洞的边缘。假如你正好比我离边缘更近。

然后呢，夏洛特说。

我们都回到地球，罗伯特说。然后我会比你老得快一点，因为我站得离黑洞远一点，等我们回到地球的时候，我们的年龄差也许已经填上了。

这很有意思，谢谢你告诉我，夏洛特说。

他们决定围绕着建筑散步，踏上尽量多的土地，将踩上爱因斯坦可能走过的路的可能性最大化。

他们散步时，罗伯特告诉夏洛特，有天他遇见一个男人，不是一位老人，他相当年轻，他从韦瑟斯彭[①]出来时颤颤巍巍，因为他喝得烂醉。他摔倒在人行道上，然后四肢并用地爬向海边，他的裤子、内裤全都掉到脚踝处。

那天甚至不是周五，也不是周四，罗伯特说。那才是周一。他甚至没有跟着其他醉酒的朋友一起，也没有尽兴玩乐。他只是喝醉了。我可以，我可以，所有人都可以，看见他的全身。

啊，夏洛特说。

原始本能，罗伯特说。

[①] 遍及英国和爱尔兰的连锁酒吧，公司成立于 1979 年。

用词不错,夏洛特说。

我不想生活在这样的世界,罗伯特说。

确实,我们生活的世界,原始领域和公共领域在融合,夏洛特说。

是的,罗伯特说。

他语气悲伤。

但如果我们不去顾及所有人体内的原始本能,夏洛特说,它会去哪里呢?

我不知道,罗伯特说,进入我们的骨髓?

我想,因为它浮上了表面,所以我们不得不决定怎么处理它,夏洛特说。所以你看见那个男人做出那样的事。还有,呃——你说过。还有的人会倾尽一生去理解一束日光的结构。

但如果我是*所有这些事物的混合体*呢?不能只是其中*的一种*?罗伯特问,这会让我成为什么样的存在呢?

人类?夏洛特说。比如说,有人会用强力胶把玻璃粘在姐姐的手上?

那不只是玻璃,罗伯特说,那比玻璃器物有着丰富得多的意义。

那么,那是什么呢?夏洛特问。

那是时间,罗伯特说。

时间,夏洛特说,那么这就是我们能给彼此的礼物?

罗伯特耸耸肩。

不知道,他说。

我也不知道,夏洛特说,爱因斯坦会说什么?

他会说，罗伯特说，人类通过观测星体获得了最佳的智识工具。但是星体并不应为我们如何运用我们的智识负责。

哇噢，夏洛特说，罗伯特，这句话好深刻。

是吗？罗伯特说。

欣喜从他周身蔓延开来。

但这不是我说的，他说，是爱因斯坦。

但*此刻*它从你嘴里说出来，夏洛特说。你在当下说了。你说出那句话就像，不知道怎么形容，就像你击中了目标。倒地的一击。完美的控时。一杆进洞。

一杆进黑洞，罗伯特说。

他们站在夜空下的停车场里，爱因斯坦也许可能大概曾经驻足此处，他们仰望着黑暗中那曾经意味着亘古和原始但已死去的恒星的小小光点。后来罗伯特的姐姐醒来，看见他们向她挥手，她将外套裹在肩膀上下了车，来到他们身边，他们一起站在寒冷的室外，仰望天空，指出他们知道名字的星座，猜测他们不知道的星座。

2020 年 7 月 1 日

亲爱的萨沙·格林劳,

　　谢谢你写信给我。你真好心。

　　谢谢你花时间和我谈论那种鸟。

　　我今天写信给你,是因为我在这里的天空中看见了那种鸟与家人一起飞过。我非常想告诉你。

　　我们的朋友夏洛特和亚瑟将你的两封信转交给了我。我读得很开心。谢谢你告诉我你的生活故事。谢谢你对我的生活做出设想。谢谢你让我有机会对你的生活做出设想。谢谢你告诉我与希罗这个名字有关的传说。谢谢你给我看那首有意思的诗。

　　我的越南名字在英语里写作 ANH KIET。我不知道该怎么用电脑键盘打出正确的 KIET 里的那个"E",上面应该加个帽子,屋顶形状的那种,下面还要加个小点,就像下面有个句点。在越南语里,我的名字就像一个有着宽肩的人形,或是一座有两片宽厚的屋顶的房子,一片落在另一片上。我名字中的词分别意味着

ANH：兄弟/你

KIET：杰作

两个词组合在一起，意思类似于英语词英雄/希罗。我不是英雄！我不是杰作！但我是兄弟。

我现在和其他十五个被释放的人住在一座房子里，还有我们共同的朋友夏洛特和她的姨妈艾瑞丝。她们非常非常友善。移民安置中心在一个黑夜打开了大门，将我们放逐至街上。当时下着滂沱大雨，所以我们去了机场，睡在出发区。我们打电话给一个朋友。很幸运，他们来找我们了。朋友用三辆卖咖啡的卡车将我们送到这个地方，坐长途有咖啡喝很便利！

如果有人生病，我的一点医学小特长能帮上忙。有一个男人去了医院，去世了。但是现在房子里的所有人都健康。我也帮忙打扫，夏天在花园里打理花丛。我是个优秀的花匠。我以前不知道我有这天赋！我是一个全新的人了。这里的花园很漂亮。其中一处绽放着数百朵历史久远的月季。这让我很开心。

你的信让我很开心。谢谢你和我讲鸟的事。跨越国界之鸟。如同诞生自烈火燃尽后的灰烬，如同灰烬飞扬中的一缕精致的动态。但它实则如海中拉住船只的锚一样强健。

我衷心希望你和你的家人此刻安好。

我同意，夏意正日渐浓郁，我将有几周能在天空中看见你喜欢的那种鸟。我很开心。

我在天空中看见的鸟，你在信中说带来你的好意的鸟，将与家人一同组成队列飞向你的天空，飞向你。它们将带去我最善意、最温暖的祝福。祝你和家人、朋友及所爱之人身体健康，好运常伴。

致我的朋友萨沙·格林劳

你的朋友和兄弟

ANH KIET/希罗

致谢

在写作本书的过程中,涉及英国"一战"和"二战"拘留历史的一些网络和书面资源对我有帮助,特别是罗纳德·斯坦特和伟大的弗雷德·乌尔曼的文本。

罗伯特·格林劳不断提到的书是安德鲁·罗宾逊的《在逃的爱因斯坦》(*Einstein on the Run*,耶鲁大学出版社)。为了了解楼燕的生活,我查阅了许多资料,目前最让我受启发的是大卫·拉克的《塔中的楼燕》(*Swifts in a Tower*,独角兽出版社)。

谢谢你,西蒙。

谢谢你,安娜。

谢谢你,汉娜、莱斯利·L、莱斯利·B、萨拉、理查德、艾玛、爱丽丝,以及哈米什·汉密尔顿出版社和企鹅出版社的所有人。

谢谢你,安德鲁,

谢谢你,特蕾西,

以及威利公司的所有人。

感谢一位在此隐去姓名的朋友,他告诉我本国移民安置中心的日常生活。

非常感谢布里吉德·洛和亨利·米勒——

再次特别感谢布里吉德,

以及齐达内出版社的罗伯特·奥斯本。

感谢英国电影学院的罗宾·贝克,

可持续林业倡议的加比·史密斯、奥利维亚·史密斯和唐纳德·史密斯,

感谢杰里米·斯潘德勒和女权图书馆,

以及维多利亚和阿尔伯特博物馆的文字图像部。

谢谢你,凯特·汤姆森,

谢谢你,丽齐、丹、内尔和贝亚。

特别感谢伊丝拉·卡森和安娜-玛利亚·哈特曼。

特别特别感谢巴蒂亚·内森和伊迪特·埃利亚·内森,

以及瑞秋·罗斯纳的回忆,那种家庭生活故事将生活融入了一切,

感谢吉莉安·比尔那关于《冬天的故事》的不朽故事。

谢谢你,玛丽。

谢谢你,珊德拉。

谢谢你,莎拉。

译后记

夏的共振,触摸身体里的夏天

萨莎的胸口充盈着一股温暖,她很小的时候曾问妈妈这是什么,因为这感觉实在美好,妈妈说那是你身体里的夏天。

*

"人到底想从彼此身上获得什么?……那场分裂了全国、分裂了她的家庭的投票,像切片刀切奶酪一样,从日常正中间切下去,切出所有人都不知道如何处理的一股苦涩恨意……这就像一张通行证,允许一个人为了另一个人而对其他人作恶。"将人群和家庭割裂的不只是贯穿阿莉·史密斯"季节四部曲"的脱欧公投,还有疫情,还有许许多多需要你我在这个网络时代表态的事,一条新闻,一次购物选择,一个词汇的使用……作为"季节四部曲"的最后一部,《夏》以更尖锐的笔法切入现实、切入当下,她直面人类在 21 世纪 20 年代面临的新现实——COVID-19,将人物置于疫情时代,延续凌乱、错时的意识流风格,描绘社会和个人在这种普遍困境下更深入的难题。如果说前三部更多是关于英国或欧洲,那这一部则可在当下引发各国人的共鸣,一场国际性的危机以共同、共时的经验将全体人类联系在同一股感受中,并且在这股感受中,人类又一次认识到作为人意味着什么,人性意味着什么,人类的困境是什么。

《夏》的开场是几段戏谑的家庭闹剧,阿莉以轻松的对话勾勒出观点各异的一家三口的形象:左倾的环保卫士姐姐萨莎、残留着爱国热忱的捣蛋鬼弟弟罗伯特、逃避现实又陈词滥调的妈妈格蕾丝。阿莉不止步于描摹人物的价值观和心理,她甚至还为每个人物都安排了一套政治观,偏左的分一拨,偏右的分一拨,每一拨中每个人的观点又各有侧重点和程度差异。在跳脱灵动、互相穿插的家庭场景中,对话从生活具体出发,折射出政治观的碰撞,唇枪舌剑,虽然基于英国的政治背景,却也像是我们在日常生活中可能遇见的拌嘴:是否该贬低政府要员,是否支持脱欧,如何评价移民政策,如何看待中年危机……这样的小型辩论贯穿整本书,在后续延伸至其他人物,如阿什莉、夏洛特、亚特,每个人物都毫不掩饰自己的观点,为这场观点大爆炸贡献一种声音——这便是阿莉看见的和想描摹的社会现实和生活图景,互联网放大了人的自我,每个人的声音都触及和涉及更远了,界限交叠,人与人的关系从未如此交错与碰撞。

*

在观点爆炸之间,阿莉又时不时地将读者拉回纯真、温暖的气氛里，这些部分体现于前三部中已出现的丹尼尔身上，更体现在和罗伯特有关的情节里，痴迷爱因斯坦的13岁小子罗伯特可能是当代场景中最浪漫的人。他通过爱因斯坦的理论理解这个世界，理解时空和人际关系，在他看来，"爱因斯坦是一位坠入爱河的男人，一个由爱意——对万物的爱意——驱动的男人"。他是一名纯爱战士——他将对夏洛特的一见钟情定义为纯爱——爱的际遇让他更加理解爱因斯坦的观点：

> 如果爱因斯坦拿起一面镜子照照自己的脸，以光速，即每秒186 000英里的速度运动，而光以同样的速度离开他的脸，爱因斯坦可以追赶上正在离开他的脸的光吗？
>
> 他在思考著名的镜子实验，当光离开爱因斯坦的脸。……但是在此刻之前，在今日之前，他还从未真正理解，从未像此刻这般真正明白自己什么都不懂，不懂词语和现实——光，速度，能量，镜子，脸——实际上曾经和现在意味着什么。
>
> 光在离开。
>
> 它在离开罗伯特的脸。

自他认识夏洛特以来，他在默默地思考他与她的年龄差，"那是一个看上去30岁左右的人"。然后，突然在结尾处，在与她独处时，他抛出一段爱的表白，不提心意，却充溢着温暖：

如果我和你,我是说如果,站在一个黑洞的边缘。而实际上我们并没有。但*如果*我们站在一个黑洞的边缘。假如你正好比我离边缘更近。

然后呢,夏洛特说。

我们都回到地球,罗伯特说。然后我会比你老得快一点,因为我站得离黑洞远一点,等我们回到地球的时候,我们的年龄差也许已经填上了。

*

夏是本书的一个母题。

诗人艾米莉·狄金森写过一首诗,我很喜欢。里面写到如果剖开一只云雀会如何(不过她的表达比我诗意多了)。我不禁想象,如果剖开一只楼燕——当然只是打个比方——我们会发现它体内携带着一条卷起的口信,展开会是这个词:

夏(SUMMER)。

夏,意味着随着夏天而来的楼燕;意味着丹尼尔在"二战"时遭遇的拘留;意味着丹尼尔与妹妹汉娜对彼此的思念;意味着海洛与利安德跨越海洋之隔的神话故事;意味着洛伦扎·玛泽蒂经历的屠杀;意味着居家中的生活;意味着母亲格蕾丝追忆的青春;意味着无忧无虑——

夏天就像沿着一条路一直走下去，就像此刻一样，向着光明和黑暗前行。因为夏天不单纯是愉快的故事。因为如果没有黑暗，也就没有愉快的故事。

而且夏天必然纯粹代表着一个想象出的结束。我们向它前行，本能地喜欢它，必然意味着什么。我们全年一直在寻找它，期望它，向它前行，就像地平线承诺着一场日落。我们总是在寻找一片成熟的展开的树叶，一片展开的温暖，一份承诺，很快有一天我们肯定能够放松休息，享受夏天的滋养；很快有一天我们会得到这个世界的善待。就好像真的会有一个更友善的结局，不只是一个可能性，而是确凿无疑的，你的脚下将自然会铺上一片和谐，仿佛一片阳光灿烂、独独为你展示的风景。就好像一直以来，你在地球上的时间，都是为了能在一块温暖的草地上愉快地舒展全身的肌肉，嘴里叼着一根甜甜的长草茎。

无忧无虑。

夏一词，串起人们对人生的期待与忧虑，所有人物，或年老或年轻，身处"二战"、80年代、当今，一同共振。历史犹如一片网，没有线性的先后之分，同时发生，同时发展。丹尼尔的思念与格蕾丝的思念、夏洛特的思念共振，"二战"的拘留与当代的拘留、隔离共振。亚特的探访之行更是通过揭露他的身世之谜而串起《冬》之中索菲亚的情节、《秋》之中丹尼尔的情节，创造了一股命运的共振。

夏，也意味着《冬天的故事》，这部在第二部《冬》之中被仿拟、在《夏》之中格蕾丝年轻时曾参演的莎士比亚著名剧作。《冬天的故事》虽点了"冬天",但"其实整出戏都是关于夏天。就像里面说的,别担心,另一个世界是可能的","一个悲伤的故事最适合冬天了。因此莎士比亚在其中注入了悲伤……让冬天染上疫病,就是为了可以创造出夏天,让一个悲伤的故事中诞生出一个愉快的故事"。借助夏这个母题,阿莉想带来的是另一个世界,是希望。

有时如同哲学随想,有时如同交流慰藉,此种共振,带来一种独特的阅读体验,就像听一首层次丰富的电子音乐,微妙的重复和联系之间时不时迎来一股心念的震动。这让人想起德勒兹的音乐观,音乐揭示的时间"不是次序时间(chronos),而是永恒时间(aion),是此性(haecceities)和生成(becoming)的浮动时间"。

*

  时间和空间将我们缠绕在一起……让我们分开的是更为宏观的东西。通常是这样。问题在于,我们习惯于认为我们是分开的。但这是错觉。

人与人的关系,这一主题曾出现于前三部中,在这一部中,新冠管控的背景更是放大了这一点。在"关系"这个平面上,孤独、自由、爱,像一个循环又彼此拉扯的三角,不知道哪一头是极点、哪一头是中点。阿莉构造的情节让我们去想,此时此地,一个人对于另一个人意味着什么呢,人与人之间的介质是否改变了。

这份爱进一步蔓延，堵住了她的鼻子。

她坐在床单上，通过嘴呼吸，她想念她的母亲，她死于2012年，还有她的父亲，他于一年后去世。

亲爱的上帝。

她现在已彻底没有了家人。

她正住在另一个人的家人的家，而不是她的家。

她捂住脸，无声地在双手后哭泣。

好了好了。

振作起来。

谢天谢地他们去世了，不用经历这些，你也不用坐在此处担心他们。

管控开始后，双亲已离世的夏洛特住在前男友亚特家，与他的姨妈艾瑞丝同住，艾瑞丝成为她生命中的新照顾者，她们将一起照顾被释放的被拘留者。这些人里可能包含萨莎关心的流浪汉史蒂夫。亚特渴求与前女友夏洛特保持联系，并爱上了伊丽莎白。亚特爱上的伊丽莎白，对丹尼尔有一种特殊的情愫，照顾着已不能下床的他。丹尼尔和索菲亚曾有过往，亚特实际上是他的儿子。罗伯特爱上夏洛特，夏洛特关心着他父亲的女朋友阿什莉。人与人互相缠绕，当代的人际关系似乎不如以往简单清晰，交往呈现点对点的模式。

如果我们依着爱因斯坦的思路，将你和我和时间和空间相加，会得到什么？

什么呢？会得到什么呢？丹尼尔说。

我和你就不再只是我和你，汉娜（罗伯特）说。我们会得到我们（us）。

也许正如罗伯特引用爱因斯坦想表达的，我们与彼此、与宇宙都是关联的，人只有从"分离的错觉"中解脱才能获得内心的平静。

*

这部小说的翻译自然是难的。阿莉力求还原当代年轻人的新潮语言，连 emoji 都用上了。新词、俚语、新造词、典故（尤其是莎士比亚）、双关语、双语梗，都是难点。跳脱的情节造成的理解困难也是一点，还有一处甚至出现了成段的打油诗，这些都让人挠头。阿莉特别爱用双关语"抖机灵"，这其中的意涵和效果很难转换到中文里。但一旦完成一处几近完美的翻译，心头又会涌上一股"Click！"的满足感。

*

这部小说写于新冠暴发初期，出版于 2020 年 8 月，翻译始于 2021 年 3 月，经历了漫长的三年疫情后，于 2022 年底至 2023 年初管控放开时进入中文版最后的校订阶段，并将于 2023 年夏天诞下中文译本。我在患上新冠时，读着书中关于新冠的文字，生出一种慨叹命运的荒诞感。它在疫情的不同阶段，带给我不同的共鸣。它跨越了那三年的时空，也将超脱于那时空,超出我们的时代。阿莉又一次完成了她想做的事,记录现实,描摹人类。

点击维瓦尔第的《夏》,在音符的暴风雨中阅读这本书吧。

刘慧宁
2023 年 4 月